함 · 께 · 해 · 서 · 행 · 복 · 했 · 습 · 니 · 다

모두가 화합하는 사랑의 원정대

장애인과 비장애인이 함께한 이번 KBS 희망원정대는 편견과 미움을 없애고 작은 사랑으로
모두가 화합하는 사랑의 장으로 승화한 삶의 값진 모습이었습니다. 버려지고 지나치기
쉬운 생각들을 모아 작은 희망원정대라는 작은 물줄기를 만들고 강으로 흘러 흘러
바다를 만들었습니다. 이번 희망원정대에 한국 암웨이가 참여할 수 있도록 기회
를 주심을 감사드리며, 이번 희망원정대 모두의 내용을 담은 사랑의 이야기
는 우리 모두에게 하나의 감동이 될 것입니다.

한국 암웨이(주) 대표이사 박세준

사람들을 아름답게 한 희망원정대

'희망'의 씨줄과 '도전'이라는 날줄로 엮은
이 소중한 주단에 사랑의 물감을 들여,
'영원히' 사람들을 아름답게 했으면 합니다.

지오인터랙티브(주) 대표이사 金炳起

그들이 있기에 세상은 살 만한 곳

사람이 있습니다.
그리고 가슴에 품은 자그마한 희망으로 온세상을 따뜻하게 만드는 사람들이 있습니다.
세상은 그들을 '희망'이라고 부릅니다.
희망이란 이름에 영원히 자유로운 사람들……
여기 그들이 만들어가는 희망을 한자리에 모았습니다.
그들이 웃고 울고 부대끼며 찾은 희망이, 이제 씨앗이 되어 아름답게 싹트고 있습니다.
그들이 있기에 세상은 살 만한 곳입니다.

(주)네오위즈 대표이사 박진환

특별하고 행복한 여행

지난 2005년 1월은 한국 EMC에게 특별한 의미가 있던 시간이었습니다. 장애인과 비장애
인이 히말라야라는 어떤 도전의 상징을 향해 함께 갔던 행복한 여행, 우리는 관심과 애정으
로 손 모아 지켜보고 응원했습니다.
장애라는 벽에 부딪친 우리 사회의 벗들의 꿈과 희망은 그 어떤 일반인들보다 열정적입니
다. 앞으로도 또 다른 히말라야, 또 다른 킬리만자로를 넘어서며 열정의 꿈을 가꾸어가는
행복한 여행이 계속되기를 바랍니다.

한국 EMC 대표이사 김경진

진정한 인간승리

인간이 위대하다는 것은 장애를 뛰어넘을 수 있기 때문입니다. 동물은 장애가 있으면 장애가 있는 그대로 평생 동안 살아갑니다. 그러나 우리 인간은 장애를 정신적으로 제압하면 육체적으로도 장애를 극복할 수가 있습니다.
이러한 의미에서 희망원정대 1,2기는 우리 모두에게 진정한 인간승리를 보여준 쾌거이며 꿈과 희망을 준 대장정이었습니다.

(주)트렉스타 대표이사 권동칠

도전! 멈출 수 없기에 감동은 계속됩니다

힘들고 무모할 수 있었던 산행에 나선 희망원정대를 저 높은 킬리만자로는 넉넉하게 품어 안아주었습니다. 장애인과 비장애인이 함께 어울리며 도울 때 우리가 사는 세상이 더 많은 사랑과 희망으로 가득 찰 것이라는 자연이 주는 아름다운 교훈일 것입니다.
희망원정대원 한 분 한 분의 아름다운 도전과 성취를 다룬 《우리, 사랑하다》가 지금도 어려움을 겪고 계신 많은 분들의 희망이 되길 기원하며 출간을 진심으로 축하합니다.
생명을 존중하고 사랑을 나누는 일에 함께한 KRA는 여러분이 자랑스럽습니다.

KRA 회장 이우재

꿈과 열정의 희망원정대

다름에 대한 편견과 차별을 이겨내고 함께했던
희망원정대의 깃발이
대원 여러분들의 가슴속에 영원이 펄럭이기를……,
또 한 번의 감동을 기대합니다.
희망원정대의 꿈과 열정을 우리는 믿습니다.

(주)한화/무역 대표이사 양태진

'희망'이라는 한 줄기 햇빛

꽁꽁 여민 나그네의 옷섶을 푸는 것은 동지섣달 칼바람이 아니라 한여름 햇빛이라 하였습니다. 우리 마음속 빗장을 여는 것은 장애우와 비장애우를 나누는 '편견'이라는 칼바람이 아니라, '희망'이라는 한 줄기 햇빛임을 KBS 희망원정대가 일깨워 주었습니다.
GS칼텍스가 KBS 희망원정대와 그 길을 함께 걸어갈 수 있도록 기회를 주신 데 감사드리며, 이것이 '우리'가 더불어 살아가는 참된 세상으로 향한 작은 징검다리가 되었으면 합니다.

GS칼텍스(주)대표이사 회장 허동수

우리, 사랑하다

우리, 사랑하다

조휴정 · 여은영 · 신선해 · 최지연 · 윤석화 지음

1판 1쇄 인쇄 | 2006. 4. 19
1판 1쇄 발행 | 2006. 4. 26

발행처 | Human & Books
발행인 | 하응백
출판등록 | 2002년 6월 5일 제2002-113호

서울특별시 종로구 경운동 88 수운회관 1009호
마케팅부 02-6327-3537, 편집부 02-6327-3535, 팩시밀리 02-6327-5353
이메일 | hbooks@empal.com

값은 뒤표지에 있습니다.

ISBN 89-90287-87-1 03810

PICTURE CREDITS

희망원정대의 용기 있는 등정 모습을 생생히 사진에 담아낸 사진작가 김우영(1기) 님과
강호정(2기) 님께서 제공하여 주신 사진은 다음과 같습니다.

김우영: 18-19, 22, 37, 38, 52, 58-59, 64, 94, 98, 102, 124, 128, 139, 166-167,
296아래, 298, 300, 303위, 306, 308, 311, 313.

강호정: 4-5, 172-173, 176, 179, 180, 183, 184, 186, 187, 188, 191, 192, 195,
198-199, 200, 202, 205, 206, 208, 210, 213, 214-215, 217, 221, 224,
227, 228, 230, 231, 233, 234, 235, 239, 241, 242, 245, 247, 248, 255,
257, 258, 261, 262, 264, 266, 269, 271, 272-273, 276, 279, 280, 284-
285, 289, 292-293, 295위, 315, 316, 317, 318, 320, 321, 323, 324,
326, 327, 328, 329, 330, 334, 335위, 336, 338.

우리, 사랑하다

조휴정·여은영·신선해·최지연·윤석화 지음

Human & Books

우리가 오른 곳은 히말라야도 킬리만자로도 아니었다. 우리는 희망이라는 이름의 산을 함께 올랐다.

—엄홍길(희망원정대 대장, 산악인)

목차

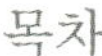

작은 용기가 세상을 바꾼다

이런 날이 오는군요.

〈희망원정대〉 1,2기를 무사히 마치고 전대원 64명 모두에게 또 많은 분들에게 행복한 추억과 감동을 안겨주고 이렇게 책으로까지 엮여지다니……, 지난 시간들이 작은 '기적'처럼 느껴집니다.

2004년 가을, 희망원정대가 탄생할 때만 해도 이런 날이 올 줄은 미처 몰랐습니다.

참으로 감사합니다, 이 모든 일들이.

2년 전 장애인들과 히말라야에 가겠다고 했을 때, 사람들은 황당한 이야기라고 했습니다. 장애인과 비장애인이 함께 오를 것이고 안전한 코스를 택할 것이다, 장애인들은 이런 기회가 아니면 해외여행은, 히말라야는 꿈도 꿀 수 없다며 그들을 설득했지만 많은 분들이 걱정하셨습니다.

당연한 걱정이지만, 저는 꼭 하고 싶었습니다.

장애인들에게 〈희망원정대〉 기획에 대해 이야기해 주었을 때 그들이 보여준 반응, '정말 우리가 히말라야에 갈 수 있을까요? 꼭 가고 싶어요' 라고 간절한 눈빛으로 바라보던 표정들……, 그것이 당시 저에게는 가장 큰 힘이었습니다.

물론 기획을 하고 협찬을 구하고 아주 소소한 부분까지 챙기며, 대원을 선발하고 대원와 멘토가 친해지기까지 결코 쉽지는 않았습니다. 여기에 '사고' 에 대한 스트레스는 서울로 돌아오는 순간까지 한시도 머릿속에서 떠난 적이 없습니다. 아무리 철저히 준비해도 산은 예측하지 못한 사고가 늘 일어나는 곳이니까요.

무엇보다 저를 힘들게 했던 것은 스스로도 어쩔 수 없는 '두려움' 이었습니다. 낮 동안 팀 회의를 진행하고 프로그램의 골격을 짜며 바삐 움직일 때는 자신감에 넘치다가도, 밤이 되어 홀로 이것저것 생각에 빠지다보면 하나부터 열까지 다 두려웠습니다.

친한 동료, 지인들까지 반대할 때 겉으론 잘 할 수 있다고 믿어달라고 그들을 설득했지만, 사실은 속으로는 '왜 이렇게 무모한 짓을 벌이는 걸까' 하면서 너무 많이 좌절하고 갈등했습니다. 인사사고가 나면 넌 회사 그만둘 수밖에 없다는 말도 저의 마음을 짓눌렀습니다. 협찬을 구할 때도 어려웠습니다. 그래서 혼자서 많이도 울었습니다. 누가 떠밀어 시작한 일이 아니기에, 잘 할 수 있다고 장담했기에 누군가에게 하소연할 수도 없었습니다. 협찬 관련 회의를 끝내고 늦가을,

찬바람을 맞으며 집으로 돌아오는 길은 몹시 외롭고 답답했습니다. 하지만 진심
은 통한다는 것을 희망원정대를 진행하면서 절실히 깨달았습니다. 반대하는 분
만큼 격려해 주시고 도와주신 분들이 많이 계셨으니까요.

협찬의 첫 테이프를 암웨이에서 끊어주었고, 좋은 일이라면서 마치 자신의 일
인 양 뛰어주신 지오인터렉티브의 김병기 사장님 덕분에 어려웠던 협찬 건도 서
서히 풀리기 시작했습니다. 프로그램 면에서도 김태민 팀장님의 적극적인 지원
으로 KBS 텔레비전과 라디오가 호흡을 맞춰 풍성한 내용을 갖추게 되었고, 여기
에 엄홍길 대장님이 합류하면서 희망원정대의 위용이 갖춰졌습니다.

그런데 놀라운 사실은 희망원정대에 참여한 분들이 어느 사이엔가 더 이상 협
찬사도 PD도 기자도 장애인도 비장애인도 아닌 희망원정대의 ‘대원’으로 조금
씩 변해 있었습니다. 서로에게 하나라도 더 해주고자 했고 한마디라도 서로에게
힘이 되어주고자 했으니까요.

협찬이 마무리된 2004년 12월 30일을 저는 도저히 잊을 수 없습니다. 전화로
네오위즈의 박진환 사장님이 마지막으로 협찬을 약속했을 때, 우리 팀은 서로를
부둥켜안고 엉엉 울었습니다. 그동안의 모든 고생이 그 전화 한 통으로 깔끔하게
마무리되는 느낌이었기 때문이었습니다.

2005년 1월 24일, 드디어 서른여덟 명으로 구성된 희망원정대 1기가 히말라야
로 향하는 비행기에 올랐습니다.

정말, 가는구나!

비행기가 히말라야의 설산 아래로 우리를 데려다 놓았을 때도 저는 이 모든 것이 마냥 꿈만 같았습니다. 그림엽서에서나 보았던 웅장한 히말라야! 저곳을 과연 우리가 오를 수 있을까? 감히 저곳을 가겠다고 이 일을 벌였다니…….

그리고 마침내 모두는 너도 나도 아닌 '우리'가 되어 히말라야의 설산을 올랐습니다. 지금도 그때 일을 떠올리면 가슴 뭉클해지는 것은 대원들이 보여준 따뜻한 우정과 진심 어린 배려 때문입니다.

우리가 다녀온 곳은 세계의 지붕이라 일컬어지는 히말라야(1기)와 킬리만자로(2기)이지만, 우리의 마음은 그곳보다 더 높은 '사랑'을 얻었습니다. 어색하고 서먹했던 사장님, 과장님이란 호칭에서 형, 누나, 동생이 되기까지, 그리고 인간의 한계에 도전하는 힘든 산행에서 서로 격려하며 끌어주고 밀어주던 모습, 따뜻한 물 한 모금도 나눠 마시며 추위 속에서 서로의 체온으로 감싸주던 모습, 이런저런 불편 속에서 갈등도 있었지만 하룻밤 자고 나면 서로 미안함에 어색하게 웃어주던 모습 등…….

함께 걷던 그 발자국 하나하나에 우리의 추억과 우정이 남아 있기에 지금도 우리는 반갑게 만날 수 있습니다.

우여곡절 끝에 또다시 구성된 2기 킬리만자로 희망원정대, 왜 어머니들이 그러시잖아요, 첫 아이는 뭐가 뭔지 모르고 낳았는데 두 번째 아이는 두렵다구요, 그 고통을 아니까요. 무엇보다도 이제 1기만큼 주목받지 못할 것이라는 '방송'

으로서의 한계를 어떻게 뛰어넘느냐가 숙제였습니다. 하지만 희망원정대는 분명 방송국에서 만들어지고 추진되는 것이지만 방송 그 이상의 중요한 무엇이 있었습니다. 히말라야 하산 때부터 2기도 추진할 것인지, 추진한다면 어떤 점을 보강해야 할지에 대한 의견을 참 많이도 들었습니다. 그중에서도 휠체어 육상선수 박정호 대원의 말이 특히 가슴에 남았습니다.

"희망원정대가 그냥 이번으로 끝나지 않았으면 좋겠어요. 꼭 2기, 3기로 이어져서 장애인들이 이런 도전을 꼭 해봤으면 좋겠어요."

그래서 우리는 다시 시작했습니다. 기획안을 만들고 대원을 선발하고 멘토를 섭외하고 협찬사를 구하고 현장에서 벌어질 여러 가지 일들을 대비해 미리 점검에 점검을 거듭했습니다. 대원들의 등산복 사이즈를 재는 일부터 물품을 나눠주는 일, 현장에서 나눠줄 한 자루의 볼펜을 사는 것까지, 또다시 꼬박 두 달간의 힘든 준비 과정을 거쳐서 다시 아프리카로 출발하였을 때, 저는 이 순간은 다시 돌아오지 않는다, 하루하루를 내 가슴에, 눈에, 머리에 모두 고스란히 담아오겠다고 결심했습니다.

2기 대원들 역시 최고였습니다. 유쾌하고 밝고 따뜻하고 부지런하고 선했습니다. 아름다운 철도원 김행균 선배를 비롯한 장애인 대원들은 비장애인이 오르기에도 벅찬 해발 5,700미터의 킬리만자로 정상 부근까지 오르는 놀라운 모습을 보여주었습니다.

　석양에 붉게 물드는 아프리카의 장엄한 풍광, '만다라(2,700미터)-호롬보(3,730미터)-키보(4,705미터)'로 이어지는 킬리만자로 입구까지의 완만하고도 평화로운 산길, 인도양과 대서양이 만나는 케이프타운 해변가의 희망봉에서 우리가 날리던 희망 풍선……, 그리고 어디서나 두 손을 꼬옥 잡고 다니던 안치환 씨와 정훈이, 한 사람만 다니면 이상하게 보였을 정도로 단짝이던 한현정 대원과 김경희 멘토, 희망원정대에서 만나 아프리카에서 사랑을 키운 석화와 태석이……. 눈을 감으면 마치 아름다운 영화의 한 장면처럼 떠오릅니다.

　'희망원정대'에 관한 책을 쓰기 위해 다시 예전 자료와 사진을 뒤적여보았습니다. 전에는 미처 발견하지 못한 사진 속의 작은 풍경, 저만치 슬쩍 찍힌 대원들의 작은 표정 하나도 새롭고 특별한 추억으로 다가와 가슴이 뭉클해집니다. 숨은 그림찾기처럼 사진 한 장 한 장을 뚫어지게 바라보며 대원들의 얼굴을 한 사람씩 새삼스럽게 떠올려봅니다. 아, 모두들 그립습니다.

　그리고 히말라야에서는 파쌍, 킬리만자로에서는 가우딕스가 우리의 안전한 등정을 위해 도움을 주었습니다. 이들을 비롯한 현지 가이드와 포터·세르파들에게도 감사의 마음을 전하고 싶습니다.

　우리가 갔던 곳은 가난한 나라들이었습니다. 네팔의 수도 카트만두에는 변변한 빌딩 한 채 없는, 50년대의 우리나라보다 못한 듯했습니다. 아프리카는 에이즈와 가난으로 죽어가는 땅이라고들 합니다. 하지만 이번에 우리는 이 편견도 깼습니다. 그들은 가난했지만, 진심 어린 사람들이었습니다. 낯선 곳에서 온 우리를 그들은 친구로 받아들였고 자신들의 가난을 부끄러워하지 않았으며 인생을 바라보는 시선에도 여유가 있었습니다. 그들의 친절함이 없었다면 우리의 힘든 산행은 더욱 고단했을 것입니다.

그리고 그들은 그들 문화에 대한 자부심도 대단했습니다. 비록 가난했지만 결코 우리보다 불행하지는 않았습니다. 희망과 행복, 평화는 반드시 잘 먹고 잘사는 것과 일치하지는 않는 것 같습니다. 네팔과 아프리카에서 만난 포터들은 늘 웃는 얼굴이었고 여유로웠으며 다른 사람을 먼저 배려하고 언제나 긍정적이었거든요. 그들은 참 착했습니다. 자신들의 생활을 부끄러워하지 않았기에 당당하고 밝았습니다.

현지 포터들에게 우리가 가장 많이 들었던 말은 "Slowly, Slowly"일 겁니다.

빠르게 앞만 보고 달리던, 그렇게 달릴 줄밖에 모르던 우리에게 그들의 작은 속삭임은 참 많은 것을 생각하게 했습니다.

그가 생각납니다. 가우딕스……, 그는 아프리카 탄자니아에 사는 47살의 포터입니다. 그는 2005년 12월 12일 정오쯤부터 다음날 새벽 5시 20분까지 그리고 같은 날 오전 7시부터 낮 12시까지 저의 포터였습니다. 그리고 그 다음날 오전 호롬보에서 사진전을 마칠 때 잠깐 사진을 찍었고, 그날 오후 6시를 넘겨 마랑구 게이트에서 버스가 막 출발하려고 할 때, 어디서 휙 하고 바람처럼 나타나 작별 인사를 한 것이 인연의 전부입니다.

하지만 저는 지금 제 인생 바로 이 시점에 그가 나타난 것을 그냥 지나칠 수 없습니다. 그는 저의 생명을 구해 주었습니다. 다른 사람은 물론 저 자신도 이 체력으로는 전혀 불가능하다고 믿었던 킬리만자로를 무려 5,200미터 지점까지 인도해 주었을 뿐더러, 킬리만자로의 꽁꽁 언 새벽 하산 길에 세 번이나 구르고 한 발짝도 내딛지 못할 만큼 탈진한 저를 무사히 키보까지 데려다주었던 것입니다.

가우딕스는 저보다 못 배우고 가난할지는 모르나, 그는 강하고 선했고 무엇보다 자기의 일에 진심을 담는 사람이었습니다. 수줍음이 많으면서도 침착하고 지혜롭고 감사할 줄 아는 그에게 저는 깊은 감명을 받았습니다.

마랑구 게이트에서의 짧은 인사가 마지막이 되었지만, 아마 그를 죽는 날까지 영원히 잊지 못할 것입니다.

킬리만자로에서 하산한 이후, 저는 아프리카의 넉넉한 자연풍광을 보면서 내내 그를 생각했습니다. 그에게 더 많이 감사의 마음을 표현하지 못한 것이 마음에 걸렸고 여전히 가난할 그의 일상이 저를 자꾸 울컥거리게 했습니다. 한국으로 돌아와서도 그의 생각이 떠나질 않았습니다. 이제 그는 저에게 있어 자기 일에 진심을 담고 사는 선량한 사람의 상징이 되었습니다.

그런 생각 끝에 주위를 둘러보니, 제 주위에는 많은 가우딕스가 있었습니다. 그분들 때문에 희망원정대가 탄생하였고, 대원들 한 사람 한 사람은 또 누군가의 가우딕스가 될 것입니다.

우리가 넘은 산은 그냥 산이 아니었습니다.

우리는 우리가 갖고 있던 많은 편견과 마음의 장벽, 장애인-비장애인, 여자-남자, 부자-빈자, 지방색, 인종의 벽 등을 함께 넘었습니다. 그 경험은 우리에게 많은 용기를 줄 것이라 믿습니다. 그리고 우리의 이 작은 시도가 조금씩 비록 느리더라도 이 세상에 퍼져나가길 바랍니다.

저희도 처음엔 안 될 줄 알았습니다. 장애인을 보면 어색했습니다. 어떻게 도와줘야 할지 몰랐고, 괜한 미안함에 어쩔 줄 몰랐습니다. 그런데 지금은 조금 알게 되었습니다. 무릎을 굽혀 휠체어 장애인과 블루스를 추면 되는 것이었고, 어떻게 도와줘야 하느냐고 담담하게 물으면 되는 것이었고, 시각장애인에겐 반찬을 가까이 놓아주며 설명해 주면 되는 것이었고……, 아닙니다, 아니에요. 그냥 다정한 눈으로 바라만 봐도, 웃는 얼굴로 인사만 건네도 우린 친구가 될 수 있습니다. 누구에게나요. 이런 특별한 추억을 갖게 된 우린 참 행복한 사람들입니다.

KBS 제3라디오의 〈희망원정대〉가 지금처럼 많은 분들의 관심과 사랑을 받게 될 줄 전혀 예상하지 못했을 때도 불확실하지만 옳은 일이라며 응원해 준 많은 분들께 저는 이 책을 통해 진심으로 감사의 인사를 전하고 싶습니다. 희망원정대를 통해 저희는 결국 사람이 가장 중요하고, 사랑만이 우리의 인생을 바꿀 수 있다는 사실을 깨달았습니다.

우리의 작은 시도, 장애인과 비장애인이 함께 즐겁게 어울리는 세상, 편견과 미움 없이 따뜻한 시선으로 서로를 바라보고 배려해 주는 세상이 되도록 저희 희망원정대원 64명은 열심히 살겠습니다.

　앞으로도 〈희망원정대〉가 이어지길 진심으로 바랍니다. 방송이 아닌 우리의
삶 속에서…….

2006년 4월
희망원정대원 64명을 대표하여
조휴정(KBS 라디오 프로듀서)

제 1 부
희망으로 오른 히말라야

처음 신어 보는 등산화

약속이라는 생각이 든다. 사람과의 만남, 장소와의 만남, 사건과의 만남……, 이 모든 것이 아주 오래 전에 맺어진, 그렇게 될 수밖에 없는 이미 정해진 약속! 누군가는 그것을 '운명'이라 말하고 혹자는 '인연'이라 말한다. 우리의 삶은 이런 무수한 약속을 지켜나가는 과정이 아닐까? 약속된 것이 아니라면, 운명이나 인연이 아니라면, 다른 사람도 아닌 왜 꼭 그와 만나서 친구가 되고 연인이 되겠는가? 왜 다른 곳이 아닌, 그곳 그 자리에서.

우리가 2005년 1월 14일 아침, 도봉산 산자락에 위치한 '엄홍길 기념관'에서 만난 것도 약속, 운명이었다. 히말라야 희망원정대라는 이름으로 만나게 될 약속 말이다. 히말라야 〈희망원정대〉는 KBS 제3라디오에서 기획한 장애인과 비장애인이 함께 히말라야를 등반한다는 프로젝트의 이름이자, 동시에 이 프로젝트

등산화, 이 신발을 신기까지 참 많은 용기가 필요했다.

POON HILL
32.10 m
POONHILL
3210 m
GHOREPANI
2874 m
POON HILL PUBLIC
VISITORS PARK
AREA

에 참여하게 된 사람들을 가리키는 이름이다. 희망원정대는 10명의 장애인들과 그들을 도와 히말라야에 오를 10명의 멘토 그리고 이번 프로젝트를 기획하고 추진한 KBS 방송국의 제작진과 등반에 동참하게 될 취재진 등 총 서른여덟 명으로 구성되었다.

희망원정대는 오늘 공식적인 발대식을 갖고 도봉산에서 2차 예비산행을 할 예정이다. 발대식이 열리는 '엄홍길 기념관'은 세계에서 가장 높은 산 히말라야의 8,000미터가 넘는 15개 봉우리를 모두 완등한 엄홍길 대장을 기념하기 위해 만든 곳이다. 전시장 안에는 엄홍길 대장이 히말라야 등반에 사용했던 장비들과 등반 모습을 담은 사진들이 전시되어 있다. 이곳에서 히말라야 희망원정대는 뜻 깊은 발대식을 갖게 된 것이다.

발대식에 참석하기까지 장애인 대원들은 여러 번의 테스트를 거쳐야 했다. 장애인 대원들은 수기 공모를 통해 선발되었는데, 수기를 쓴다는 것 자체가 이들에게는 힘겨운 자기성찰의 시간이었다. 수기를 쓴다는 것은 감추고 대수롭지 않은 것으로 짐짓 꾸미고 싶은 그들 장애에 대해 숨김없이 드러내야 하는 일이었기 때문이다. 또한 장애인으로 살면서 갖게 된 어쩔 수 없는 열등감과 세상에 대한 원망을 다시 한 번 곱씹는 시간이기도 했다. 하지만 많은 좌절과 아픔에도 불구하고 열심히 살아왔다고 당당히 말하고, 평범한 이들 못지않게 하고 싶은 것도, 할 수 있는 것도 많다고 알릴 수 있는 좋은 기회이기도 했다.

수기 공모를 통해 선발된 후에도 통과해야 하는 또 하나의 관문은 바로 정밀 신체검사였다. 희망원정대가 갈 곳은 히말라야 3,000미터 높이에 있는 푼힐 정

히말라야 푼힐 정상, 해발고도 3,210미터.
우리가 오를 곳은 도전의 정상, 희망의 정상이었다!

상이다. 산행 기간만도 4박 5일이나 걸리는 험난한 일정이다. 그 여정을 견딜 수 있는 체력인지 산행을 불가능케 하는 위험 요소는 없는지 확인하는 과정이다. 1차로 선발되기는 하였지만 정밀검사 여부에 따라 탈락될 수도 있다. 장애인 원정대를 뽑는다고 했으니, 손발이 자유롭지 못하고 앞을 볼 수 없고 들을 수 없다는 장애는 문제도 되지 않는다. 하지만 늘 신체적인 장애 때문에 거절당하고 시작할 기회조차 가지지 못했기에 그들은 신체에 관한 한 자신감이 없다. 다행히 선발된 대원들 모두 갖고 있는 장애 이외에는 산행에 문제가 될 만한 신체적인 이상은 없었다.

장애인과 비장애인이 함께하는 최초의 히말라야 산행에 대한 세간의 관심을 대변하듯 여러 언론사에서 취재를 나왔다. 카메라의 플래시가 터지는 소리 속에서 발대식이 시작되었다. 원정대원들은 후원사에서 지원받은 등산복과 등산화를 신고 발대식에 참석하였다. 대원들이 입고 있는 등산복 상의에는 '2005 희망원정대'라는 마크가 선명하게 찍혀 있다. 10명의 장애인 대원과 그들과 함께 산에 오를 10명의 멘토, 그리고 제작진을 비롯한 스텝 모두의 얼굴에는 드디어 시작이라는 긴장감과 이 멋진 날의 주인공이 바로 '나'라는 자부심이 담겨 있다.

이번 히말라야 희망원정대의 원정대장은 발대식이 열린 '엄홍길 기념관'의 주인공 엄홍길 대장이다. 그는 자신의 등반 계획을—8,000미터급 16좌 중에서 마지막 남은 봉우리 '로체샤르' 등정—미루고 희망원정대의 원정대장을 맡아주었다. 엄 대장은 중학교 2학년 때부터 도봉산에서 바위를 타기 시작해 지금까지 30여 년 동안 산과 함께해 온 산악인이다. 그런 엄홍길 대장에게도 이번 산행은 매우 특별하다. 엄홍길 대장은 그 특별한 감회를 발대식 축사를 통해 대원들에게 전하였다.

"엄홍길입니다. 히말라야의 많은 산들을 올랐지만 이렇게 장애인과 비장애인이 함께하는 이번 산행이야말로 가장 잊을 수 없는 산행이 될 것이라 믿습니다. 평소 산과 친하지 않은 상태라 힘든 것은 당연합니다. 하지만 자기에 대한 확고한 신념이야말로 기회라고 생각합니다. 산에 오르면 우리는 개개인이 아니라 희망원정대의 한 사람으로서 팀원으로서 하나라는 점을 잊지 말아야 합니다."

자신에 대한 확고한 신념, 할 수 있다는 자신감, 해보고 싶다는 갈망이 없었다면 이 자리에 있지 못했을 것이다. 앞으로의 일정은 각자의 자신감과 열망이 팀의 그것으로 모아지는 과정이 될 것이다.

발대식에 이어 2차 예비산행이 시작되었다. 장애인들 중에 산에 올라본 경험이 있는 사람이 몇 명이나 될까? 산은커녕 동네 나들이도 쉽지 않은 것이 우리나라 장애인들의 현실이 아니던가. 예비산행은 산행 경험이 없는 장애인 대원들에게 히말라야 등반에 앞서 산을 경험해 보고, 장애인 대원과 짝을 이루어 함께 산행할 멘토들이 친해질 기회를 갖기 위해 마련된 자리다. 또한 본격적인 히말라야 산행에 앞서 필요한 장비와 문제점 등을 사전에 점검하기 위한 자리기도 하다.

등산을 위해 도봉산 초입에 들어설 때까지 대원들의 얼굴에는 웃음으로 가득하였다. 이미 열흘 전 대원들은 우면산에서 1차 예비산행을 실시하였는데, 1차

원정대원들의 다짐과 각오와 사랑을 담은 2005 희망원정대 깃발.

이윤경 대원이 목발을 짚고 걷기 어려운 길을 포터의 도움으로 '또까'에 앉아 산을 오르는 중이다.
핸드워킹을 하는 박정호 대원의 발을 박성우 멘토가 잡아주고 있다.

(왼쪽부터)

포터의 도움을 받아 계곡을 건너고 있는 최진국 대원, 시각장애인 진국이는 눈이 아니라 소리로 세상을 본다.
멘토 장순랑 과장이 포터들과 함께 윤오의 휠체어를 들고 돌길을 내려오고 있다.

(왼쪽부터)

핸드워킹으로 산을 오르는 이윤오 대원.
희철 씨의 등에 엎여 돌계단을 오르는 윤선아 대원.

(왼쪽부터)

김대중 멘토의 도움으로 핸드워킹하는 박정호 대원.
박성우, 장순랑 멘토의 도움을 받아 핸드워킹하는 이윤오 대원.

(왼쪽부터)

산행은 어렵지 않았다. 그때 생각만으로 오늘 산행도 크게 힘들 것 같지 않았다. 하지만 막상 본격적인 산행이 시작되자 대원들의 얼굴은 굳어지기 시작하였다. 우면산이 고속도로였다면 도봉산은 비포장도로다.

"누가 길에다 돌을 박아 놨어. 힘들구로"

산행을 시작한 지 얼마 지나지 않아 푸념소리가 들린다. 뒤돌아보니 이윤오 대원이다. 그는 29세의 잘생긴 청년으로 외모뿐 아니라 유머러스한 말투와 늘 웃는 얼굴로 어딜 가나 사람들의 관심과 인기를 독차지한다. 지금 윤오는 두 발이 아니라 두 손으로 산을 오르고 있다.

윤오는 지체장애 1급 장애인이다. 사고로 휠체어를 타게 된 중도장애인으로, 휠체어 마라톤 선수다. 윤오가 장애인이 된 것은 중학교 3학년 때로 그 또래 청소년들이 다 그렇듯 폼 잡고 바람을 가르고 싶다는 마음에 올라탄 오토바이가 그의 인생을 뒤바꾸어 놓았다.

"눈을 떴는데 하반신 마비라는 거예요. 기가 막혔죠. 처음에는 죽는 줄 알았어요. 받아들이기 힘든 나이였으니까. 평생 집에만 있어야 되는 줄 알았어요."

윤오는 사고를 당하기 전, 육상선수였을 만큼 운동을 좋아하고 활동적인 소년이었다. 그런 그에게 하반신 마비는 사형 선고나 다름없는 일이었다. 죽음을 생각할 만큼 절망적인 순간에 그에게 다가온 것이 경기용 휠체어였다.

"경기용 휠체어를 처음 봤을 때 저것으로 내가 다시 달릴 수 있겠구나, 생각했죠. 새장 속의 새는 죽어버린 새잖아요. 내가 그런 죽은 새였다면 새장의 문이 열리고 세상을 향해 발을 내딛는 계기가 된 거죠. 정말 날아갈 것 같았어요."

헬렌 켈러는 '신은 한쪽 문을 닫으면 반드시 다른 쪽 문을 열어 둔다'고 하였다. 윤오에게 휠체어 마라톤은 세상을 향해 그리고 삶을 향해 다시 열린 문이었다. 새로운 희망을 안겨준 휠체어! 새 삶을 살게 해준 휠체어! 하지만 휠체어를 타고 산에 오를 수는 없는 일이다. 원정대원 선발을 위한 최종 면접에서 우려를 나타내는 제작진에게 윤오는 두 손으로 기어서라도 히말라야에 오르겠다고 말했다.

"저는 꼭 가야 되거든요. 처음에는 이런 몸으로 산에 오르는 게 가능할까 의문이 들었어요. 사람이 처음 걸어간 발자국은 그대로 다른 사람에게 길이 된다고 하잖아요. 우리나라에서 그 높은 산에 올라간 장애인은 없는 걸로 알고 있는데, 더구나 휠체어 장애인이……. 내가 올라갔다 오면 다른 장애인들에게 도움이 되지 않을까요. 그렇기 때문에 저는 꼭 가야 해요."

누군가에게 동정의 대상이 아니라 동경의 대상이 되고 싶은 소망. 그것은 윤오

뿐 아니라 모든 사람들의 바람일 것이다. 희망원정대원 중에는 휠체어를 타는 사람이 또 한 명 있다. 윤오처럼 휠체어 마라톤 선수로 활동하고 있는 박정호 대원이다. 32세의 정호는 태어나서 단 한 번도 두 발로 걸어본 적이 없다. 선천성 소아마비로 두 다리가 제대로 자라지 못한 대신 정호에게는 두 손이 있다. 그에게는 손이 손도 되고 발도 된다. 정호는 핸드워킹으로 한라산을 올라본 경험도 있다. 핸드워킹이란 발이 아니라 손을 이용해 걷는 것이다. 손바닥으로 땅을 짚고 엎드리면 뒤에서 다른 사람이 두 다리를 잡아주는 것이다. 핸드워킹으로 산을 오르는 정호를 보자 면접 때 자신의 몸무게를 말하던 모습이 떠오른다.

"38킬로그램입니다. 성장 발육이 안 되니까요. 가벼워서 뒤에서 들어주긴 더 쉬울 거예요."

정호의 핸드워킹 파트너가 된 사람은 이번 원정대의 후원사 중 한곳인 한국 암웨이의 김상두 차장이다. 우면산에 이어 오늘 두 번째로 정호와 호흡을 맞추고 있지만 여전히 어색하고 힘이 드는 모양이다.

"허벅지를 두 손으로 완전히 껴야 돼요. 아니, 손이 무릎 밑으로 들어가면 안 되구요……."

두 사람은 어떻게 하면 좀더 수월하고 효과적으로 보조를 맞출 수 있을지 의논

웃음 많은 청년 윤오는 누구와도 쉽게 친해진다.

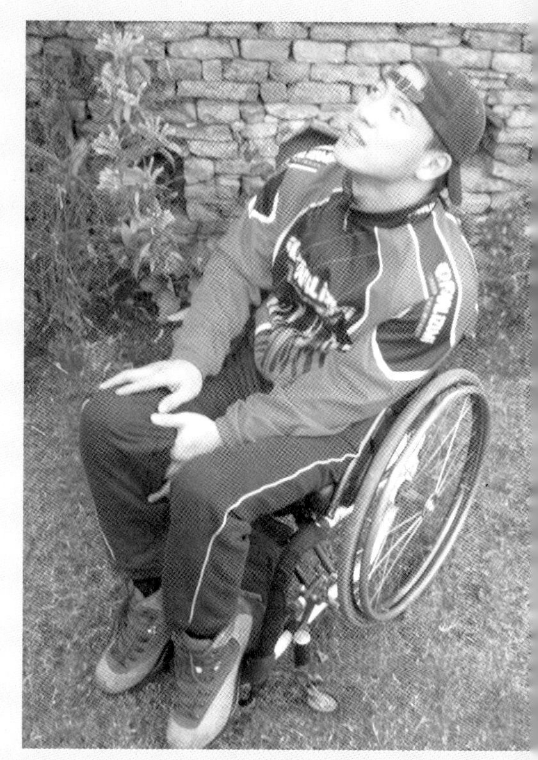

"저는 꼭 가야 되거든요.
처음에는 이런 몸으로 산에 오르는 게 가능할까 의문이 들었어요."
— 이윤오 대원

하면서 한 발 한 발 앞으로 나간다. 김상두 차장의 옷이 땀에 젖어 등판이 흥건하다. 정호의 이마에도 땀방울이 맺힌다. 앞에서 핸드워킹을 하는 정호도 힘들지만 뒤에서 다리를 잡아주어야 하는 사람도 힘이 들기는 마찬가지다. 앞사람의 들린 다리 높이에 맞춰 상체를 구부리고 엉거주춤한 자세로 걸어야 하기 때문이다.

장애인과 비장애인이 함께하는 산행은 단지 서로 육체적으로만 힘든 것이 아니다. 그것은 편견을 깨고 아집을 버리는 자기와의 싸움이기도 하다. 장애인들은 비장애인의 도움을 원하지 않는다. 반면 비장애인들은 장애인을 도와주어야 하는 대상으로 생각한다. 도움을 받고 싶지 않은 사람과 도와줘야 한다는 강박관념을 가지고 있는 사람 사이의 소통은 결코 쉽지 않다. 하지만 그것은 서로 함께할 기회가 없었기 때문에 생긴 오해와 갈등일 뿐이다.

우리 사회에서 아직은 장애인과 비장애인이 함께할 기회는 별로 없다. 학교도 나뉘어져 있는 데다 장애인들의 사회 활동에 제약이 많으니 더욱 그럴 수밖에 없다. 이번 희망원정대에 참여한 멘토들 역시 산행은 물론이고 장애인과 함께 뭘 해보는 것 자체가 처음인 사람들이 대부분이다. 그래서 처음에는 만남 자체가 어색하고 어떻게 해야 할지 몰라 난처해 하기도 하였다. 그것은 장애인, 비장애인 모두 마찬가지였다. 하지만 그런 어색함과 거리감은 오래가지 않았다. 함께 밥을 먹고 술을 마시고 어울려 산에 오르는 동안 장애인과 비장애인이라는 구분은 사라졌다. 같은 목적을 위해 뜻을 모으고 힘을 모으는 친구가 되어갔다. 대원들은 서로에게 필요한 부분을 대화를 통해 찾아가고 있었다. 장애인과 비장애인이 함께하는 방법을 찾는 것, 이것이 이번 우리 희망원정대의 또 하나의 목표였다.

1차 산행에 이어 2차 산행이 있는 오늘도 날이 좋다. 뺨에 와닿는 바람도 시원하다. 기온이 너무 낮거나 눈이라도 왔다면 산행에 어려움이 많을 텐데 다행이다. 장애인 대원들의 등반 속도에 맞춘 산행이라 몸에 큰 무리가 가지 않는다. 그런데 앞서 걸어가는 상희의 숨소리가 크게 들린다. 상희는 오른쪽 손과 오른쪽 발이 불편한 뇌성마비 2급 장애인이다. 굽은 다리로 인해 평지를 걸을 때도 눈에 띄게 몸이 흔들린다. 그러니 돌이 박혀 울퉁불퉁한 오르막 산길을 걷기란 힘이 들 뿐 아니라 위험할 지경이다. 넘어지지 않기 위해 불편한 발끝에 힘을 줄 때마다 이마에는 방울방울 땀이 솟는다. 도봉산의 해발고도는 600미터 남짓, 그 높이까지 발걸음을 옮기는 데도 힘이 많이 든다. 그런데 세계의 지붕, 신들의 거처라 불리는 히말라야 3,000미터가 넘는 푼힐 정상을 오른다는 것은 가고 싶다는 의지만으로 되는 일은 아닐 것이다. 장애인들에게는 힘겨움을 넘어 위험한 일이기도 하다. 상희는 그래도 가야 한다고 말한다.

"위험을 선택할 수 있는 권리 또한 장애인이 가지고 있습니다. 보호가 아닌 그 위험 또한 내가 원했기 때문이죠."

장애인 대원 선발을 위한 면접에서 처음 만난 상희는 작은 얼굴에 호리호리한 외모로 연약한 느낌을 주었다. 하지만 겉모습과 달리 내면은 당당함과 자신감으로 가득했다. 상희는 장애인자립생활센터에서 장애인들의 자립생활을 돕는 일을 하고 있다. 원래는 공무원이었다. 안정된 공무원 생활을 버리고 힘든 장애인 운

히말리야의 설산들.

동에 뛰어들 정도로 상희는 장애인으로서의 자신의 모습에 당당하고 자신이 하고자 하는 일, 해야 할 일에 대한 의지가 확고하다.

"코가 까졌어. 앞이 다 까졌잖아?"

중간 휴식 시간, KBS 제3라디오의 윤문희 팀장이 원정대원 최진국의 등산화를 내려다보고 놀라서 말한다.

오늘 겨우 두 번째 신은 새 등산화인데 진국이의 등산화는 몇 년을 신은 신발처럼 벌써 신발 코가 다 헤어졌다. 진국은 시각장애 5급의 장애인으로 사물의 윤곽 정도만 겨우 볼 수 있다. 앞이 잘 보이지 않기 때문에 자꾸 헛발을 딛게 되어서 신발 코가 닳아버린 것이다. 진국의 헤어진 신발 코는 진국이가 얼마나 어렵게 산을 올라왔는지를 말해 주고 있었다. 주변 사람들은 걱정이 많은데, 정작 당사자는 아무렇지도 않다는 반응이다.

"계단을 험난하게 올라와서 그래요. 훈련은 훈련답게 해야죠. 신발도 닳고, 넘어져도 보고, 그래야 훈련이 되죠."

진국이의 헤어진 등산화를 부러운 눈으로 바라보는 사람이 있다. 원정대원 이윤경이다. 그녀는 소아마비로 다리가 불편한 지체장애 2급의 장애인이다. 그녀는 등산화 대신 가벼운 운동화를 신고 있다. 다른 대원들은 이번 원정을 위해 지급된 등산화를 신고 있지만 목발을 짚고 한 발에만 의지해 걸어야 하는 그녀에게 무거운 등산화를 신고 걷는 것은 힘든 일이다. 그래서 그녀는 등산화 대신 운동화를 신고 있다.

등산화를 신지 못하는 또 다른 이가 있다. 원정대원 윤선아, 그녀 역시 목발의 도움 없이는 걸을 수 없는 장애인이다. 발의 무게를 최소한으로 줄이기 위해, 선아 역시 등산화 대신 운동화를 신고 있다. 윤경의 등산화와 다른 점이 있다면 선아의 운동화는 굽이 높다. 조금이라도 키가 더 커 보이고 싶어서이다. 선아는 '엄지공주'라는 별명을 가지고 있다. 작은 키 때문이다. 다 자란 키가 120센티미터밖에 되지 않는다. 목발을 짚고 한 발 한 발 위태롭게 산을 오르는 선아를 지켜보던 KBS 제3라디오의 김병진 PD가 등을 내밀며 업히라고 권한다. 하지만 선아는 무섭다며 거절한다.

선아는 '골형성부전증'이란 병을 갖고 태어났다. 뼈가 약해 조금만 삐끗해도 뼈가 잘 부러진다. 그래서 선뜻 다른 사람에게 업히지 못한다. 넘어져서 뼈라도 부러지면 큰일이기 때문이다. 뼈가 부러져 움직이지 못하게 되어 다른 사람이 대소변을 받아내야 했던 경험이 많은 선아에게는 아픈 것보다 그 창피함이 더 싫다. 목발을 짚고 산길을 걷는 것이 다른 사람에게 업혀 가는 것보다 안전할 리 없다. 그래도 다른 사람에게 자신의 몸을 맡기고 싶지 않은 것이다.

산을 내려오는 길, 길 한쪽에 김상두 차장과 정호가 주저앉아 담배를 피우고 있다. 두 사람의 몸은 땀으로 흠뻑 젖어 있었지만 얼굴 표정만은 환하다. 무슨 이야기가 그리도 재미있는지 대화가 끊이지 않는다. 정호는 처음에는 말수도 적고

희철 씨 등에 업혀 산을 오르는 선아.
'타인의 도움을 받아들이고, 그들에게 가졌던 미안한 마음을 더는 갖지 않는 것.
우리가 넘어야 할 또 하나의 산이다.'

무뚝뚝한 표정이었는데, 두 번의 산행을 마치고 정호의 얼굴이 한결 밝아졌다. 사람들과도 스스럼없이 이야기를 주고받는다. 힘들지 않느냐고 물었더니, 정호가 진지한 얼굴로 말한다.

"이제 힘들면 힘들다고 솔직하게 얘기할 수 있게 됐어요. 이제 더 이상 도움받는 데 대해 미안해 하지 않으려구요."

아, 그랬구나. 한 걸음 한 걸음 산을 오르면서 내 안에 있는 두려움뿐 아니라, 타인의 도움을 받아들이고 그들에게 가졌던 미안한 마음을 더는 갖지 않는 것, 그것은 장애를 가진 원정대원들이 넘어야 할 또 하나의 산이었구나.

누구나 마찬가지겠지만 장애인들에게 새로운 일을 시작한다는 것은 큰 용기가 필요하다. 살아오면서 비장애인들보다 더 많은 좌절을 맛봐야 하기 때문이다. 원정대원 중 가장 키가 큰 정성건 대원은 수기 공모를 통해 원정대원으로 선발되었다는 소식을 듣자마자 벌써 산에 다 오른 것처럼 기뻤다고 한다.

"소리를 질렀죠. 차안에서……, 차창을 다 올려놓고 소리 지르고, 크락션을 누르고……, 10분 넘게……, 밖에서 누가 봤다면 분명 미쳤다고 했을 거예요."

성건이는 언뜻 보아서는 장애인이란 표가 전혀 나지 않지만, 교통사고로 바스러진 뼈를 늘리고 이어 붙이는 수술을 서른 번이나 받은 두 다리의 길이가 2센티미터 정도 차이가 나는 지체장애 3급의 장애인이다. 그래서 통증 때문에 오래 걸을 수가 없다. 그런데 히말라야에 오르는 고되고 긴 산행에 왜 도전하려는 것일까?

"5년 정도 투병 생활을 했어요. 지난 7월에 마지막 수술을 받고 거의 회복 단계가 됐는데, 다시 사회생활을 하려고 하니까 벽이 높더군요. 5년 전에는 평범하게 살았지만 지금은 장애인으로서 살며 이겨내자, 극복하자 하는 생각들을 많이 합니다. 히말라야도 분명 힘든 과정일 테고 어려움도 많겠지만, 희망과 자신감을 얻고자 지원하게 됐습니다."

성건이는 이번 산행을 통해 세상으로 나가기 위해 필요한 나머지 2센티미터의 다리를 얻고 싶어하였다.

마음대로 움직여 주지 않는 손과 발, 도움을 청하는 말도 쉽게 나오지 않는 장애인들이 히말라야에 오른다고 하니까, 모두 불가능하다고 했다. 그랬다. 분명 장애인들끼리였다면 불가능한 일이었을지 모른다. 하지만 이들 곁에는 서로의 손이 되고 발이 되어 함께 오르겠다고 나선 10명의 멘토가 있었다. 멘토는 희망원정대의 후원사 관계자와 지원자들로 구성되었다. 하지만 도와주는 이가 있고 도움을 받는다고 해도 히말라야 산행은 결코 쉽지 않을 것이다.

희망원정대의 막내로 청각장애를 가진 이슬이가 발대식에서 장애인 대원 대표

산에 올라가 본 사람은 안다.
내리막길을 걷는 것이 더 어렵고 힘들다는 것을. 우리 삶의 길도 그러하리라.

로 한 인사말에서 이런 걱정스런 속내를 털어놓았다.

"아마도 히말라야를 오르는 일은 쉬운 일이 아닐 겁니다. 너무 힘들어서 어쩌면 이번 여행에 참가한 것을 후회하게 되는 순간이 올지도 모릅니다. 하지만 우리 모두의 따뜻한 관심과 사랑으로 서로 도와주며 함께 최선을 다해 오르는 것, 이 모든 과정을 즐거운 마음으로 임하는 것, 이것이 희망원정대원으로서 우리가 가져야 할 마음가짐이라고 생각합니다."

산행을 마치고 저녁을 먹기 위해 모인 식당의 방 앞에 대원들이 벗어 놓은 등산화를 바라본다. 하얀 먼지를 뒤집어 쓴 것도 있고 신발 코가 헤어진 등산화도 있다. 진열장에서 방금 꺼내 놓은 것처럼 깨끗한 정호와 윤오의 등산화도 있다. 두 발이 아니라 두 손으로 산에 오르기 때문에 신발에 흙을 묻힐 일이 없는 것이다. 등산화 틈 속에 윤경과 선아의 운동화도 보인다.

같은 신발이지만 신발 주인에 따라 다른 모습을 하고 있는 등산화처럼, 희망원정대 대원들은 꼭 그만큼 다르다. 그리고 우리는 그 다름을 서로 인정하고 그 다름이 주는 한계를 뛰어넘을 것이다. 앞을 볼 수 없지만 더 넓은 세상을 볼 수 있도록, 잘 듣지 못하지만 더 아름다운 세상의 소리를 들을 수 있도록, 다리가 불편해 걷기 힘들지만 세상을 향해 힘찬 발걸음을 내디딜 수 있도록, 가슴속에 희망을 안고 희망원정대원들은 히말라야를 향할 것이다.

떠날 수 있는 용기

동네 앞 버스정류장에만 서 있어도 마음은 낯선 곳을 향해 떠나려 한다. 익숙하고 안전한 일상에서 벗어나 낯선 거리를 이방인으로 걷고 싶다. 객지에서 느끼는 외로움과 두려움, 긴장과 호기심 속에서 새로운 나를 만나고 싶다. 그러나 몸은 언제나 정해진 길을 오갈 뿐이다. 정해진 길에서 비켜나 새로운 길 위에 서기 위해서는 용기가 필요하다. 떠날 수 있는 용기, 그리고 다시 돌아올 수 있는 용기. 여행은 돌아오기 위해 떠나는 것이다.

2005년 1월 24일 오후 5시 30분, 인천국제공항 k 카운터 앞에 희망원정대원들의 모습이 보인다. '2005 희망원정대'라는 마크가 붙은 등산복을 입고 있는 원정대원들 곁에는 똑같은 크기의 까만색 카고백이 놓여 있다. 카고백은 한 사람이

안나푸르나 주변의 설산들.
'저 산에 가고 싶다', 꿈을 품은 이는 길을 만들 줄 안다.

들어가 누울 정도의 크기로, 많은 짐을 효율적으로 담고 관리하기 위해서 대원들에게 일괄적으로 지급되었다. 11박 12일간의 일정, 그냥 여행도 아니고 산행이다 보니 챙겨야 할 것들이 많다. 등산 장비는 물론 히말라야에는 사계절이 함께 있기 때문에 봄 · 여름 · 가을 · 겨울 옷을 모두 준비해야 한다. 이렇게 큰 짐 가방을 싸는 게 살면서 몇 번이나 있을까.

원정대원들 중에 낯익은 얼굴이 보인다. 가수 서영은 씨다. 영은 씨는 이번 원정대의 장애인 대원 선해의 멘토로 참여한다. 두 사람은 오늘 첫 대면이다. 영은 씨의 사정으로 두 번의 예비산행 모임에 참석하지 못하고, 공항에서 원정대에 합류한 것이다. 선해는 자신의 멘토가 가수 서영은이라는 이야기를 듣고 좀 당황해하는 눈치다. 연예인과 한 팀이 된다는 데 대한 부담감 때문이다. 그러나 이런 걱정도 잠시 둘은 만나자마자 곧 친해졌다. 영은 씨는 연예인이라는 특권의식 없이 자연스럽게 선해에게 먼저 말을 걸어왔고 선해 역시 씩씩하고 적극적인 성격이라 첫 만남의 어색함은 오래가지 않았던 것이다.

빠진 물건은 없는지 내용물 점검을 하면서 서로의 안부를 묻고 출발에 앞선 흥분을 나누는 대원들, 한편에서 짐을 꺼냈다 넣었다 하느라 분주한 사람이 있다. 김민수 대원과 그의 멘토 박진환 사장 그리고 민수의 부모님이다.

29살의 민수는 180센티미터가 넘는 훤칠한 키에 다부진 체격을 가진 건장한 청년이다. 하지만 지능은 여섯 살 아이 수준에 머물러 있는 정신지체 2급의 장애인이다. 민수는 가톨릭에서 운영하는 근로자활센터 'WECAN'에서 쿠키 만드는 일을 한다. 첫 번째 예비산행부터 민수 옆을 그림자처럼 따라다니며 챙겨주고 있는 박진환 사장은 이번 희망원정대의 후원사인 인터넷 포털 사이트 네오위즈의 사장이다. 장애인과 함께하는 희망원정대 기획 의도를 듣고 망설임 없이 후원을 결정하였음은 물론 멘토 역할까지 자청하였다. 공항 바닥에 주저앉아 손으로는 민수의 짐을 하나하나 다시 점검하면서도 걱정스럽게 곁에서 지켜보는 민수의 부모님을 안심시켜 드리는 일도 잊지 않는다.

2차 예비산행 후 공항에서 다시 만난 박진환 사장의 입술이 심하게 부르터 있다. 얼굴도 몹시 피곤해 보인다. 이유를 물어보니, 2주 동안 자리를 비워야 하기 때문에 회의를 몰아서 하고 미리 일처리를 해놓느라 하루에 서너 시간도 자지 못했다는 것이다. 그렇게 바쁜 와중에도 박진환 사장은 민수에 대해 더 이해하기 위해서 민수가 일하는 과자 공장을 직접 방문하기도 하였다. 민수가 일하는 모습도 보고 복지사 선생님을 통해 민수의 장애 정도에 대한 설명도 들었다. 서로의 입장을 알고자 노력하고 또 그것을 있는 그대로 받아들이는 마음, 그것이 장애인과 비장애인의 벽을 허무는 첫걸음일 것이다.

형제처럼 함께 짐을 챙기고 옷매무새를 만져주는 두 사람을 보면서 민수 아버지의 눈시울이 붉어진다. 품안에 안고 보듬기만 하던 아들이었다. 늘 불안하고 안쓰럽게 지켜보던 아들이었다. 그런 아들이 히말라야에 오른다고 나선 것이다. 그동안 흘린 눈물은 아픔의 눈물이었다. 하지만 오늘 흘리는 눈물은 기쁨의 눈물이다.

카고백은 한 사람이 들어가 누울 정도의 크기로
많은 짐을 효율적으로 담고 관리하기 위해 대원들에게
일괄적으로 지급되었다.

"처음에는 우리 민수가 갈 수 있을까, 걱정했는데⋯⋯. 이런 좋은 일이 우리 민수에게 있구나. 감사하죠, 주위에 도와주는 분들이 있어서 안심이 됩니다. 그동안 장애인이라고 내 자식만 생각했다는데 부끄러운 생각도 드네요."

대원들의 짐을 부치기 위해 한곳에 모았다. 한곳에 모은 카고백 숫자만도 무려 50여 개가 넘는다. 엄홍길 대장이 모아놓은 짐을 보고, "우와~ 대단하네. 내가 에베레스트 원정 갈 때 같은데"라며 웃는다. 공항 대합실 바닥에 줄맞춰 늘어놓은 50여 개의 카고백을 보니 '원정대' 라는 이름이 실감난다. 짐을 부치는 사이, 장애인 대원과 멘토는 2인 1조가 되어 출국 신고서를 쓰고 비행기표를 확인하였다. 공항 로비 의자에 앉아 한쪽에 목발을 세워 놓고 출국 신고서를 쓰는 윤경 씨의 얼굴에 웃음이 가득하다. 올해 마흔 살, 두 살 때 앓은 소아마비로 목발 없이는 걸을 수 없는 그녀는 이번이 첫 해외여행이다. 그녀뿐 아니라 원정대원들 대부분이 해외여행이 처음이다. 해외가 아니더라도 이렇게 긴 여행을 떠나는 것 자체가 처음인 사람도 많다.

장애인들은 세상에서 가장 높은 것이 문지방이라고 말한다. 밖에 나오기가 그만큼 어렵고 엄두가 나지 않는 것이다. 장애인 가요제에서 대상을 받고 가수로 활동 중인 윤경 씨는 패션 감각이 뛰어나고 늘 웃는 얼굴로 금방 사람들과도 친해진다. 늘 다른 사람을 배려하고 챙겨주는 그녀의 성품 때문이다. 그녀 곁에서 서류 작성에 필요한 사항을 알려주는 사람은 이번 원정대의 협찬사 중 한곳인 한국 EMC의 권혁재 이사다. 있는 듯 없는 듯 조용히 예비산행 때부터 다리가 불편

네팔 트리부반 공항에서 포카라로 가는 소형 비행기를 타기 전에 우리는 기념사진을 촬영했다.

한 윤경 씨의 다리 역할을 해주고 있다.

비행기 탑승을 위해 들어가야 할 시간이 되었다. 대원들은 배웅 나온 가족들과 작별인사를 나눈다. 대원들은 씩씩하게 손을 흔드는데 가족들의 얼굴에는 기쁨과 함께 근심이 어려 있다. 원정대원 중 가장 막내인 이슬이는 엄마와 오랜 작별인사를 나눈다.

"잘 챙겨먹고, 힘든 거 있으면 꼭 언니들한테 얘기하고. 한눈팔지 말고 잘 따라다녀야 돼."

이슬이 어머니는 이슬이의 얼굴을 쓰다듬으며 당부의 말을 하고 또 한다. 청각장애를 갖고 있는 이슬이는 상대방의 입 모양을 보고 말을 알아듣는다. 소리를 듣는 것이 아니라 보는 것이다. 눈에 띄는 장애가 아니기 때문에 위험한 순간에 빠진 적도 오해를 받을 적도 많다. 그래서 사람들 사이에서 소외감을 느낄 때도 많다. 힘들어하는 딸을 지켜보면서 어머니 역시 많은 눈물을 흘려야 했다.

그런 딸이 엄마 품을 떠나 긴 여행을 그것도 산행을 한다니, 어머니는 마음이 놓이지 않는다. 하지만 어머니는 이슬이가 잘 해낼 것이라 믿는다. 엄마에게 힘들어하는 모습을 보이지 않기 위해 어린 가슴속에 눈물을 숨기며 자기 일을 당당히 해온 것처럼. 이슬이는 그런 어머니의 마음을 아는 듯 어머니 얼굴을 쳐다보며 오래오래 웃는다.

밤 9시. 희망원정대를 태운 방콕행 비행기가 인천 하늘을 날아오른다. 네팔까지 바로 가는 비행기가 없기 때문에 여러 번 비행기를 갈아타야 한다. 방콕까지 가는 비행기를 타고, 그곳에서 다시 네팔의 수도 카트만두로, 그리고 카트만두에서 트레킹이 시작되는 포카라까지 네팔 국내선 비행기를 타야 한다. 그 긴 여정이 마침내 시작된 것이다. 창 밖으로 멀어지는 지상의 불빛들을 보면서 지금 원정대원들은 무슨 생각을 하고 있을까?

어제 저녁부터 감기 기운이 있는 상희의 얼굴색이 여전히 좋지 않다. 몸도 아파 일찍 짐을 챙겨 놓고 자리에 누웠는데 잠이 오지 않더란다.

"어제 저녁부터 아파서 걱정했어요. 오늘도 다리 근육이 뭉쳐서 걱정했는데, 충분히 갈 수 있을 거라 믿어요."

긴 여행을 앞둔 심리적인 긴장이 통증이 된 것이다. 진국이가 상희 옆자리에 앉아 상희의 손을 어루만져주면서 이런저런 조언을 해준다. 진국이는 안마사 자격증을 갖고 있다. 진국이는 1999년 KBS에서 주최한 제4회 장애인 가요제에 참가해 은상을 받고 가수로 활동하고 있다. 가수라고는 하지만 겨우 교통비 정도 주는 지방 행사장 무대에 서는 것이 고작이다. 그래도 무대에 설 수 있어서 행복하다. 가수로 활동하기 전에 진국이는 안마사로 일하였다. 진국이의 꿈은 트로트 가수로 자신의 음반을 내는 것이다. 가수 배호를 가장 존경한단다. 진국이는 호기심도 많고 적극적인 성격이라 새로운 일을 해보는 데 전혀 두려워하지 않는다. 하지만 이번 원정에 참여하기까지 많이 고민하였다.

"산이 무서웠어요. 더구나 외국 산이라고 하니까 겁부터 났어요. 그런데 우면산, 도봉산의 예비산행을 하면서 용기를 얻었죠. 시각장애를 딛고 도전하는 모습을 보여주고 싶어 가기로 결심했어요."

그래도 아직 산에 대한 두려움을 완전히 떨쳐버린 것은 아니다.

"노래를 들으면서 가려구요. 지치고 힘들 때 힘이 되어 주는 게 노래니까."

진국에게 노래는 세상을 보는 또 하나의 눈이자 든든한 친구다.

학교에 가기 위해 버스를 타고, 친구를 만나기 위해 계단을 오르고, 물건을 사기 위해서 큰 용기를 내야 하는 사람들이 있다. 휠체어를 타고 시내버스를 타기 위해서, 목발을 짚고 계단을 오르기 위해서, 말할 수 없는데 상대방의 말을 들을 수 없는데 물건을 사기 위해서 용기를 내야 하는 사람들, 그들이 장애인이다.

"장애인으로 산다는 게 어떤 것인지, 겪어보지 못한 사람은 절대 몰라요. 내 힘으로 한 번도 못 걸어보고, 도도하게 살아볼 수 없는 게 얼마나 억울한데요. 5분만이라도 건강미 넘치는 여자로 살아보고 싶어요. 평생 아쉽죠. 살찐 거 고민하는 거 보면 저한테는 사치로 느껴져요."

엄지공주 선아의 말이다. 장애를 갖고 있다는 것은 혼자만 감당해야 하는 일이

아니다. 혼자 있을 때는 자신을 '키 작은 아줌마'라고 놀려도 '다리가 없다'고 놀려도 괜찮다. 하지만 사랑하는 사람, 가족과 친구들이 자신 때문에 상처받는 것은 더 마음 아프다. 언제나 웃는 얼굴에 근심이라고는 전혀 없어 보이는 윤경 씨도 가족 때문에 눈물을 흘릴 때가 많다.

장애를 가진 자식을 둔 부모는 자식의 장애가 마치 당신들의 잘못인 양, 평생 자식에게 미안한 마음으로 죄인처럼 살아가신다. 그런 부모님을 볼 때마다 자식들은 뼈가 저리고 가슴이 무너진다. 입양아를 보고 그녀는 어머니에게 이런 말을 한 적이 있다.

"엄마, 엄마는 왜 날 안 버렸어? 없어지면 잊을 수 있잖아?"

그러나 그녀는 안다. 눈에 보이지 않는다고 잊혀지는 자식이 있던가. 지금 히말라야에 가는 것은 나를 위해 용기를 내는 것이다. 그리고 내 가족을 위해서, 내 친구를 위해서 용기를 내는 것이다. 내가 당당해야 그들이 상처를 덜 받기 때문에……

고라파니의 롯지 창밖으로 보이는 풍경(안나푸르나 주변의 설산들).

진심은 통하더라

지금 이 순간 서른일곱 명의 대원들과 함께 히말라야로 가는 비행기를 타기까지 누구보다 더 많은 용기를 내야 했던 사람이 있다. 희망원정대를 처음 기획하고 추진해 온 조휴정 선배다. 처음 조휴정 선배가 희망원정대를 꾸려서 히말라야에 간다는 이야기를 했을 때 나는 무조건 따라가겠다고 나섰다. 자비를 들여서라고 갈 테니까 꼭 데려가 달라고 했다. 산을 좋아하는 나는 히말라야에 꼭 가보고 싶었던 데다 장애인들과 함께 산행을 한다는 발상 자체가 대단히 놀라웠기 때문이다. 장애인들과 함께하는 산행, 얼마나 멋진 일인가! 얼마나 좋은 일인가! 해볼 만한 일이었다. 하지만 그 멋진 일을 실현시키기까지 넘어야 할 산이 너무도 많았다.

먼저 방송국 내부의 반대 의견을 설득해야 했다. 장애인들과 함께 다른 곳도 아닌 히말라야에 간다는 것 자체에 대해 회의적인 사람들이 많았다. 사고라도 나면 어쩌느냐, 위험을 무릅쓰고 히말라야에 가겠다는 장애인이 과연 있겠느냐, 안 되는 이유도 많았다. 반대에 부딪칠 때마다 조 선배는 안 되는 이유 열 가지 보다 꼭 가야 하는 이유 한 가지를 이야기했다.

그것은 그녀가 맡고 있는 프로그램의 진행자인 선아와 게스트 윤경 씨를 통해서 알게 된 장애인들 본인의 마음이었다. 그것은 그들의 꿈이었다. 그들은 꼭 가고 싶다고 했다. 장애인인 그들이 꼭 가고 싶다는 데 그것보다 더 절실하고 타당한 이유가 어디 있겠는가.

그리고 마침내 조 선배의 끈질긴 설득 과정을 거쳐 히말라야 희망원정대 프로그램 방송 일정이 정해졌다. 그리고 총책임자로 KBS 제3라디오의 윤문희 팀장, 조 선배 외에 김병진 PD, 한미린 작가, 장정희 작가 그리고 나를 포함해서 라디오 제작진이 꾸려졌다. 우리는 희망원정대 프로젝트를 구체화하기 시작하였다.

프로그램의 윤곽은 일사천리로 잡혀갔다. 하지만 우리 앞에는 가장 큰 문제가 남아 있었다. 히말라야 원정에 필요한 협찬금을 모으는 일이었다. 이 일은 전적으로 조 선배가 책임져야 할 몫이었다. 이번 프로젝트에 필요한 돈은 1억 원이 넘는 큰돈이다. 조 선배는 기획서를 들고 협찬사를 찾아 나섰다. 우리는 적은 돈은 아니지만 이렇게 좋은 일에 동참해 줄 협찬사를 찾는 것은 그리 어려운 일이 아닐 것이라고 기업 홍보 관계자를 만나러 가는 조 선배를 응원하였다. 미팅에서 돌아온 조 선배는 밝은 얼굴이었다. 담당자들의 반응이 좋았단다. 의미 있는 일이라고, 좋은 일이라고 격려까지 해주었단다.

포카라 공항 활주로를 걸어나오는 희망원정대원들.
대원들이 탄 비행기는 30인승 규모로 고속버스보다 조금 더 컸다.

하지만 미팅 후 들려온 대답은 우리의 기대와는 달랐다. 이익 추구를 목표로 하는 기업의 입장에서는 협찬이라는 것이 결국은 자사 홍보를 위해서 하는 것인데, 홍보 효과가 높지 않다는 것이다. KBS 제3라디오는 텔레비전은 물론, 다른 라디오 채널에 비해서도 인지도가 낮은 것이 사실이다. 장애인과 노인층 등 우리 사회의 소외 계층을 위한 방송에 주력하고 있는 제3라디오는 AM 채널이라는 채널 자체의 한계도 있고 연예인들이 많이 나오는 타방송에 비해 대중적인 인지도 면에서도 떨어진다. 게다가 장애인과 함께하는 행사라는 점도 취지는 좋으나 홍보 효과는 별로 없다는 것이다.

계속되는 면담과 거절로 조 선배는 지쳐갔다. 그런 조 선배를 보면서 "잘 될 거야", "꼭 협찬사가 나타날 거야"라고 말했지만 내심 정말 우리가 히말라야에 갈 수 있을까 걱정되었다. 뜻만 좋다고 다 할 수 있는 것은 아니지 않는가! 협찬사를 구하는 일과는 별도로 장애인 대원 선발을 위한 수기 공모가 진행 중이었다. 공지가 나간 마당에 지금에 와서 그만둘 수도 없는 일이다. 밤새 얼마나 고민을 했는지, 매일 아침 출근하는 조 선배의 얼굴은 밤새 야근하고 온 사람처럼 기진맥진이었다. 그래도 조 선배는 포기하지 않았다. 낯선 회사의 사무실에 들어설 때마다 이번에는 꼭 좋은 결과가 있기를……. 기도하기를 한 달여, 드디어 그녀의 진심은 통했다.

마침내 한국 암웨이를 시작으로 하나둘 협찬사가 정해지기 시작하였던 것이다. 첫 번째 협찬을 약속한다는 전화가 걸려온 날, 그녀는 수화기를 내려놓고도 몇 번이고 고맙습니다, 라는 말을 되뇌었다. 그리고 눈물을 흘렸다. 마지막 협찬사까지

푸른 산 너머로 보이는 하얀 설산, 마치 신기루 같다.

모두 정해진 날, 우리는 마치 히말라야를 다 오르기라도 한 양 기뻐하였다.

초기에 협찬사를 구하지 못했던 어려움과 달리 몇 번의 멘토 모임과 두 번의 예비산행 과정에서 협찬사들은 당초 지원하기로 약속한 협찬금 외에도 등반에 필요한 각종 물품들의 협찬을 약속하였다. 장애인 대원들의 가고자 하는 의지와 조 선배의 열정에 대한 응원이었다. 그렇게 또 하나의 큰 산을 넘은 것이다.

그리고 마침내 희망원정대를 태운 비행기가 히말라야를 향해 날아가는 지금, 잠시 한숨 돌려도 좋을 텐데……, 그녀의 얼굴은 지금까지 넘었던 산들보다 더 높고 험난한 산을 마주하고 있는 듯 긴장이 가득하다. 자신을 포함한 서른여덟 명의 대원들 모두가 출발한 모습 그대로, 아니 더 행복한 모습으로, 건강한 모습으로, 다시 돌아와야 한다는 책임감 때문이다. 조 선배의 산행은 비행기 안에서부터 시작되고 있었다.

희망원정대가 歌의 탄생

방콕에서 이틀간 머문 원정대는 2005년 1월 26일 아침 7시 30분, 네팔로 향하는 비행기에 올랐다. 네팔을 향해 날아가는 비행기 밖으로 끝없이 구름의 바다가 펼쳐진다. 창 밖을 바라보는 선해와 영은 씨 자리에서는 두런두런 이야기 소리가 끊이지 않는다.

"구름 만져보고 싶지 않아요? 산에 가면 만져볼 수 있을까요?"

"글쎄, 만져볼 수 있지 않을까."

"밤에 방콕으로 가면서 생각한 게 있는데, 우리들 삶하고 비슷한 거 같아요. 환하고 그런 것만 볼 때는 한 가지만 보이는데 떠나서 위에서 보기 시작하면 되게 많이 보이더라구요."

말이 굳은 선해와 대화하는 데는 어려움이 있다. 자연스럽게 말이 나오지 않기 때문에 말하는 사람도 힘들고, 정확한 발음이 아니기 때문에 듣는 쪽도 긴장하고 집중해야 한다. 대화의 속도는 더디고 같은 이야기를 여러 번 반복해야 하고 알아듣지 못해 되물어야 하지만, 영은 씨와 선해의 대화는 끊이지 않는다. 선해와 많은 이야기를 주고받던 영은 씨는 선해에게 노랫말을 써 보라고 권한다. 처음에는 못한다고 거절했지만, 거듭되는 영은 씨의 설득에 선해는 영은 씨의 노래 '혼자가 아닌 나'의 음에 맞춰 노랫말을 만든다. 여기에서 히말라야 희망원정대원들의 가슴속에 울려 퍼질 '희망원정대가歌'가 만들어진다. 그 이야기는 선해의 목소리로 직접 '혼자가 아닌 나' (154쪽)에서 들려줄 것이다.

영은 씨와 선해의 대화는 끊이지 않는다.

'눈의 집'으로!

　태국 방콕의 돈무앙 공항을 이륙한 지 3시간 30분 뒤, 네팔의 수도 카트만두의 트리부반 국제공항에 도착하였다. 비행기 밖으로 공항 전경이 보인다. 여느 국제공항과는 다르다. 우리나라 지방도시의 터미널 정도 규모로 화장실 외에 별다른 부대시설도 없다. 입국 수속을 마치고 공항 밖으로 나오자 현지 가이드들이 대원들 목에 목도리를 걸어준다. 목도리의 이름은 '카따(Katta)'로 반가움을 뜻하는 말이다. 이 목도리를 손님에게 선물로 주는 것은 네팔의 전통적으로 풍습이라고 한다. 엄홍길 대장이 한 대원의 목에 걸린 '카따'를 풀어서 메고 있는 배낭 고리에 묶어준다. 이렇게 하면 액운을 물리치고 행운을 가져다준단다. 일종의 부적인 셈이다.

　그러고 보니 엄홍길 대장의 배낭에는 이미 '카따'가 묶여 있다. 가방에 '2000

트리부반 공항에서
엄홍길 대장이 원정대원들에게
안전한 산행을 기원하며 '카따'를
메어주고 있다.

년 캉첸중가 등반기념'이란 마크가 붙어 있는 것을 보니, 그때부터 묶여 있던 게 아닌가 싶다. 우리가 탈 버스는 낡은 것이었다. 하루에 서너 번밖에 다니지 않는 산골 마을버스 수준이다. 창문과 창문 사이에는 작은 선풍기가 달려 있다. 인원이 많아 두 대의 버스로 나눠 탔는데, 나중에 들어보니 다른 버스에는 그나마 선풍기도 없었단다.

카트만두는 해발 1,281미터에 위치한 고산 도시로 사방이 산으로 둘러싸여 있다. 인구 70만 명 정도(2000년 기준)의 소도시지만 일 년 내내 외국인 관광객과 등반가들이 모여드는 곳이다. 히말라야에 오르기 위해서는 카트만두를 꼭 거쳐야 하기 때문이다. 엄홍길 대장은 카트만두는 자신의 '제2의 고향'이라고 말한다. 1985년 에베레스트 원정 때 처음 카트만두를 찾은 이래, 지금까지 거의 한 해도 빠지지 않고 오는 곳이니 고향만큼 친숙한 곳일 것이다. 엄홍길 대장은 매번 위험한 산행을 위해 오는 곳이련만 카트만두에 오면 오히려 마음이 편해지고 머리가 맑아진단다. 서울을 떠나올 때의 근심 걱정은 다 사라지고 무겁던 몸도 새털처럼 가벼워진단다. 이곳에서는 오로지 자신이 좋아하는 일, 하고 싶은 일, 즉 산에 오르는 일만 생각할 수 있기 때문이 아닐까.

카트만두에서 우리가 머문 호텔의 이름은 '안나푸르나'다. 히말라야 봉우리의 이름을 딴 곳이다. 엄홍길 대장은 원정을 올 때마다 이 호텔에 머문다고 한다. 카트만두가 고향이라면 안나푸르나 호텔은 고향집 같은 곳이다.

호텔에 짐을 풀어놓고 대원들은 엄홍길 대장의 안내로 시내구경에 나섰다. 우리가 찾은 곳은 카트만두의 명동이라고 불리는 타멜거리는 카트만두 최고의 번

포카라에서 우리 희망원정대가 머문 상그릴라 호텔.
'상그릴라'는 '지상낙원'이라는 뜻이다.

어서오십시오
한국인환영

화가라고 하는데 몇 개의 좁은 골목들로 이루어진 소박한 장터 같다. 원래 이곳은 네팔 히피들의 거리였는데 정부에서 관광거리로 지정해 지금의 모습을 갖추게 되었다고 한다.

등산객들이 많은 도시답게 타멜거리에 가장 많은 상점은 등산용품점이다. 세계적으로 유명한 등산용품 브랜드의 옷이며 장비들이 전시되어 있는데, 대부분 가짜라고 한다. 네팔의 전통 공예품이나 특산품을 파는 상점과 작은 식당을 겸한 민박집들도 이곳에 모여 있다. 거리를 오가는 사람의 절반은 외국인들이다. 우리는 '필그림' 이라는 서점에 들렀다. 책은 물론이고 네팔의 풍경과 사람들, 풍습을 담은 예쁜 그림엽서와 손으로 만든 공책 등 선물하기 좋은 물건들을 파는 곳이다. 대원들은 이곳에서 기념품을 고르고 엽서에 담긴 히말라야의 설산들을 보았다. 손안에 담긴 하얀 산을 보니 히말라야에 한 걸음 더 가까이 다가선 것 같은 기분이 들었다.

타멜거리에서 돌아와 저녁을 먹고 휴식을 취하고 있는데 윤경 씨가 아프다는 소식이 전해졌다. 엄홍길 대장과 원정대의 건강을 책임지고 있는 문영식 원장은 혹시 고소증상이 아닐까 걱정하였다. 원정대원 대부분은 태어나서 처음으로 해발 1,200미터나 되는 높은 곳에 와 있는 것이다. 내일부터 본격적으로 산행이 시작되는데, 만약 내일도 증상이 좋아지지 않으면 어쩌지? 윤경 씨를 혼자 남겨 두고 갈 수는 없는 일이다. 그렇게 되면 전체 산행에도 차질을 빚게 된다. 더욱이 대원들 누구라도 건강에 이상이 올 수 있는 것이 아닌가, 대원들 모두 윤경 씨의 건강이 좋아지기를 기도하던 긴장된 밤이었다.

히말라야 트레킹 코스 중간중간에 만날 수 있는 작은 매점으로, 간단한 식사도 할 수 있고 음료와 과자도 판다.
동일한 물건도 고도가 높아질수록 값이 올라간다. 모든 상품은 산 아래서 지고 올라와야 하기 때문이다.

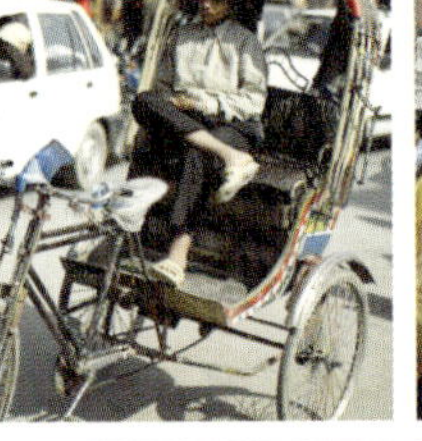

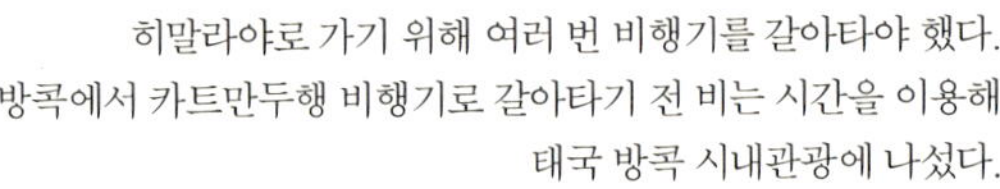

히말라야로 가기 위해 여러 번 비행기를 갈아타야 했다.
방콕에서 카트만두행 비행기로 갈아타기 전 비는 시간을 이용해
태국 방콕 시내관광에 나섰다.

밤새 구토를 하고 열에 들떠 신음하는 윤경 씨의 수발은 멘토 권혁재 이사와 룸메이트 조경희 기자가 해주었다. 두 사람은 오빠처럼, 동생처럼 힘들어하는 윤경 씨의 곁을 지키며 보살펴주었다. 이번 희망원정대를 준비하면서 제작진이 가장 염려한 것은 대원들의 건강과 안전 문제였다. 그런데 본격적인 산행에 들어가기도 전에 한 대원이 쓰러진 것이다. '윤경 씨 상태가 좋아지지 않으면 어떻게 하지?' 조 선배를 비롯한 제작진들은 뒤척이며 밤을 보내야 했다. 권혁재 이사와 조경희 기자, 두 사람의 헌신적인 간호와 대원들의 기도 덕분이었는지 다음날 다행히 윤경 씨의 증상은 좋아져 있었다.

2005년 1월 27일, 이른 아침부터 짐을 챙기느라 대원들의 손놀림이 바쁘다. 오늘부터는 여행용 손가방이 아니라 등산용 배낭을 매야 한다. 본격적인 산행이 시작되는 것이다. 배낭을 매고 호텔 앞에 정렬한 대원들은 산행에 앞서 엄홍길 대장의 주의사항을 들었다.

"잘 주무셨습니까. 아마 몸이 틀릴 겁니다. 히말라야의 좋은 기가 흐르니까요. 대원들 모두 이상 없죠? 조금이라도 이상이 있으면 곧 알려주세요. 피해 줄까봐 숨기시면 안 됩니다. 이제부터 네팔 국내선을 이용해 안나푸르나로 이동할 겁니다. 여기부터가 진짜예요. 전쟁터로 나가는 겁니다. 마음의 각오, 단단히 하세요. 아셨죠? 기후 변화가 심할 테니, 그때그때 옷도 입었다 벗었다 해야 합니다. 그리고 건조해요, 입술도 마를 테니 물도 자주 마시고, 부지런해야 됩니다. 부지런한 사람이 적응을 잘 합니다."

카트만두 시내에 있는 번화가 타멜거리에서.

엄홍길 대장이 이윤경 대원에게 스카프를 매어주고 있다.
"힘들면 이 스카프로 땀도 닦고 코도 풀고 하세요." ―엄홍길 대장

산행에 필요한 주의사항을 들으니 '이제 정말 산에 오르는구나', '잘 해낼 수 있을까' 하는 생각이 들며 긴장된다. 대원들의 이런 마음을 알았는지 엄 대장은 원정대원들 한 사람 한 사람에게 귀한 선물을 주었다. 히말라야 등반 과정을 담은 엄홍길 대장의 자서전 《8000미터의 희망과 고독》의 출판 기념물로 만든 등산용 스카프였다. 스카프 속에는 엄홍길 대장의 얼굴과 캉첸중가, 얄룽캉 등 엄홍길 대장이 올랐던 히말라야의 산들이 담겨 있다. 엄홍길 대장은 대원 한 사람 한 사람의 목에 스카프를 매어 주었다. 지금 엄홍길 대장이 대원들에게 매어주는 스카프는 단순한 스카프가 아니다. 그것은 엄홍길 대장 자신이 숱한 좌절과 어려움을 이기고 히말라야 등반에 성공했듯이, 우리 희망원정대도 힘들고 어려운 과정을 이겨내고 반드시 푼힐 정상에 오르기를 기원하는 바람을 담은 기도다.

그것은 또한 우리는 혼자가 아니라는 연대의 증표이기도 했다. 그래, 지금 내 곁에는 세계에서 가장 높은 히말라야의 15개 봉우리를 모두 오른 믿음직한 대장이 있고, 한마음 한몸이 되어 함께 올라갈 대원들이 있다. 우리는 저마다의 가슴속에 해낼 수 있다는 자신감을 안고 포카라로 향하는 네팔 국내선 비행기에 몸을 실었다. 9시 30분에 출발하기로 되어 있는 비행기는 11시가 거의 다 되어서야 이륙 준비를 마쳤다. 이곳에서는 늘 있는 일이라고 한다.

포카라는 네팔의 서쪽에 위치한 작은 도시로 히말라야 트레킹이 시작되는 도시다. 포카라로 가는 큰 비행기가 없어서 원정대는 두 팀으로 나눠 타야 했다. 비행기 안은 고속버스 실내처럼 좁다. 겨우 한 사람이 지나다닐 정도의 통로를 사이에 두고 한쪽은 두 자리, 한쪽은 한 자리의 좌석밖에 없다. 기내 승무원도 한 사람 뿐이다. 자리에 앉자 승무원이 쟁반에 작은 솜뭉치와 사탕을 들고 돌아다니며 나눠준다.

'사탕은 간식거린데 솜뭉치는 무엇에 쓰는 걸까?' 의아해 하고 있는데, 문영식 원장이 궁금증을 풀어준다. 솜뭉치는 귀마개 대용이었다. 비행기가 이륙하자, 소음이 어찌나 심하던지 옆자리에 앉은 사람의 말소리가 들리지 않을 정도다. 솜뭉치도 별로 도움이 되지 못한다. 시골길을 달리는 경운기처럼 덜덜거리는 소리에 울렁증이 생겨 눈을 감고 있는데, '와' 하는 탄성소리가 들린다. 창 밖을 내다보니 하얀 산이 보인다. 만년설로 뒤덮인 히말라야다.

히말라야는 산스크리트어로 '눈의 집'이라는 뜻이다. 눈의 집이라는 이름처럼 하얀 눈을 이불처럼 덮고 있는 봉우리들이 허리에 구름을 두르고 파란 하늘 위로 우뚝 솟아 있다. 사진으로 텔레비전 화면으로만 보던 설산이 눈앞에 펼쳐져 있다는 사실이 실감나지 않는다. 너무나 아름다워서 마치 꿈을 꾸는 것만 같다. 이 세상에 이토록 장엄하고 아름다운 산이 있다니……. 게다가 지금 우리는 저 하얀 산을 향해 가고 있지 않은가. 두 손을 꼭 잡고 나란히 앉아 있던 선아와 선아의 남편 희철 씨가 만년설을 보면서 이야기꽃을 피운다.

"신기해. 산에 구름이 걸쳐 있어."

설산에서 눈을 떼지 못하는 선아에게 희철 씨가 묻는다.

포카라로 가는 비행기 안에서 처음 본 히말라야의 설산들.
"정말 우리가 저곳에 가는 거야?"

"무섭지 않아?"

"아니, 아름다워. 엄 대장님은 어떻게 올라가셨을까? 희철 씨, 자기도 올라가보고 싶지 않아?"

"아니, 난 못할 거 같아. 무서워."

설산을 바라보며 희철 씨가 대답한다.

"엄 대장님이 그러셨어. 엄 대장님도 99퍼센트는 포기하고 싶지만 1퍼센트만 믿고 올라간대. 산에 들어서자마자 내가 왜 왔을까? 후회되는데 그 1퍼센트만 믿고 올라가는 거래."

이번 히말라야 산행에 참가한 원정대원들 대부분은 야트막한 동네 뒷산도 올라본 적이 없다. 그런 우리들이 히말라야 3,000미터가 넘는 산에 오르겠다고 했을 때 사람들은 무모한 도전이라고 말했다. 불가능할 것이라고 했다. 왜 위험한 일을 하느냐고 꾸짖는 사람도 있었다. 용기는 99퍼센트의 불가능과 고정관념을 뛰어넘는 것이다. 할 수 있다는 믿음, 해보고 싶다는 바람, 나를 사랑하고 응원해주는 이들에게 뭔가를 보여주고 싶다는 의지, 그것이 우리가 갖고 있는 1퍼센트의 용기다. 그 1퍼센트의 용기를 안고 저 하얀 산, 눈의 집으로 갈 것이다.

마침내 시작된 산행

비행기에서 내려 포카라 공항 활주로에 내려서자마자 제일 먼저 대원들의 시선을 사로잡은 것은 멀리 구름 사이로 모습을 드러낸 산, 마차푸차레였다. 마차푸차레는 '생선 꼬리'라는 뜻으로 산 정상이 마치 생선 꼬리를 닮았다고 해서 붙여진 이름이다. 삼각형 모양의 일반적인 산 정상과 달리 생김새부터가 특별한 마차푸차레는 네팔 사람들이 신성시하는 산으로 외국인은 물론 현지인들에게도 입산이 금지된 산이다. 햇빛을 받아 은빛으로 빛나는 마차푸차레는 땅 위에 발을 딛고 서 있는 산이 아니라 구름 위에 섬처럼 떠 있는 것 같다. 눈을 감았다 뜨면 사라질 듯 신기루인 양, 저 산은 정말 땅 위에 있는 것일까? 포카라에서는 멀리 산꼭대기만 보이지만 우리의 최종 목적지인 푼힐 정상에 가면 마차푸차레의 모습을 눈앞에서 볼 수 있다고 한다. 뿐만 아니라, '풍요의 여신'이라는 별명을 갖고 있는 안나푸르나는 물론 8,000미터가 넘는 산들과도 마주할 수 있다고 한다.

공항 밖으로 나오자 원정대를 기다리고 있는 사람이 있었다. 세르파 '파쌍'이다. 세르파는 히말라야 원정을 도와주는 일종의 산악 전문 가이드다. 파쌍은 엄홍길 대장과 여러 번 히말라야 등반을 함께한 베테랑 세르파로, 이번 산행에서 여러 명의 세르파를 진두지휘하는 세르파들의 대장이기도 하다. 원정대를 태운 버스가 출발하고 얼마 되지 않아 꽝 하는 소리가 났다. 차선을 무시하고 무작정 끼어든 버스와 부딪친 것이다. 사실 좁은 도로는 차선 구분도 없다. 다행히 다친 사람은 없다. 운전자들끼리 실랑이를 벌이는 동안 우리는 옆 버스에 탄 사람들과 이야기를 나눴다. 까만 머리에 커다란 눈을 한 열서너 살쯤 되어 보이는 남자 아이가 우리 일행에게 인사를 건넨다. 그 남자 아이는 결혼식 피로연에 가는 길이라고 한다. 우리가 히말라야 트레킹을 왔다고 하니 잘 다녀오라는 인사말을 건넨다. 한동안의 실랑이 끝에 버스는 다시 출발한다.

원정대원들은 점심을 먹기 위해 포카라의 상징이자 명소인 페와 호숫가에 있는 식당으로 향했다. 취재를 위해 세계 여러 나라를 다녀본 텔레비전 제작팀의 김태민 팀장은 자신이 가본 곳 중에서 페와 호수가 세상에서 가장 아름다운 곳이라고 한다. 세상에서 가장 아름다운 호수라니, 과연 어떤 곳일까? 페와 호수는 포카라 시내에 있는 큰 호수로 맑은 날에는 호수 표면에 히말라야의 설산들이 그림처럼 드리워져 절경을 이룬다고 한다. 과연 김태민 팀장의 말처럼 페와 호수는 평화롭고 아름다운 곳이었다.

새들이 날고 있는 강물 위로 히말라야의 그림자가 내려앉아 있다. 강물은 소곤

비렌탄티에서 팅게퉁가로 가는 길. 잘 다듬어 놓은 돌길이 카펫 같다.

하늘을 향해 끝없이 이어지는 돌계단.

거리듯 물결이 일고, 소들이 어슬렁거리는 강가 한쪽에서는 한 남자가 피리를 불며 항아리 속의 뱀을 희롱하며 보러오라는 듯 우리 일행을 향해 손짓한다. 강물 위로는 작은 나무배가 떠간다. 저 배를 타고 강물 위에 떠 있으면 뭔가를 이뤄보겠다는 악착같은 욕심도, 늘 곁에 없는 무언가를 기다리는 부질없는 그리움도 모두 사라져 마음 깊이 평화가 찾아들 것만 같다.

원정대원들은 호수를 바라보며 잠시 여행의 한가로움을 만끽했다. 산행이 시작되면 이런 한가로운 시간은 없을 테니…….

대원들을 실은 버스는 포카라 시내를 벗어나 첩첩산골로 들어간다. 버스 한 대가 겨우 지나갈 정도의 좁은 산길은 끝없이 산속으로 이어져 있다. 무성한 나무와 구름만 있을 뿐 어디에도 인가는 보이지 않는다. 점점 세상에서 멀어지는 것 같다. 산을 넘고 또 넘고 그렇게 얼마를 달렸을까, 비포장 산길을 단 한 번도 쉬지 않고 덜컹거리며 달리던 버스가 갑자기 멈춰 섰다. 나야풀이다. 나야풀은 해발 1,070미터의 산 중턱에 있는 산골 마을로 트레킹이 시작되는 곳이다. 이곳부터는 걸어가야 한다. 이런 깊은 산속에 사람들이 살까 싶었는데, 발 아래로 제법 규모가 있는 마을이 내려다보인다. 물건을 파는 상점과 식당, 찻집도 보인다. 모두 마을 사람들보다 트레킹을 하러 온 외지인을 상대로 하는 가게들이다.

버스에서 내리자 한 무리의 사람들이 우리를 기다리고 있었다. 등산하는 동안 원정대의 짐 운반을 도와주고 음식을 마련해 줄 네팔 현지인 세르파와 포터 들이다. 요리사 3명을 포함한 세르파와 포터는 무려 60여 명, 서른여덟 명의 원정대

히말라야 트레킹 중에 만난 양 떼. 이곳의 양들은 히말라야의 양들답게 산자락을 누비며 다닌다.

원을 포함해 우리 일행은 100여 명으로 부쩍 늘었다. 세르파와 포터 들이 짐을 나눠 들고 대열을 정비한다.

"도전! 파이팅!"

구호와 함께 드디어 산행이 시작되었다.

멀리 바라본 산은 입구 없는 거대한 성 같다. 하지만 가까이 다가가보면 산은 수없이 많은 길을 품고 있다. 무슨 일이든 마찬가지다. 두려움 때문에 바라보기만 한다면 길은 보이지 않는다.

길 한쪽으로는 계곡이 흐르고 다른 한쪽으로는 네팔 사람들의 집들이 나란히 어깨동무를 하듯 이어져 있다. 대원들을 보고 마을 아이들이 다가와 인사를 한다. 기도하듯이 두 손을 모으고 하는 말 '나마스테', 아이들은 이방인을 두려워하거나 낯설어하는 기색이 전혀 없다. 트레킹 하는 사람들을 많이 보아온 탓이리라. 대원들도 '나마스테' 라고 답례해 주었다. 계속 산속으로 이어지는 길이었지만 그다지 험하지는 않다. 휠체어가 가기 힘든 길이 있어 가끔 휠체어를 들어줘야 했지만 목발을 짚고도 걸을 만한 내리막길이다. 고도로 보면 올라가는 것이 아니라 내려가는 길이다.

그렇게 1시간 30여 분을 걸어 비렌탄티 롯지에 도착하였다. 해발 1,025미터에 위치한 비렌탄티는 히말라야 안나푸르나로 가기 위해서는 꼭 거쳐야 하는 곳이다. 예전에는 히말라야 입산 신고소가 이곳에 있었다고 한다. 롯지는 트레커(산행

적박한 자연환경 속에서도 해맑은 웃음을 잃지 않은
히말라야의 아이들.

가)들을 위한 숙소로 산장 같은 곳이다. 이곳에서 식사도 하고 잠도 잔다. 짐을 내려놓기 위해 2인 1조로 배정받은 방으로 들어갔다. 롯지의 방은 두어 평 남짓한 공간에 나무침대 두 개와 작은 나무 탁자 하나가 있을 뿐 다른 장식품은 하나도 없다. 방과 방은 얇은 나무판자로 나뉘어 있어 방음이 전혀 되지 않는다. 배정받은 방에 짐을 내려놓고 저녁 식사를 하기 위해 롯지 밖에 마련된 식당에 모였다.

식당은 계곡 옆에 방갈로처럼 지어진 곳으로, 주변에 예쁜 꽃들이 피어 있었다. 집 모양이 확연히 달라 외국이란 느낌이 강하게 들었지만, 풍경은 우리나라 강원도와 과히 다르지 않다. 산에서 먹는 첫 저녁 식사, 대원들은 깜짝 놀랐다. 저녁 식사 메뉴로 닭볶음탕이 나온 것이다. 그것도 빨간 고춧가루에 감자까지 들어간 순수 한국식, 보기만 해도 먹음직스러운데 맛도 제대로다. 반찬으로 김치도 있고 젓갈도 있다. 대원들을 더욱 놀라게 한 것은 저녁 식사 뒤에 나온 숭늉과 누룽지다. 낯선 나라에 오면 음식 때문에 제일 고생하는데, 더욱이 산에서 뭘 먹을까 내심 걱정이 됐는데, 이렇게 입에 딱 맞는 그리고 맛있는 한국 음식을 먹을 줄은 정말 몰랐다. 원정대원들은 저녁 한 끼로 한국에 대한 향수를 달래고 여행의 고단함을 잊을 수 있었다.

이번 원정대의 여행 일정을 준비한 여행사 사람들이 준비한 식사인 줄 알았는데, 네팔인 요리사들의 솜씨란다. 그들은 엄홍길 대장과 여러 번의 원정을 함께 했던 터라 한국 음식을 만드는 데도 전문가 수준이란다. 원정대원들의 감탄은 매 끼니 때마다 계속되었다. 산속의 밤은 빨리 찾아왔다. 아침 일찍 일어나 비행기를 타고 버스를 타고 덜컹이는 산길을 달려 곧바로 이어진 산행까지, 피곤할 법

히말라야 최고의 운송 수단은 나귀, 그 다음은 지게다.
지게로 못 실어 나르는 물건이 없다.

도 한데 저녁을 먹고도 원정대원들은 식당을 떠날 줄 모른다. 산에서의 첫날밤이다. 쉽게 잠이 올 것 같지 않다. 진국이가 클라리넷을 가져와 가요를 연주한다. 진국이는 노래도 잘할 뿐 아니라 클라리넷 연주 솜씨도 수준급이다. 진국이가 연주하는 클라리넷 반주에 맞춰 대원들이 다함께 노래를 부른다. 그리고 밤이 깊도록 노랫소리는 그칠 줄 모르고 이어진다. 칠흑 같은 어둠 속에서 히말라야의 별들도 잠들지 않고 원정대원들의 노랫소리를 듣느라 오래오래 반짝였다.

거친 바람 부드럽게

나무로 만들어진 롯지의 복도 바닥을 울리는 발자국 소리에 잠이 깼다. 겨우 방 안의 윤곽을 알아볼 정도로 아직은 어둡다. 방문을 두드리는 소리에 무슨 일인가 싶어 문을 여니, 세르파 두 명이 서 있다. 뭐라고 말을 하는데, 잠이 덜 깨 못 알아들었다. 그들 손에는 주전자와 컵이 들려 있다. 컵을 주길래 받으면서 다시 잘 들어보니 "밀크티? 보리차?"라는 소리다. 세르파들은 방마다 돌아다니며 보리차와 밀크티를 나눠주고 있었다. 모닝콜을 겸한 일종의 룸서비스인 셈이다. 내복까지 껴입고 모자까지 눌러쓰고 잤는데도 한기가 느껴질 정도로 춥다. 잔뜩 움츠리고 자느라 경직된 몸이 따뜻한 차를 마시니 풀리는 느낌이다. 보리차는 한국에서 마시던 것과 똑같다. 밀크티는 연한 홍차 향에 달콤한 우유 맛이 가미됐는데 정말 맛있다. 히말라야 산속에서 이런 호사를 누리다니……, 찌뿌듯한 몸

방콕 사원의 연못. 화려하면서도 평화로운 이곳에서 오랫동안 머물고 싶었다.

이 개운해지면서 새로운 기운이 솟는 것 같다.

아침을 먹고 출발하기 위해 모였다. 어제 저녁 늦게 잠이 들었는데도 대원들의 얼굴에 피곤한 기색이 전혀 없다. 산행에 대한 기대와 긴장 때문이다. 등반 이틀째, 오늘 산행의 목적지는 해발 1,960미터에 있는 울레리다. 일정상 어제는 1,340미터에 있는 수다메까지 가야 했지만, 일정이 조금 늦춰진 데다 산행 첫날임을 감안해 이곳 비렌탄티에 머물게 된 것이다. 예정대로 푼힐 정상에 가려면 오늘은 울레리까지 가야 한다. 고도만도 900미터가 높아지는 8시간의 등반 코스다. 게다가 가파른 돌계단이라고 하니, 장애인 대원뿐 아니라 비장애인 대원들도 잔뜩 긴장한 표정이다.

"도전! 파이팅!"

엄홍길 대장의 선창에 이어 대원들의 구호가 이어졌다. 구호에는 놀라운 힘이 있다. 큰소리로 '도전! 파이팅!'을 외치는 순간 긴장과 걱정은 사라지고 몸 깊은 곳에 숨어 있던 힘이 솟아오른다.

오르막 산길 양옆에는 집들이 있다. 산속 마을의 집들은 넓게 자리를 잡고 있는 것이 아니라 길을 따라 하늘을 향해 길게 늘어서 있다. 길옆 집들을 구경하면서 천천히 산을 오른다. 집은 두어 칸으로 된 단층이거나 여러 칸으로 된 2층인데, 단층집은 개인집이고 이층집 앞에는 '○○ 롯지'라는 푯말이 붙어 있다. 개인집이든 롯지든 모두 소박하다. 창문과 대문은 나무로 파란색과 짙은 밤색으로 칠해져 있다. 파란색은 히말라야의 하늘빛을 닮았다. 마당도 없이 길가로 나 있는 대문을 열면 바로 부엌이다. 살짝 열린 문틈으로 들여다본 집안은 흙바닥인데도 먼지 한 톨 없이 깨끗하다. 맨발로 걸어다녀도 발에 흙이 묻지 않을 것 같다.

장식이 없는 소박한 외벽과 달리 지붕 위에는 색색의 천으로 만든 깃발이 휘날리고 있다. 깃발의 이름은 '룽다', 이 룽다가 있는 집은 티벳 사람이 살고 있다. 룽다는 빨강, 노랑, 초록, 흰색, 파란색 등의 천을 이어붙여 만드는데 글자가 써져 있는 것도 있다. 글자의 내용은 불경으로, 네팔인들은 깃발에 불경을 적어 바람에 펄럭이게 하면 소원이 멀리멀리 퍼져 이루어진다고 믿는다.

룽다에는 또 '거친 바람을 부드럽게' 한다는 뜻도 담겨 있다. 산다는 것이 때로는 거친 바람 속을 홀로 걷는 것처럼 힘겨울 때가 있다. 바람 앞에 자꾸 무릎이 꺾이고 한 치 앞에 무엇이 있는지 보이지 않는다. 바람을 피할 수도 없다. 하지만 그 바람결이 조금이라도 부드러워진다면 살아가는 일이 조금은 수월해질 것이다. 거친 바람을 부드럽게, 얼마나 소박하고 간절한 바람인가.

산속 마을은 조용하기만 하다. 남자들은 보이지 않고 아낙네와 아이들만 간혹 보인다. 예닐곱 살쯤 된 아이들은 두셋씩 짝을 지어 지나가는 대원들을 향해 함박웃음을 지으며 '나마스테' 하고 인사를 건넨다. 고무 슬리퍼를 신은 발은 대부분은 맨발이다. 아이들이 입고 있는 옷은 제 옷이라기에는 작거나 혹은 너무 컸다. 그나마 남루하다. 우리는 아이들에게 간식거리로 준비한 초콜릿이며 사탕을 선물로 주었다. 선물을 받은 아이들은 함박웃음을 지으며 다시 한 번 두 손을 모

조용한 산속 마을이 희망원정대원들로 인해 북적거렸다.

자연의 잔에 아름다움을 듬뿍 담아 주는 히말라야 카페.

발로 갈 수 없으면 손으로 가면 돼. 정상! 이 손 안에 있다.

으고 '나마스테'라고 인사한다. 아이들의 옷차림은 가난했지만 아이들의 함박웃음과 맑고 깊은 눈빛만은 그 어떤 보석보다도 아름답게 빛나고 있었다.

계곡을 사이에 둔 산비탈은 계단식으로 깎아 만든 손바닥만한 넓이의 논밭이다. 이렇게 높은 산에서도 농사가 될까? 가파른 산비탈을 다지고 다져서 만든 손바닥만한 땅을 보면서 척박한 환경이지만 자연에 순응하며 최선을 다해 사는 이곳 사람들의 겸손한 마음을 읽을 수 있었다.

주변 풍경을 감상하며 완만한 오르막길을 오르는 동안 어느 새 길은 끝없이 이어지는 가파른 경사의 돌계단으로 바뀌어 있다. 경치를 둘러보던 시선들이 이제 한 걸음 앞의 돌계단을 뚫어져라 노려보고 있다. 가쁜 숨을 내쉬며 두 손으로 땅을 짚고 걷고 있는 윤오의 모습이 보인다. 힘들지 않느냐고 물었더니, "힘들긴 하네요. 힘들지 않다면 굳이 여기 오지 않았겠죠" 제법 호기롭게 말한다. 말과 달리 이마에서는 굵은 땀방울이 뚝뚝 떨어진다. 장갑을 낀 손바닥이 흙투성이다. 끝도 없이 이어지는 돌계단이 원망스러운 사람이 또 있다. 두 손을 발삼아 핸드워킹으로 산을 오르는 정호와 그의 두 다리를 두 손으로 잡고 있는 김상두 차장이다. 두 사람의 얼굴도 땀으로 얼룩져 있다. 정호는 손바닥이 아프다고 한다. 울퉁불퉁한 돌을 계속 손으로 짚어야 하니 손이 아플 만도 하다. 김상두 차장에게 할 만하냐고 물으니 대답도 못하고 한숨만 내쉰다.

만들어진 돌계단을 가는 데도 이렇게 힘든데, 이 길을 처음 만든 사람들을 얼마나 힘이 들었을까. 누가 일부러 길을 만들 작정으로 공사하지는 않았을 것이다. 한 사람, 두 사람, 산자락에 터를 잡고 집을 짓고 오르락내리락 하면서 하나

하나 돌을 고르고 다져 지금의 길이 만들어졌을 것이다.

핸드워킹을 하는 윤오와 정호에게는 가파른 경사의 돌계단도 힘들지만 또 하나의 복병이 있다. 바로 곳곳에 숨어 있는 나귀 똥이다. '동키'라고 불리는 나귀는 히말라야의 중요한 운송 수단이다. 사람의 힘만으로는 높은 산속 마을로 물건을 나를 수가 없기 때문에 나귀의 힘을 빌리는 것이다. 원정대원들은 산행을 하면서 방울소리를 내며 오가는 나귀 떼를 피해 몇 번이고 발걸음을 멈춰야 했다. 청아한 방울소리와 달리 나귀들이 지나간 자리에는 온통 나귀 똥이다. 원정대원들은 처음에 나귀 똥을 보고 코를 잡고 이리저리 피해 봤지만 워낙 많아서 나귀 똥을 밟지 않고 걷기가 쉽지 않았다. 발도 아니고 손으로 그 길을 짚고 걸어야 하는 두 사람에게는 곤혹스러운 일이다.

진국이가 한 손에는 등산용 스틱을 지팡이 삼아 짚고 다른 손은 나봉룡 전무의 팔을 잡고 계단을 오르고 있다. 자세히 보니 안경을 쓰고 있지 않다. 진국이는 안경을 쓰면 사물의 윤곽 정도는 볼 수 있는데, 이런 계단의 경우 계단과 계단 사이의 경계가 구분이 되지 않아 오히려 안경을 쓰고 걷는 것이 더 위험해서 아예 벗어버린 것이다. 돌다리를 두드려 보듯 발끝으로 계단의 높이와 폭을 가늠하며 걷는 진국이를 보니, 면접 때 진국이가 했던 말이 생각난다.

"계단 끝에 페인트칠을 해주면 좋겠어요."

진국이는 장애인을 위한 편의시설 개선에 관심이 많다. 진도가 고향인 진국이

'동키'라고 불리는 나귀는
히말라야의 중요한 운송 수단이다.

가파른 산비탈을 다지고 다져서 만든 손바닥만한 땅을 보면서

척박한 환경이지만 자연에 순응하며 최선을 다해 사는 이곳 사람들의 겸손한 마음을 읽을 수 있었다.

는 서울에 오면 지리를 잘 몰라 주로 지하철을 이용하는데 지하철 계단 이용하기가 가장 불편하고 위험하단다. 계단과 계단 사이의 구분이 정확하지 않기 때문이다. 계단 끝에 페인트칠을 하면 계단 끝을 인지할 수 있기 때문에 진국이처럼 약시 장애인들이 조금 덜 위험하게 계단을 이용할 수 있는 것이다.

가끔 헛발을 딛기는 하지만 전혀 보이지 않는 데도 넘어지지도 않고 잘 오르고 있다. 그것은 옆에서 행여 넘어질까 나란히 서서 진국의 팔을 붙잡고 걸으며 일일이 길의 높낮이며 생김새를 설명해 주는 나봉룡 전무가 있기 때문이다. 나봉룡 전무는 지금 계단 끝에 칠해진 페인트 역할을 맡고 있는 셈이다. 길 안내는 물론이고 주변 풍경에 대해서도 자세히 설명해 준다. 틈틈이 해외여행의 경험도 들려준다. 진국이는 나봉룡 전무를 통해 히말라야를 비롯해 더 넓은 세상을 보고 있다.

4시간의 산행 끝에 오늘 산행의 1차 목적지인 팅게통가에 도착하였다. "휴식~"이라는 소리와 함께 다들 가쁜 숨을 몰아쉬며 아무데나 털석털석 주저앉는다. 다른 대원들이 휴식을 취할 동안 성건이가 문영식 원장을 찾았다. 허리 통증이 심해서다. 허리 근육의 과긴장으로 인한 근육통이다. 양쪽 다리의 길이가 다른 성건이는 걸음을 걸을 때 척추에 무리가 간다. 평지도 아니고 계속되는 오르막 계단을 몇 시간씩 오르니 허리에 무리가 온 것이다. 허리가 끊어질 것 같은 통증을 느끼면서도 성건이는 오히려 다른 대원들이 걱정할까봐 내색도 하지 않는다. 진통제를 맞아 통증이 완화되기는 했지만 오늘 산행만도 아직 4시간 거리가 남아 있다. 주사를 맞고 점심을 먹는 성건이의 얼굴 표정이 어둡다. 그런 성건이를 지켜보는 성건이의 멘토인 장애인 신문사의 조경희 기자의 얼굴도 그늘져 있

산을 등지고 하늘을 바라보며 올라가는 것도 좋을 것 같다. 따라하진 마세요~.

다. 대신 걸어줄 수도 없는 일이고 그렇다고 여기서 주저앉아 마냥 쉬고 있을 수도 없는 일이다. 혼자 힘으로 걸어갈 수밖에 없다는 사실을 알고 있는 두 사람인지라 더욱 마음이 무겁다. 밥 먹기도 귀찮고 그냥 쉬고만 싶다. 하지만 아직도 가야 할 길이 멀다. 한 걸음만, 딱 한 걸음만 더 가보자. 입술을 깨물며 주저앉고 싶은 마음을 일으켜 세운다. 하지만 몸은 마음처럼 가볍게 일어나주지 않는다.

깃털이 흩날리네

한 걸음을 내디딜 때마다 올려다보이던 산들은 발 아래로 멀어져 가는데 오르막 계단은 그 끝이 보이지 않는다. 영원히 계속될 것만 같다. 한 걸음 떼기가 힘들다. 돌계단이 아니라 펄밭을 걷는 것 같다. 팅게퉁가를 출발해 얼마 가지 않아 제일 먼저 힘겨움을 호소한 사람은 선해였다. 선해는 산행을 시작한 첫날부터 속이 좋지 않아 잘 먹지 못했다. 기운도 없고 길도 험해 몇 배나 힘이 든다. 평지를 걷는 것은 괜찮지만 계단에서는 뒤틀린 다리 탓에 균형을 잃을 때가 많다. 양쪽에서 영은 씨와 엄 대장이 선해를 부축하며 걷는다. 엄홍길 대장은 벌써 몇 번째 같은 길을 오르락내리락 하며 대원들의 상태를 살피고 격려하고 있다.

그러나 아무리 곁에서 도와준다고 해도 아낌없이 격려해 준다 해도 힘들기는 마찬가지다. 고통스러운지 자주 인상을 쓴다. 그러다가도 엄 대장이나 영은 씨와

돌계단이 아니라 펄밭을 걷는 것 같다.

포터와 엄 대장이 선해를 부축하며 걷는다.

눈이 마주치기라도 하면 애써 미소를 짓는다. 걱정을 끼치고 싶지 않아서다. 속상해도 웃고 힘들어도 웃고 그렇게 웃는 동안 몸과 마음으로 웃는 동안 푼힐 정상이 한 걸음씩 가까워질 것이다. 그렇게 가다보면 장애라는 편견으로 가득한 세상 속으로도 씩씩하게 한 걸음 더 들어설 수 있을 것이다.

아침부터 간간이 흩뿌리던 빗방울이 굵어지기 시작한다. 길까지 미끄러워 걷기가 더 힘들다. 상희의 얼굴색이 심상치 않다. 창백하다 못해 하얗게 질린 표정이다. 괜찮으냐고 물으니 대답하기도 힘든지 고개만 절레절레 흔든다. 정신까지 몽롱하단다. 우려하던 고소증상이 나타난 것이다. 이번 히말라야 트레킹에서 가장 걱정했던 것 중 하나가 고소증상이다. 고소증상은 고도가 높아질수록 산소가 부족하고 기압이 낮아져 저지대의 기압과 산소에 익숙한 사람에게 갑자기 나타나는 증상이다. 가볍게는 두통, 어지럼증, 탈수 현상 등의 증세가 나타나지만 심할 경우 뇌수종이나 폐수종으로 번져 목숨을 잃을 수도 있다.

고소증상이 나타날 경우, 고도를 낮추기 위해 산을 내려가는 것밖에는 약이나 치료 방법이 없다. 보통은 3,000미터 이상에서 증세가 나타나지만 산행 경험이 없고 체력이 약한 경우 더 빨리 나타나기도 한다. 상희의 곁에서 부축도 해주고 물도 따라주면서 힘내라고 응원하는 사람은 김병기 사장이다. 혹시 큰 병이나 나지 않을까 지켜보는 김병기 사장의 얼굴에 수심이 가득하다. 모바일 게임회사인 지오인터렉티브의 CEO인 김병기 사장은 일 년의 절반 이상을 출장으로 해외에서 보낼 만큼 바쁜 사람이다. 이번 원정대의 일정도 해외 출장과 겹쳐 중간에 방콕에서 합류하였다.

휴가도 없이 바쁘게 살아가던 그에게는 오랜 시간 회사를 비운다는 것 자체가 힘든 선택이었다. 산행 또한 처음이다. 몸이 불편한 장애인들과 함께하는 산행은 처음 만난 바이어와 협상하는 것만큼이나 어려운 일이지만, 그는 특유의 친화력과 추진력으로 대원들과 친해졌다. 그는 형처럼 오빠처럼 먼저 마음을 열고 다가가 대원들과 하나가 되기 위해 노력하였다.

그의 손에는 항상 누군가의 땀을 닦아주기 위한 수건과 누군가의 갈증을 풀어주기 위한 물통이 들려 있었다. 산행을 마치고 가진 합평회 자리에서 김병기 사장은 돈을 더 많이 벌기 위해 노력하겠다고 말했다. 그래서 다음 희망원정대에 더욱 적극적으로 지원하고 싶다고 했다. 그리고 그는 그 약속을 지켰다. 2기 킬리만자로 희망원정대 때도 협찬사로 또 멘토로 참여해 주었던 것이다.

힘겹게 발걸음을 옮기는 상희를 걱정스럽게 바라보는 커플이 있다. 선아와 남편 희철 씨다. 목발 없이는 한 걸음도 걸을 수 없는 선아는 오르막길이 계속되면서 희철 씨 등에 업혀 산을 오르고 있다. 계단과 계단 사이가 너무 높아서 도저히 목발을 짚고 올라갈 수 없기 때문이다. 혹시나 넘어질까 하는 두려움에 업히는 것이 싫지만 달리 방법이 없다. 제 한몸 움직여 오르기도 힘든 길을 희철 씨는 아내를 업고 오르고 있다.

"너무 힘들어. 집에 가고 싶어."

한 발 한 발 최선을 다하는 이상희 대원과 무거운 카메라를 들고 있는 김우영 사진작가.
"위험을 선택할 권리 역시 장애인에게 있어요." ―이상희

선아는 남편에게 투정을 부린다.

"우리가 제일 꼴찌지?"

뒤쳐지는 것이 싫다. 다른 사람들에게 걱정을 끼치는 것 같아 미안하다. 걱정하는 선아에게 희철 씨가 말한다.

"대장님이 절대로 무리하지 말라고 하셨잖아. 자기 페이스를 유지하는 게 가장 중요하대. 너무 걱정 마. 우리도 목적지까지 갈 수 있어."

8,000미터가 넘는 산을 등반하기 위해서는 전초기지인 몇 개의 베이스캠프가 세워진다. 이 베이스캠프까지는 차나 헬기를 이용해서 올라갈 수도 있다. 하지만 물자를 지원하는 것 외에 정상 등반을 하는 산악인은 차나 헬기를 이용하지 않고 산 아래서부터 걸어서 올라간다. 한꺼번에 고도를 높이면 고소증상이 나타나 위험하기 때문이다. 그래서 헬기를 이용하면 서너 시간이면 되는 거리를 보름씩 걸어가는 것이다. 천천히 올라가는 것이 고소를 막는 최선의 방법이다. 시간이 걸리고 육체적으로 힘들어도 온전히 자신의 몸으로 적응해야 하는 것이다.

세상살이도 마찬가지다. 요행이란 통하지 않는다. 서둘러도 안 된다. 다른 사람을 쫓아가려고 무리해서도 안 된다. 내 능력껏 최선을 다하다보면, 내가 노력한 만큼 목적지에 다가갈 수 있는 것이다. 희철 씨는 아내의 투정을 받아주고 위

반탄티에서 낭게탄티로 가는 길, 우거진 나무와 축축한 흙길이 마치 정글 같다.
서늘한 바람에 비 오듯 흐르는 땀이 금세 차갑게 말랐다.

로하며 다시 등을 내민다. 두 사람은 서로를 격려하면서 다시 산을 오른다.

빗물에 젖은 산들은 잠이 든 것처럼 조용하다. 바람도 멀리 산 너머에 있다. 툭! 툭! 옷자락에 떨어지는 빗방울 소리만이 대원들의 가쁜 숨소리와 섞인다. 시선은 오로지 바로 앞 계단과 등산화 발등만 내려다본다. 갑자기 어디선가 흥겨운 가락의 노랫소리가 들려온다. 고개를 들어보니 짐을 들고 앞서 가던 포터들이 노래를 부르고 있다. 그들이 부르는 노래는 '렛쌈 삐리리'라는 네팔의 전통 민요로 우리나라의 아리랑과 같은 노래라고 한다. 후렴구의 노랫말은 이런 뜻을 담고 있다.

'깃털이 흩날리네, 깃털이 흩날리네.
저 산을 날아서 갈까, 산등성이에 앉아서 그냥 쉴까.'

산 아래 서서 까마득히 높은 산을 올려다보며 생각했을 것이다. '가벼운 깃털이 되어 저 산 위까지 날아갈 수 있다면 얼마나 좋을까.' 높은 산 위에서 산 아래를 내려다보며 생각했을 것이다. '그냥 이대로 산등성이에 앉아서 쉬면 얼마나 좋을까.' 하지만 산 아래 머물 수도 산 정상에 멈출 수도 없다. 가족들이 있는 집으로 올라야 하고 세상과 소통하기 위해 산 아래로 내려가야 하기 때문이다. '렛쌈 삐리리' 이 노래 속에는 높은 산을 오르내리며 살아가는 이들의 고단함과 애잔함이 담겨 있다. 이곳에서 나고 자란 사람들이라 익숙한 길이라고 해도 빈몸으로 올라가는 것도 아니고 무거운 짐을 지고 가파른 산길을 오르는 일이 그들이라고 어찌 힘들지 않겠는가! 그 고단함을 이렇게 노래에 실어 풀어내는 것이다. 듣고만 있던 대원들도 박수를 치면서 따라 부른다. 후렴구는 멜로디도 쉽고 노랫말도 간단해 따라 부르기도 쉽다. 노래를 부르다보니 어느 새 힘든 것도 잊는다. 포터들은 자신들을 위해서 또 대원들을 응원하기 위해서 지금 노래를 부르고 있다.

히말라야 산행에는 짐을 들어주는 포터와 산행을 도와주는 세르파의 도움이 꼭 필요하다. 산행에 필요한 장비도 많고 길잡이도 필요하기 때문이다. 세르파와 포터 들의 총책임자를 '사다'라고 부르는데, 희망원정대의 사다로 파쌍을 만난 것은 커다란 행운이었다. 파쌍은 엄홍길 대장을 도와 원정대의 산행을 돕는 한편, 60여 명에 달하는 세르파와 포터 들에게 일을 분배해 주고 각자 맡은 일을 제대로 하는지 감독하는 역할을 한다. 올해 32살인 파쌍은 15살 때부터 산행 가이드를 시작했다고 한다. 포터로 시작하여 세르파가 되고 마침내 세르파의 대장인 사다가 되었다. 파쌍은 산행하는 내내 대원들이 묵을 롯지를 정하고 시설을 점검하고 식사 준비를 지휘한다. 100여 명의 원정대원들 중에서 가장 먼저 일어나고 가장 늦게 잠든다. 한국말도 잘해서 대원들에게 히말라야에 대한 것이며 산행에 관한 조언도 해주었다.

파쌍의 이런 성실함이 그를 사다로 만든 것이다. 그동안 여러 팀과 히말라야 산행을 했지만 그에게도 이번 희망원정대와의 산행은 특별하다고 한다. 파쌍의 가족은 부인과 다섯 살과 세 살 된 아들 그리고 동생이 있는데, 동생은 보지 못하고 듣지 못하는 장애인이라고 한다. 그래서 이번 희망원정대원들에 대한 생각이

이윤경 대원과 멘토 권혁재 이사 그리고 포터들.

고라파니로 가는 길, 길이 험해 휠체어로 갈 수 없어 들고 가야 했다.

남다를 수밖에 없는 것이다. 이곳 사람들에게 세르파는 선망의 직업이다. 수입도 좋고 외국 사람들과 함께하는 일이기 때문에 다양한 문화를 접할 수 있기 때문이다. 더욱이 히말라야에서 태어나고 자란 이들에게 히말라야 산자락만큼 편하고 즐거운 일터는 없는 것이다. 그래서 가족 중에 한 사람이 세르파를 하면 다른 형제나 자식들도 세르파를 하는 경우가 많단다. 이번 원정대에도 동생을 견습생으로 데려온 세르파가 있었다.

푼힐 정상으로 가는 길을 알리는 이정표.

무아지경이란 이런 것일까? 생각은 멈추고 발만 움직인다. 얼마나 가면 되는지, 남은 길을 헤아리는 일도 잊었다. 어서 빨리 목적지에 도착했으면 하는 바람도 사라졌다. 오로지 걸을 뿐이다. 걷는 것만이 내가 할 수 있는 유일한 일이고 해야 하는 단 하나의 임무인 양, 힘들다는 생각조차도 사라진다. 그렇게 얼마를 걸었을까?

"다 왔어. 여기야, 여기! 조금만 더 힘을 내."

아득히 먼 하늘 위에서 소리가 들린다. 고개를 들어보니 김우영 사진작가를 비롯한 몇 명의 대원들이 손을 흔들고 있다.

"울레리야. 여기가 울레리라니까!"

"울레리야. 여기가 울레리라니까!"

끝이 없을 것 같던 길도 끝이 있다. 드디어 울레리에 도착한 것이다. 오후 4시가 조금 넘은 시간, 산행을 시작한 지 8시간 만이다. 다 왔다고 생각하는 순간, 눈물이 핑 돈다. 지도에 표기된 울레리의 해발고도는 1,960미터, 남한에서 제일 높은 한라산의 높이가 1,950미터이니 우리는 지금 한라산보다 높이 올라와 있다. 머리 위에 맴돌던 구름이 저만치 발아래로 물러나 있다. 난생처음 이렇게 높은 곳에 올라왔다. 당초 울레리 도착 예정 시간은 오후 6시경, 예정보다 2시간이나 일찍 도착한 것이다. 한 명의 낙오자도 없다. 피곤한 기색이 역력하지만 크게 몸에 이상이 생긴 대원도 없다. 엄홍길 대장은 장애인 대원들까지 있는데 산행 시간을 이렇게 단축시킬 수 있었던 것은 놀라운 성과라고 말한다. 지금까지 자신이 이끌었던 그 어떤 원정팀보다 강한 정신력을 가진 팀이라며 모든 대원들을 칭찬해 주었다.

히말라야 푼힐 정상 트레킹 과정에서 팅게통가에서 울레리까지 오는 이 길이 가장 힘든 구간이다. 이 길을 무사히 그리고 예상보다 일찍 올라올 수 있었던 것은 대원들의 의지도 컸지만 대원들을 독려한 엄홍길 대장이 있었기에 가능한 일이었다. 대원들의 산행 속도가 제각각이라 일행은 1킬로미터 간격으로 벌어졌었다. 엄홍길 대장은 선두에서 후미까지 오르막길을 몇 번이고 오르내리며 힘들어하는 대원들을 부축해 주고 짐을 들어주면서 격려하였다.

히말라야에서 엄홍길 대장은 '엄싸부'로 통한다. 우리나라 말 사부와 발음이

비슷한 싸부의 정확한 발음은 독일어 사히브sahib로 히말라야 등반 초창기에 인
도인 짐꾼이나 세르파 들이 자신들의 고용주에게 붙였던 경칭이다. 욘사마의
'사마'에 가까운 높임말로 존경의 뜻을 담고 있다. 엄홍길 대장이 싸부로 불리는
데는 그만한 이유가 있다. 세르파들을 친형제, 동료처럼 생각하기 때문이다. 엄
홍길 대장에게 세르파들은 단지 돈을 주고 고용한 일꾼이 아니다. 역할의 차이는
있지만 고용인이 아니라 함께 산행하는 팀원으로 대우해 주는 것이다. 엄홍길 대
장의 세르파에 대한 애정이 어느 정도인지 짐작케 하는 유명한 일화가 있다.

　1998년의 안나푸르나 산행에서 있었던 일이다. 7,600미터 지점에서 세르파 두
명이 설사면에서 떨어진 것이다. 엄홍길 대장은 세르파를 구하기 위해서 세르파
들의 몸을 붙들고 있는 로프를 잡았다. 로프를 잡는다면 엄홍길 대장도 낭떠러지
로 떨어질 수 있는 위험한 상황이었다. 로프를 잡은 채 엄홍길 대장은 설사면을
구르기 시작했고 두 명의 세르파의 몸무게가 실려 있어 팽팽해진 로프가 엄홍길
대장의 발등을 치면서 온몸을 휘감았다. 정신이 들었을 때 엄홍길 대장은 천길
낭떠러지를 불과 20미터 남겨놓은 곳에 앉아 있었다. 두 명의 세르파는 무사했
다. 하지만 엄홍길 대장은 발목이 180도로 꺾여 돌아가는 치명상을 입었다. 팽팽
해진 로프가 엄홍길 대장의 발등을 치면서 발목이 꺾여 돌아간 것이다. 발목이
부러진 엄홍길 대장은 등반을 포기하고 2박 3일 동안 한쪽 발로 사투를 벌이며
베이스캠프로 돌아왔다. 천신만고 끝에 준비한 네 번째 안나푸르나 정상 도전,
정상을 불과 500미터 남긴 지점에서의 일이었다. 이 이야기는 당시는 물론 지금
까지도 세르파들 사이에서 큰 화젯거리가 되고 있었다.

롯지 창으로 밖을 내다보니 허공이다. 저 아래, 우리가 걸어온 길이 아득히 내려다보인다. 계단들은 영원히 지상으로 뻗어내려갈 것만 같다. 어떻게 이 길을 올라왔을까 스스로도 믿어지지 않는다. 새삼 한 걸음의 위대함을 깨닫는다.

저녁 식사 전, 대원들은 삼삼오오 모여앉아 서로 다리도 주물러 주고 어깨도 두드려 주면서 피로를 푼다. 오후 산행 내내 얼굴색이 창백하던 상희의 얼굴에도 이제야 발그레 혈색이 돈다. 한 대원이 상희의 다리를 주물러 주려고 하자, 자기는 다리가 아니라 가슴에 알이 배겼다며 가슴을 만져달란다. 무슨 소린가 의아한 표정을 짓자 상희의 설명인 즉, 양쪽에서 부축을 받아 거의 들리다시피 해서 산을 올라왔는데, 가슴에 힘을 주다보니 알이 배겼다는 것이다. 어디 그래서이겠는가? 혼자 힘으로 가지 못하고, 자기 때문에 몇 배 힘들게 산을 오르고 있는 옆사람에 대한 미안한 마음이 가슴속에 옹이로 박힌 것이리라. 가슴에 알이 배겼다는 말에 대원들은 한바탕 웃었지만 그 웃음 끝은 아프다.

히말라야 희망원정대가

신선해 작사

2005년 우리는 히말라야로 간다

벅찬 희망을 안고서 난 포기하지 않겠어

많이 힘들어도 우리는 모두 하나가 되는거야

장애인과 비장애인들이 하나가 되듯이

가끔 내 불안한 마음에 흔들려할지 몰라

하지만 날 모두 끝까지 믿어주겠니

지금부터 시작이야 우린 모두 해내고 말거야

히말라야 높디높고 험해도 우린 다 함께 있으니까

한 걸음씩 걷다보면 우린 도전의 정상에 있겠지

정상 그리운 그곳이 우리가 꼭 가야 할 길이야

작은 내 두 눈에 펼쳐진 무지개빛 산속 마을

하늘이 준 우리 모두의 선물일 거야

지금부터 시작이야 우린 모두 해내고 만 거야

히말라야 높디높고 험해도 우린 다 함께 있으니까

한 걸음씩 걸어가며 우린 도전의 정상에 선 거야

정상 그리고 그리던 이곳이 나 꿈꾸던 곳이야

함께했던 이 시간을 우린 영원히 잊지 못할 거야

어떤 힘겨운 일들이 있어도 난 이겨낼 테니까"

저녁을 먹고 원정대원들은 식당에 모여 선해가 만든 노래를 배웠다. '2005년 히말라야 희망원정대가'라고 제목을 붙인 이 노래는 선해가 영은 씨의 노래 '혼자가 아닌 나'에 가사를 바꿔서 만든 것이다. 해발 1,900미터의 높은 산자락, 희미한 불빛 아래서 서로의 얼굴을 마주보며 어깨동무하고 목소리를 합쳐 함께 부르는 노래…….

지금부터 시작이야 우린 모두 해내고 말거야.
히말라야 높디높고 험해도 우린 다 함께 있으니까.
한 걸음씩 걷다보면 우린 도전의 성장에 있겠지.
정상 그리운 그곳이 우리가 꼭 가야 할 길이야.

'지금부터 시작이야, 이젠 모두 하나가 된 거야. 히말라야 높디높고 험해도 우
린 다 함께 있으니까…….' 우린 지금 함께 있다. 지금까지 그래 왔던 것처럼 도
전의 정상을 향해서 서로의 발이 되고 손이 되고 눈이 되어 내일도 열심히 한 걸
음씩 걸어갈 것이다. 원정대가를 흥얼거리며 잠자리에 들려고 하는데 어디선가
리코더 소리가 들린다. 소리를 따라가보니 김상두 차장 방이다. 김상두 차장은
리코더를 연주하고 있고 룸메이트인 연합뉴스의 홍성록 기자가 연주를 지켜보고
있다.

히말라야 산행을 마치고 장기자랑을 하기로 했는데 그 자리에서 연주하기 위
해 틈날 때마다 이렇게 연습을 하는 거란다. 도통 무슨 노래인지 알 수가 없어 곡
목을 물어보았더니, '당신은 사랑받기 위해 태어난 사람'이란다. 리코더로 표현
할 수 있는 음에 한계가 있어서 소리가 영 어색하다. 곰돌이 푸라는 별명을 가진
김상두 차장이 그 큰 손으로 작은 리코더를 소중하게 붙들고 연습하는 모습이 우
스꽝스러웠다. 하지만 고단한 몸에 일찍 쉬고 싶을 텐데 대원들을 위해 열심히
연습하는 모습은 정말 아름다웠다. 불평 한 마디 없이 밤마다 불안정한 화음의
리코더 연주를 들어준 홍성록 기자의 인내심도 대단하다.

히말라야에서는 하루 안에 사계절을 모두 느낄 수 있다. 아침나절과 오후에는
봄날처럼 따스한가 하면 한낮에는 반팔을 입어도 될 만큼 덥다. 그러다가도 해가
지고 밤이 되면 기온은 급격히 떨어져 내복을 입고 두꺼운 파카를 입어도 한기가
느껴진다. 그러니 난방기구라고는 없는 롯지에서 침낭 하나 의지해 잠을 자기 위
해서는 단단히 준비할 필요가 있다. 잠자리라고 해서 옷을 벗어서는 안 된다. 내

복에 파카까지 껴입고 모자도 꼭 써야 한다. 추우면 특히 고소증상이 빨리 오는데, 우리 몸에서 가장 많이 열을 빼앗기는 곳이 바로 머리이기 때문이다. 마지막으로 꼭 챙겨야 할 것이 1리터짜리 등산용 수통이다. 이 수통에 뜨거운 물을 채워 가슴에 안거나 발밑에 두고 자면 다음날 아침까지 침낭 안에 따스한 온기가 남아 있다. 이렇게 만반의 준비를 하고 침낭 속에 누우면, 옆방 사람의 작은 숨소리까지 다 들리고 삐걱거리는 나무 침대가 전부인 허름한 방이 세상에서 가장 따뜻하고 편안한 보금자리가 된다.

신의 문을 두드리다

코끝에 맺히는 찬 기운에 눈을 떴다. 커튼을 쳐놓은 창문 사이로 파란 새벽빛
이 새어든다. 고치를 벗듯 침낭에서 몸을 빼 커튼을 열어본다. 파란 새벽 안에 잠
들어 있는 산들이 보인다. 그리고 그 산들 너머 멀리 보이는 저 하얀 것은……,
저것은, 설산이었다. 어제 저녁엔 날이 흐려 보이지 않던 설산이 드디어 모습을
드러낸 것이다. 히말라야를 오른 지 3일 만에 보는 하얀 산이다. 더 자세히 보기
위해서 밖으로 나왔다. 아직 이른 새벽인데 일어나 있는 대원들이 많다. 대원들
은 말없이 주변의 산들을 바라본다. 산행 내내 까마득히 올려다보이던 산이 지금
은 하얀 구름을 허리에 두르고 마주서 있다. 맞은편 산비탈은 빈곳 없이 빽빽히
계단식 논밭이 들어차 있고 그 사이에 드문드문 집들이 보이고 집집마다 흰 연기
가 솟아오르고 있다. 계단식 논밭 사이에 박혀 있는 집들은 마치 오선지에 그려

히말라야에서는 사람도 풍경이 된다.

히말라야에서의 일출!
저 태양도 밤새 히말라야의 험준한 산들을 올랐을 것이다.

산비탈마다 빼곡히 들어선 계단논과 밭, 히말라야의 사람들은 한 뼘의 땅에 그들의 삶을 심고 키운다.

계단식 논밭 사이에 박혀 있는 집들이 마치 오선지의 음표 같다.

놓은 음표 같다.

　몇 겹으로 포개놓은 산들 너머로 멀리 보이는 정상의 하얀 산이 안나푸르나다. 아침 햇살을 받은 산은 눈이 부실 정도로 하얗다. 초록 산 너머로 보이는 하얀 산의 정상은 마치 신기루 같아, 가까이 다가가면 곧 사라져버릴 것만 같다. 눈부신 여신의 미소, 대원들은 설산에서 눈을 떼지 못했다. 희망원정대의 최종 목적지는 푼힐 정상이다.

　푼힐 정상은 20여 개의 높은 봉우리로 둘러싸인 안나푸르나 전체를 조망할 수 있는 곳이다. 안나푸르나는 네팔에 위치한 히말라야 8,000미터급 8개 봉우리 중 서쪽 맨 끝에 위치해 있다. '풍요의 여신'이라고 불리는 안나푸르나는 인간이 최초로 오른 8,000미터가 넘는 봉우리이다. 엄홍길 대장이 4번의 정상 도전에 실패하고 5번째 도전에서 비로소 정상을 밟은 산으로, 등반 도중 3명의 동료를 잃었고 그 역시 죽을 고비를 넘어 겨우 살아 돌아온 산이기도 하다. 주변 풍경을 바라보고 있는 이슬이 곁으로 엄 대장이 다가서며 말을 건넨다.

　"이슬아, 어때 아름답지?"
　"네. 대장님. 여기 정말 너무 아름다워요."
　"그렇지. 맑고 깨끗하지."
　"사람들도 행복해 보여요. 여기 살고 싶어요."
　"그래, 못살아도 환경이 이래도 평화롭고 행복해 보이지."

이슬이는 산행을 하면서 다른 대원들보다 히말라야의 풍경들과 더 많은 대화를 나눈다. 이슬이에게는 산행보다 사람들과 이야기하는 것이 더 어렵고 힘든 일이다. 청각장애 2급의 이슬이는 1대 1로 얼굴을 보면서 얘기하지 않으면 상대방을 말을 알아들을 수 없다. 그러다 보니 여러 사람이 함께 있는 자리에서는 듣지 못하는 소리가 많다. 산길을 걸으며 얼굴을 마주하고 이야기하기란 쉽지 않다. 자연히 산에 오를 때도 혼자 말없이 걸을 때가 많다. 그동안 이슬이 주위에는 늘 챙겨주는 사람들이 있었다. 가족이나 친구들은 늘 이슬이의 상황을 제일 먼저 고려해 주었다.

하지만 이번 산행은 다르다. 이슬이만을 배려할 수 있는 상황이 아닌 것이다. 이번 산행을 통해서 이슬이는 다시 한 번 청각장애인으로서 겪어야 하는 자신의 한계를 실감한다. 하지만 그 한계는 이슬이를 좌절하게 하거나 절망하게 하는 한계가 아니다. 외롭다는 생각이 들 때마다 서운한 마음이 들 때마다, '나와 대화하려면 상대방이 신경을 많이 써줘야 할 테고, 답답한 마음도 많이 들 테니까' 하며 자신의 장애를 인정하고 다른 사람을 이해하게 만드는 한계였다. 세상으로부터 도망치게 하는 한계가 아니라 사람들 속으로 먼저 다가가고 그들과 함께하기 위해 적극적으로 노력하도록 독려하는 한계였다.

산이 높아질수록 이슬이 마음의 높이도 따라서 높아진다. 이슬이의 아버지는 등산을 좋아하신단다. 하지만 이슬이는 한 번도 아버지와 산에 가본 적이 없다. 산이 무서워서 한 번도 따라나서지 못한 것이다. 이슬이는 히말라야를 오르면서 서울에 돌아가면 꼭 아빠와 함께 산에 가보리라 결심했다.

어제 산행에서 고생을 많이 한 상희도 설산을 보는 감회가 남다르다. 상희는 하얀 산을 보면서 어머니 생각을 한다. 공무원이란 안정된 직장을 그만두고 불안 정한 장애인자립생활센터에서 일을 하겠다고 했을 때 어머니는 반대하셨다. 장 애를 가진 아들이 조금이라도 더 안정적이고 편한 생활을 하기 바라는 마음에서 였다. 하지만 상희는 어려운 집안 형편 속에서도 자신을 뒷바라지해 준 어머니의 간곡한 만류도 뿌리치고 장애인들의 자립생활을 돕는 일을 선택하였다.

아직도 어머니는 상희가 하는 일을 못마땅해 하신다. 이번 원정대에 참여하게 된 것도 어머니께 할 수 있다는 믿음을 보여주고 싶어서였다. 히말라야에 올라가 는 것처럼, 장애인의 자립생활을 돕는 일을 하는 것도 자신의 인생의 목표라는 것을 알려드리고 싶고 잘 해내는 모습을 보여드리고 싶었다. 상희는 자신이 장애 인이기 때문에 장애인들에게 자립생활이 얼마나 중요한지 잘 알고 있다. 평생 다 른 사람의 도움을 받으며 사는 것은 진정 자신의 삶을 사는 것이 아니다. 조금만 사회적으로 제도적으로 뒷받침만 해주면 장애인들도 얼마든지 자립생활을 할 수 있기에, 자신이 지금 하고 있는 일을 어머니에게 인정받고 싶은 것이다.

설산을 바라보며 웃고 있는 사람은 장순랑 과장이다. "산이 손짓하는 거 같네 요. 파란 하늘 하얀 봉우리……. 다 왔다. 빨리 와라. 품안에 와라. 그러는 것 같 아요."

모두에게 힘든 산행이지만 특히 휠체어를 타는 정호와 윤오의 멘토들은 육체적으로 더 많이 힘들었다. 핸드워킹을 하는 두 사람의 다리를 들어주거나 휠체어를 대신 들고 올라가야 하기 때문이다. 윤오의 멘토인 장순랑 과장 역시 몇 배의 땀을 쏟으며 산에 오르고 있다. 겉보기에는 살이라고는 하나도 없는 마른 몸이라 어디서 힘이 나오나 싶은데 강단이 대단하다. 마라톤으로 단련된 몸이다. 산행 내내 단 한 번도 장순랑 과장의 찡그린 얼굴을 본 적이 없다. 잠시 쉬었다가 다시 출발하려는데 윤오 곁에서 쉬고 있던 민수가 윤오의 휠체어를 번쩍 집어 든다. 자신이 들고 올라가겠다는 것이다. 휠체어를 들고 성큼성큼 앞서가는 민수 뒤를 "민수야, 같이 가야지" 하며, 박진환 사장이 급하게 배낭을 메고 쫓아간다.

부모님의 걱정과 달리 민수는 누구보다 씩씩하게 산행에 임하고 있다. 식사 때는 식판을 나르기도 하고, 힘들어하는 여자 대원들의 배낭을 들어준다. 산행 중간에 잠시 쉴 때는 선글라스를 끼고 등산용 스틱을 마이크 삼아 김민종의 노래를 멋지게 불러 대원들을 즐겁게 해주었다. 어찌나 듬직한지, 우리는 민수가 여섯 살 아이 수준의 지능을 가진 정신지체 장애인이라는 사실을 잊어버리곤 했다.

처음 민수를 만났을 때는 한 번 말을 시키면 언제 어떻게 끝을 내야 할지 몰라 횡설수설하곤 했다. 하지만 산행 후 합평회 자리, 민수는 자신의 경험과 생각을 논리 정연하고 감동적으로 말할 줄 아는 29살의 청년이 되어 있었다. 민수의 변화 속에는 멘토 박진환 사장의 노력과 진심이 있었다. 민수와 박진환 사장은 산행을 마친 저녁에도 제일 늦게까지 깨어 있는 팀이었다. 다른 사람들은 피곤해서 방에 들어가자마자 침낭 속으로 들어가는데, 민수와 박진환 사장은 일기장을 펴고 함께 일기를 썼다. 민수는 날마다 일기를 써서 한국에 돌아가 부모님께도 보

핸드워킹하는 이윤오 대원, 그리고 멘토 장순랑 과장과 박성우.
"우리가 너의 두 다리가 되어줄게."

여드리고 자신이 일하는 공장 사람들에게도 들려주기로 약속을 했다. 조금 더 쓰라느니, 됐다느니 하며 밤늦게까지 두 사람의 방에서는 실랑이가 그치지 않았다.

아름다운 주변 풍경을 카메라에 담느라 손과 발이 바빠진 사람이 있다. 이번 히말라야 희망원정대의 산행 과정을 담기 위해 참가한 사진작가 김우영 씨다. 김우영 작가는 산행 내내 무거운 카메라를 몇 개씩 목에 걸고 동분서주하면서 대원들의 표정을 담으랴, 히말라야의 풍경을 담으랴, 셔터 누르기에 바빴다. 그렇게 찍은 수백 통의 사진들은 서울에 돌아온 후 열린 사진전을 통해 히말라야 등반의 감동을 다시 한 번 불러일으켜 주었다.

무거운 카메라와 씨름하는 이가 또 있다. KBS 보도국의 최연송 카메라 기자다. 최연송 기자는 10킬로그램이 넘는 ENG 카메라를 산행 내내 들고 다니며 대원들의 산행 모습을 카메라에 담았다. 대원들의 전체 산행 모습을 담기 위해 맞은편 산을 오르락내리락해야 했다. 푼힐로 가는 정해진 코스 외에 히말라야 땅을 가장 많이 밟은 사람은 아마 최연송 기자일 것이다. 최연송 기자 옆에는 항상 보도국의 정윤섭 기자가 함께했다. 뉴스 브리핑을 하기 위해서다.

윤섭이는 가장 열심히 메모하고 또 열심히 모든 대원들을 챙기면서 멘토 역할도 했다. 이번 희망원정대는 라디오 제작진 이외에 텔레비전 쪽에서도 두 팀이 함께했다. 최연송 기자와 정윤섭 기자로 구성된 보도국팀과 김태민 팀장과 박길홍 카메라 감독으로 구성된 아침방송팀이다. 김태민 팀장과 박길홍 감독은 10여 년 동안 전세계를 함께 돌아다니며 프로그램을 만든 환상의 복식조다. 서로 눈빛만 봐도 무슨 생각을 하는지 알 정도로 절친한 동료다. 일을 할 때 호흡이 잘 맞는 파트너가 있다는 것은 천군만마를 얻은 것보다 더 큰 힘이 된다는 것을 두 분을 보면서 알게 되었다.

오늘의 목적지는 반탄티, 낭게탄티를 거쳐 푼힐 아래 있는 작은 마을 고라파니까지 가는 것이다. 울레리에서 반탄티까지는 완만한 경사의 숲길이다. 어제 올라왔던 돌계단에 비하면 부드러운 비단길이다. 고라파니로 가는 길 위에서 원정대원들은 히말라야 트레킹을 하는 외국인들을 만났다. 목발을 짚거나 업혀서 혹은 핸드워킹으로 산을 오르는 대원들을 보고 외국인 트래커들은 깜짝 놀라는 표정을 짓는다. 장애인과 비장애인들이 함께 푼힐 정상까지 가는 중이라고 설명을 하니, "대단한 일이다", "아름다운 일이다", "놀랍다"는 탄성을 지르며 진심으로 우리 일행의 성공적인 등반을 기원해 주었다.

정글 같은 숲길을 지나 점심을 먹게 된 곳은 낭게탄티, 해발 2,430미터나 되는 곳이다. 백두산보다 더 높은 곳에서 먹는 점심 메뉴는 수제비다. 한국에서야 평범하고 소박한 음식이지만 히말라야 산에서 먹는 수제비는 그 어떤 값비싼 고급 요리보다 더 맛있고 반가운 음식이었다. 이번 원정대를 준비하는 과정에서 엄홍길 대장이 가장 신경 쓴 것 중에 하나가 음식이었다. 산에 오르면 힘들기 때문에 먹을 것에 예민해진다. 그런 대원들을 위해 값도 비싸고 손도 많이 가지만 특별히 한국음식을 준비한 것이다.

점심을 먹고 다시 걸음을 서둘렀다. 낭게탄티에서 고라파니까지 3시간을 더 가야 한다. 눈이 왔었는지 군데군데 흰눈이 쌓여 있고 곳곳에 얼음이 얼어 있다.

KBS 뉴스 보도팀의 최연송 카메라 기자.

고도가 높아질수록 계절이 바뀐다. 꽃이 아름답게 피어 있던 비렌탄티가 봄이었다면 여기는 겨울로, 며칠 사이에 봄부터 겨울까지 사계절을 지나온 것이다. 그 동안은 길옆으로 네팔 사람들의 집도 있고 곳곳에 롯지를 비롯해 음료수를 파는 가게도 있어 쉴 곳이 있었지만, 낭게탄티에서 고라파니까지의 길은 인적이 전혀 없는 산길로 마땅히 쉴 곳도 없다.

대원들은 나무등걸이나 바위에 기대어 잠시 숨을 돌린다. 바람소리와 햇빛만이 가득한 산속 정적을 딸랑 딸랑 방울소리가 흔들어 놓는다. 나귀의 방울소리다. 방울소리는 나귀가 온다는 것을 알려 사람들로 하여금 조심하라는 신호인 동시에 주인들에게는 나귀를 단속하기 위한 수단이기도 하다. 청아한 방울소리는 히말라야를 생각하면 제일 먼저 떠오르는 잊지 못할 소리가 되었다.

몇 개의 산등성이를 넘고 고개를 돌아서니 멀리 마을이 보인다. 고라파니다. 고라파니는 푼힐 정상으로 올라가는 길목에 있는 마을로 푼힐 정상에 가기 위해서는 꼭 이곳을 거쳐야 한다. 해발 2,750미터에 위치한 고라파니는 바로 머리 위로 구름이 지나가는 것처럼 하늘과 가까운 곳이다. 고라파니에서 제일 먼저 눈에 띈 것은 파란 코발트빛 지붕이다. 파란 하늘이 그대로 지붕이 된 것처럼 하늘빛과 지붕 색깔이 닮아 있다.

이곳에서 다른 대원들은 올라오느라 고생했다는 칭찬을 들었는데 몇몇 여자 대원들은 엄홍길 대장에게 호된 꾸중을 들어야 했다. 머리를 감지 말라는 충고를 무시하고 머리를 감은 것이다. 체온이 떨어지면 고소증상이 빨리 오는데 머리를 감을 경우 체온이 급격히 떨어지기 때문에 머리를 감아서는 안 되는 것이다.

KBS TV 제작팀의 박길홍 카메라 감독.

"고소로 쓰러져도 나는 모르니까 알아서들 해요. 아, 참 말 안 들어요."

엄홍길 대장은 물기도 말리지 못한 채 잔뜩 겁먹은 얼굴로 고개를 떨군 여자 대원들을 보며, 호되게 꾸중하던 처음 기세와는 달리 피식 웃어 버린다. '하여간 여자들이란 못 말리겠다'는 표정이다. 평소와 다르게 엄하게 꾸짖으시는 통에 큰 잘못을 했구나, 후회가 됐지만 머리를 감은 여자 대원들에게도 할 말은 있다. 오늘 저녁 특별한 이벤트를 위해서였다. 윤선아 변희철 부부의 산상 결혼식! 이왕이면 깨끗하게 단장하고 결혼식 하객이 되고 싶어서 그런 건데…….

히말라야 최고의 운송 수단은 나귀다. 나귀의 등은 무거운 짐으로 헐어 있었다.
새벽을 깨우던 나귀들의 방울소리, 그것이 히말라야의 소리다.

가장 높은 곳에서의 결혼식

고라파니 롯지에 짐을 내려놓고 대원들은 결혼식 준비를 하였다. 롯지 마당에 소복하게 쌓인 눈을 한쪽으로 치우고 초례상이 차려졌다. 선아와 희철 씨는 부부의 인연을 맺고 함께 산 지 3년이 됐지만 아직 결혼식은 올리지 못한 처지다. 희망원정대원들은 두 사람을 위해서 고라파니에서 산상 결혼식을 올려주기로 한 것이다. 초례상 위에는 롯지를 뒤져 찾아낸 꽃과 케이크도 올려져 있다. 크림도 장식도 없이 둥글게 구워놓은 빵일 뿐이지만 이번 결혼식을 위해 요리사들이 특별히 만든 것이다. 주례는 엄홍길 대장이 맡아주었다. 원정대원들이 입으로 울려주는 팡파르를 들으며 한복을 곱게 차려 입은 두 사람이 나란히 손을 잡고 걸어와 초례상 앞에 섰다. 선아와 희철 씨는 오늘 결혼식을 위해서 한국에서부터 한복을 챙겨왔다.

이렇게 먼 길을 힘들게 올라와 2,750미터의 고라파니 롯지에서 올린 결혼식.
"잘 살겠습니다. 고맙습니다."

두 사람이 함께 이 자리에 서기까지 힘들고 어려운 순간들이 얼마나 많았겠는 가? 장애인과 비장애인 부부! 두 사람이 함께 살기까지 주변의 반대도 많았다. 주변 사람들뿐 아니라 선아는 선아대로 희철 씨는 희철 씨대로 개인적인 고민과 갈등의 순간도 많았다. 열 명의 장애인 원정대원 중에서 선아는 유일한 기혼자다. 장애인들에게 결혼은 진학이나 취업보다 더 어려운 문제다. 스스로 결혼에 소극적인 사람이 많고 본인이 의사가 있다고 해도 배우자를 만나는 일부터 가족을 이루기까지 부딪치는 문제들이 많다. 결혼은 선택이다. 하지만 신체적 장애가 그 선택의 걸림돌이 될 때가 얼마나 많은가. 쉽게 만나 쉽게 헤어지고, 이기적이고 물질적인 조건들이 서로를 선택하는 기준이 되어버린 요즘 상대방의 부족함까지 사랑하고 함께하는 두 사람의 사랑은 그래서 더욱 아름답다.

선아와 희철 씨는 그 모든 역경과 장애를 극복하고 지금 부부로 이 자리에 함께 서 있다. 앞으로 살아가는 동안에도 두 사람에게는 크고 작은 어려움이 닥칠 것이다. 살다보면 다투기도 하고 화해도 하고 사랑하고 미워하기도 할 것이다. 그러면서 부부의 정을 쌓아갈 것이다. 삶을 공유할 수 있는 상대가 있다는 것, 내 옆에 항상 내편이 되어 주는 든든한 버팀목이 있다는 것, 서로의 존재는 신체적 장애를 극복하는 힘이자 거친 세상을 살아가는 지혜가 될 것이다.

축가를 부르기 위해 등장한 영은 씨를 보고 대원들은 탄성을 질렀다. 영은 씨는 등산복을 벗고 겹쳐 입는 푸른색 통치마에 남자저고리처럼 생긴 밤색 윗도리를 입고 머리에는 빨간 두건까지 쓰고 있었다. 언제 옷을 빌렸는지, 이곳 사람들의 전통 옷으로 갈아입고 있다. 영은 씨의 축가에 이어 원정대원들도 한 목소리로 두 사람을 위해 '동반자'를 축가로 불러 주었다. 두 사람의 결혼식을 지켜보는 대원들의 마음이 훈훈해진다. 선아 부부를 보면서, 우리 서로 히말라야 산행의 동행이 되어 여기까지 왔듯이, 우리 각자의 삶 속에서도 인생이라는 여행을 함께할 좋은 동행을 만나기를 기원해 본다.

산 위에서 열리는 특별한 결혼식을 지켜보는 현지인들도 진심으로 두 사람의 결혼을 축하해 주었다. 하객들에게 "잘 살겠습니다. 고맙습니다"고 말하는 신랑 신부, 두 사람의 얼굴에 눈물이 맺힌다. 기쁨의 눈물이고 감사의 눈물이다. 한 사람, 한 사람이 우주라는 말이 있다. 지금 이 순간, 아픔을 함께하고, 기쁨을 함께하는 사람들, 우리들 모두 우주가 된다. 신비롭고 무한한 가능성으로 가득한 아름다운 우주!

저녁 식사는 결혼식 피로연을 겸해 풍성하게 차려졌다. 술도 마련되었고 현지에서 잡은 염소고기도 푸짐하게 올라왔다. 이곳 사람들은 결혼식을 할 때 염소나 소를 잡는데, 소를 잡는 철이 아니라 염소고기로 마련한 것이다. 초례상에 올려진 케이크도 나눠 먹었다. 세르파와 포터 들은 네팔의 전통 악기인 북을 연주하면서 렛쌈 삐리리~ 노래를 부르면서 피로연의 흥을 더해 주었다. 대원들은 악기 소리에 맞춰 춤을 추었다. 제대로 구색을 맞춘 피로연이다.

엄홍길 대장이 흥겹게 노는 원정대원들을 불러 모았다. 그리고 당부의 말을 한다.

"여러분 즐거운 흥을 깨고 싶지 않은데……, 이제 다시 신발 끈을 마음을 다잡아

야 합니다. 아직 끝이 아닙니다. 가장 중요한 산행, 정상 등반이 남아 있습니다."

푼힐 정상에서 일출을 보기 위해서는 새벽 4시에 산행을 시작해야 한다. 영하의 기온, 미끄러운 눈길, 고소증상 등 원정대원들이 넘어야 할 진짜 고비는 이제부터인 셈이다. 대원들은 숙연한 마음으로 각자 방으로 들어왔다. 침낭 속에 눕자 여러 날 계속된 산행의 피로가 한꺼번에 몰려온다. 밤은 깊어 가는데, 쉽게 잠이 오지 않는다. 내일 새벽, 드디어 정상을 향해 간다. 창문 밖을 서성이는 바람 소리가 점점 크게 들린다.

가슴속에 큰 산 하나 품다

언제 잠이 든 걸까? 깜짝 놀라 눈을 떴다. 깜깜하다. 머리맡에 놓아둔 헤드랜턴을 켜고 손목시계를 보니 새벽 3시다. 시계를 보기 위해 잠깐 침낭 밖으로 꺼낸 손이 금세 차가워진다. 정신이 드니 너무 춥다. 그냥 침낭 속에 있고 싶다. 머리까지 무겁고 아프다. 자꾸 침낭 속으로 기어들어 가려는 몸을 일으켜 세면장으로 향한다. 세면장 거울 속에 비친 얼굴을 보니 으악! 보름달이 떠 있다. 고소증상으로 얼굴이 부은 것이다. 여느 날의 아침과 달리 다른 대원들의 표정도 심각하다. 얼굴은 밤새 펑펑 울다 잠든 것처럼 퉁퉁 부어 있고 몸놀림도 둔하다. 밤사이 잠을 자는 대신 산아래까지 내려갔다 온 듯 온몸이 무겁다. 식당에 모여 뜨거운 밀크티로 몸을 녹인다.

산행을 시작한 이래 아침마다 마신 달콤한 밀크티, 오늘 아침 밀크티에는 달콤

함은 없고 쓴맛만 난다. 대원들은 차 한 잔으로 깔깔한 입술을 적시고 정각 새벽 4시, 어제 결혼식이 있었던 롯지 마당에 모였다. 아침은 정상 등반 이후에나 먹게 될 것이다. 마당에 5분쯤 서 있었을까? 내복을 입고 그 위에 여러 겹의 옷을 껴입고 두툼한 우모복까지 입었는데도 몸이 떨린다. 눈만 내놓고 마스크를 하고 모자까지 깊게 눌러 썼는데도 코끝이 시리다. 엄홍길 대장은 출발에 앞서 대원들에게 제일 먼저 체온 유지에 각별히 신경 쓰라고 주의를 준다. 잔뜩 움츠리고 있는데 푼힐 정상은 더 춥단다.

　"도전! 파이팅!"

　매번 산행 전에 산이 떠나가라 외치던 구호를 오늘은 기도하듯이 나지막한 목소리로 외친다. 소리를 내기에는 너무 이른 시간이다. 대원들 머리에 달린 헤드랜턴 불빛 이외에 사방은 칠흑 같다. 푼힐 정상까지 예상 등반 시간은 2시간 반, 지금까지의 등반 경험으로 보면 그리 오랜 시간은 아니다. 하지만 어둠 속을 걸어가는 데다 미끄러운 눈길이다. 목발을 짚고는 올라갈 수 없다. 목발 없이는 걸을 수 없는 윤경 씨와 선아는 가마처럼 개조한 꿀리를 타고 올라가기로 했다. 미끄러운 눈길이라 핸드워킹도 어렵다. 그런데도 윤오와 정호는 핸드워킹으로 올라가겠단다. 정상을 자신의 힘으로 올라가고 싶은 것이다. 두 사람은 핸드워킹과 휠체어를 함께 이용하기로 했다. 휠체어는 멘토와 포터 들이 함께 들기로 했다. 걸음걸이가 부자연스러운 선해와 상희는 한 사람당 두 명의 멘토가 동행하기로 했다.

또까에 앉아서 산을 오르는 이윤경 씨.
"목발만 있으면 어디든 갈 수 있었는데……."

만반의 준비를 하고 2005년 1월 30일, 한국을 떠나온 지 7일째, 그리고 등반을 시작한지 4일째 되는 새벽 희망원정대는 푼힐 정상을 향해 출발했다. 롯지를 벗어나자 바로 산길이 시작된다. 이 새벽을 걸어가면 그 새벽의 끝에 희망원정대의 목표, 푼힐 정상이 있다. 정상을 향해 가는 마지막 산행! 대원들은 마음속으로 무슨 생각을 하고 있을까?

"목표로 했던 푼힐로 가는 게 영광스럽구요, 마지막까지 최선을 다해서 일출을 바라보면서 클라리넷을 연주하고 싶어요." —최진국

"소중한 일이 될 테니까 벌써부터 설레요, 정상에 가면 울 거 같아요." —서영은

"마지막 순간에 제 손으로 정상을 밟아봤으면 하는 게 소원이에요." —박정호

"여기까지 왔다는 게 안 믿어져요. 모두 다 안전하게 즐겁게 해뜨는 거 봤으면 좋겠어요." —윤선아

잠시 숨을 돌릴 겸 하늘을 쳐다본다. 까만 도화지 위에 은가루를 한 움큼 마구 뿌려 놓은 것처럼, 별들이 바람 속에서 빛나고 있다. 이렇게 많은 별을 본 것도 참 오랜만이다. 하늘의 별을 보며 감탄하는 것도 잠시 잠깐 방심하는 사이, 눈길에 미끄러지기 일쑤다. 고도가 높아질수록 기온은 더 떨어지고 바람도 세어진다.

어찌나 바람이 강하게 부는지 옆사람의 말소리가 들리지 않을 정도다. 눈길은 곳곳에 빙판을 숨기고 있어 대원들의 발걸음을 더욱 위태롭게 만든다. 대원들의 숨소리가 거칠어진다. 휠체어에 앉아 들려가던 윤오가 추위를 호소한다. 어둠 속에서도 표가 날 만큼 추위로 입술이 파랗게 질려 있다. 대열 앞에서 대원들을 이끌던 엄홍길 대장이 어느 새 달려와 윤오의 상태를 살핀다.

"어디가 추운 거야? 장애인 대원들 각별하게 보온에 신경 쓰라고 했지. 우습게 생각하고 말야. 우모복이라도 덮어줘."

엄홍길 대장이 윤오의 멘토인 장순랑 과장을 호되게 꾸짖는다. 윤오의 옷매무새를 점검한 뒤 엄홍길 대장은 전체 대원들에게 향해 다시 한 번 소리친다.

"대원 여러분들, 바람이 많이 부니까, 보온, 체온 유지에 신경 쓰세요. 가져온 따뜻한 물, 자주 마셔요. 멘토들은 장애인 대원들 챙겨주시고 각자 선 위치에서 호흡 조절 잘 해야 합니다. 자, 다들 이상 없죠. 우리의 구호, 힘냅시다. 도전! 파이팅!"

엄홍길 대장의 독려 소리가 산을 울린다. 대원들도 힘을 모아 '도전! 파이팅!'을 외쳐본다. 금세 성난 바람소리가 대원들의 파이팅 소리를 삼켜 버린다. 대원들 서로서로 힘내라, 힘내자 하고 소리를 질러보지만 그 소리마저 얼어버린다.
    김병기 사장의 부축을 받으며 걷는 상희의 숨소리가 거칠다. 금방이라도 숨이

신들의 거처, 히말라야! 우리는 그 산을 마음에 품었다.

넘어갈 듯 다급하다. 김병기 사장이 따뜻한 물을 건넨다. 상희를 멈춰 세우고 수통을 열어 상희에게 건넨다. "천천히 마셔. 정신 차려, 정신. 다 왔어." 김병기 사장은 계속 상희의 이름을 부르며 말은 건다.

"괜찮냐? 크게, 대답해. 좋아. 상희, 파이팅!"
"파이팅!"

대답은 했지만 상희의 목소리는 꿈결처럼 멀리서 들린다. 어지럽고 졸립다. 춥다는 감각마저 없어진 듯하다. 이대로 주저앉고 싶다. 그만두고 싶다. 내가 왜 이곳까지 왔나, 처음으로 후회도 된다. 그래도 상희의 발걸음은 멈추지 않는다. 얼마쯤 올라왔을까? 걸어온 길을 가늠해 보면 혹시 힘이 날까 싶어 뒤돌아서는데, 새벽 미명 속에 잠들어 있는 설산이 보인다. 푼힐 정상에 가면 아침 햇살과 함께 깨어나는 저 설산을 만나리라. 이제, 히말라야 신들의 거처를 보게 되리라. 산을 향해 다시 발길을 돌린다.

휠체어에 앉아 들려오던 정호가 산 중턱에서부터 핸드워킹을 시작했다. 눈길이라 자꾸 미끄러진다. 장갑을 끼었지만 손이 시리다. 엎드린 자세라 옷이 들떠 그 사이로 영하의 찬바람이 사정없이 몰아친다. 그래도 정호는 끝까지 핸드워킹으로 가겠다고 다짐한다. 정호의 다리를 잡아주는 김상두 차장도 끝까지 함께해 주겠다며 포기하지 말라고 정호를 격려한다.

"마지막 힘을 내십시오. 마지막! 히말라야 희망원정대 대원 여러분들 힘내세요. 구호, 도전! 파이팅! 자, 정상 15분 전입니다. 바람 많이 불어요. 장애인 여러분들 신경 써요, 멘토 여러분들. 마지막입니다, 마지막, 힘내세요."

엄홍길 대장의 목소리도 찬바람에 얼어 갈라진다. 산 위로 올라갈수록 조금씩 사방이 환해진다. 헤드랜턴 불빛이 하나둘 꺼진다.

넘어지고 미끄러지면서 서로의 손을 잡고 서로의 발이 되어 오르기를 두어 시간 남짓.

"정상! 여러분 정상입니다."

이렇게 외치는 엄홍길 대장의 목소리가 머리 위에서 들려온다.

"앗싸! 너무 좋아요. 날아갈 거 같습니다. 엄마아빠 사랑해요."

뒤이어 휠체어를 버리고 핸드워킹으로 올라온 윤오의 목소리가 들린다. 드디어 푼힐 정상! 대원들의 눈앞에 히말라야의 설산이 파노라마처럼 펼쳐진다. 8,000미터가 넘는 산들, 감히 상상도 할 수 없는 높이, 하늘 아래 저렇게 높은 산이 있으리라고는 차마 생각지도 못했던 산들. 두 눈으로 저 산들을 보리라고는 한 번도 꿈꿔보지 않았던 대원들의 눈앞에 설산이 있다. 두 팔을 벌리고 다정하

게 아이를 부르는 어머니처럼 대원들을 향해 넓은 가슴을 펼쳐 보이며 은빛 미소
를 보내는 히말라야의 산들……. 그 산들을 바라보며 두 남자가 서로를 부둥켜
안고 울고 있다. 정호와 김상두 차장이다.

　　"상두 형, 감사해요. 너무 힘들었죠. 고산증도 있었을 텐데……. 솔직히 저도 힘
들어요."
　　"정호, 너한테 미안하지. 네가 올라올 때까지 계속 울었어. 네가 8,000미터도 올
라가겠다면. 그때도 같이했으면 좋겠다."

　　두 사람 모두에게 너무 힘든 길이었다. 여기까지 오는 동안 서로에 대한 불만
이 왜 없었겠는가, 도와주는 사람은 도와주는 사람대로, 도움을 받는 사람은 도
움을 받는 사람대로 불편하고 서운한 점도 있었으리라. 그 모든 감정들이 지금
푼힐 정상에 선 순간 눈물이 되어 흘러내린다. 끝없이 펼쳐진 설산을 보면서 윤
경 씨도 울음을 터뜨린다.

　　"제일 속 썩인 사람 중에 한 사람인데……, 자꾸 중간에 아파서 못 올 줄 알았어
요. 주위 사람들 고생도 많이 시키고……, 그 고마움을 말로 다 표현 못해요."

　　윤경 씨는 멘토 권혁재 이사에게 고맙다는 말을 하고 또 한다. 윤경 씨의 환한
얼굴을 바라보는 권혁재 이사의 얼굴도 기쁨이 가득하다.

환상의 콤비, 멘토 가수 서영은과 신선해 대원.

장엄한 히말라야의 설산.

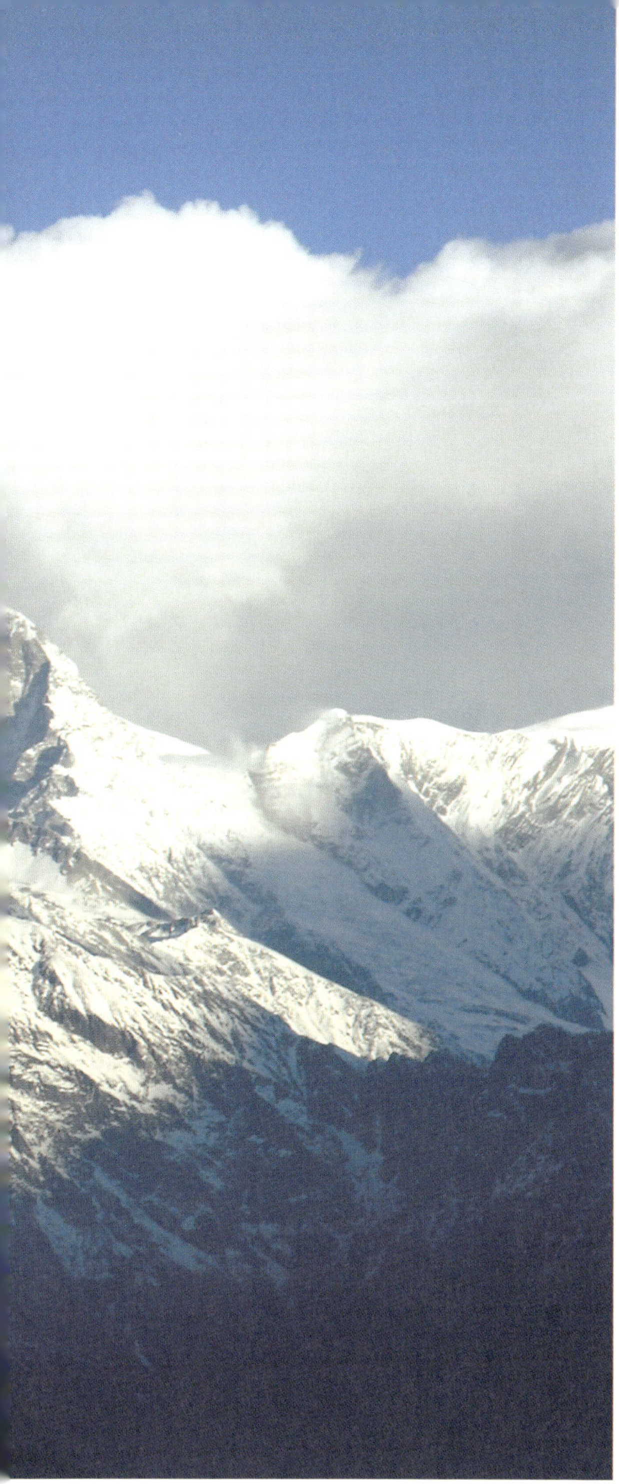

푼힐 정상에서 감격에 겨워하는 대원들.

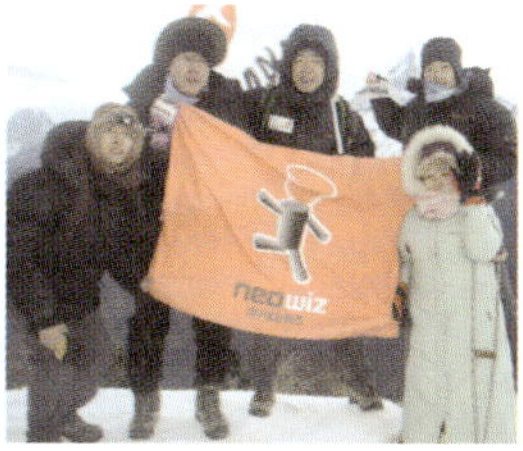

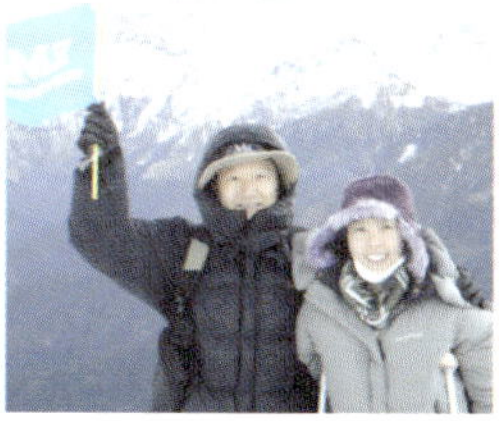

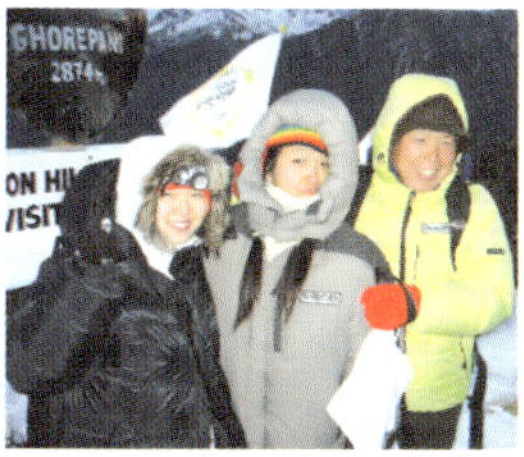

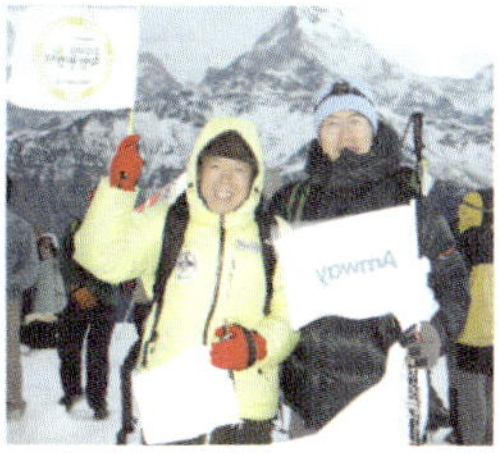

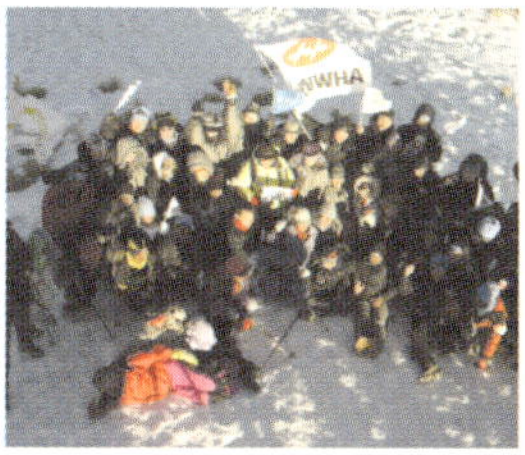

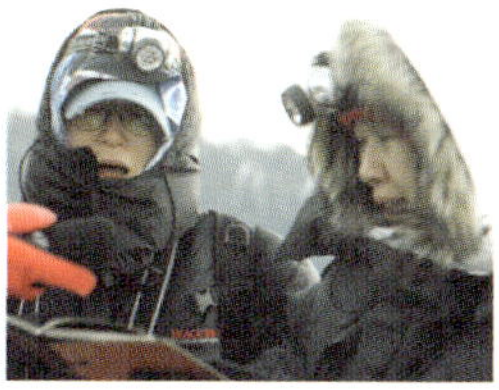

상희는 가쁜 숨을 몰아쉬며 남아 있는 힘을 다해 히말라야 설산을 향해 있는 힘껏 소리친다.

"엄마, 저 해냈어요, 올라왔어요. 사랑해요, 엄마……."

지금까지 살면서 어느 한순간, 어머니의 자랑스러운 아들딸이고 싶지 않은 순간이 없었다. 하지만 늘 손끝에 박힌 보이지 않는 가시처럼 아리고 걱정만 끼쳐 드렸던 자식이다. 하지만 지금 이 순간만큼은 자신의 모습이, 우리의 모습이 자랑스럽다. 누구 앞에서라도 당당할 수 있을 것 같다. 이 자리에 서기까지 괜한 일 한다고 반대하는 사람도 많았다. 어려울 것이라고 걱정하는 이들도 많았다. 그만두라고 말하는 이들도 많았다. 그 모든 반대와 어려움을 헤치고 정상에 선 순간, 희망원정대를 기획하고 추진해 온 조휴정 선배도 끝내 눈물을 흘린다.

"처음 출발할 때 컨디션이 안 좋은 친구들이 있어서 걱정했는데 지금 단 한 명의 낙오자도 없이, 함께 올 수 있어서 감사합니다. 어제그제 날이 좋지 않았는데, 오늘 날씨가 좋아서 다 같이 일출을 볼 수 있을 거라 생각하니까, 너무 가슴이 벅차요. 말로 표현할 수 없을 만큼……, 행복해요."

푼힐 정상은 농구 코트를 두 개쯤 합쳐놓은 넓이로 사방이 탁 트인 평지다. 바람 한 조각, 피할 곳이 없다. 체감 온도는 영하 20도 이하, 강풍과 추위 속에서도

이보다 더 좋을 순 없다!

대원들은 꼼짝하지 않고 서서 일출을 기다린다. 저 히말라야 설산 위로 찬란한 태양이 떠오르기를 기다린다. 정상에 머문 지 30여 분, 마침내 설산 너머로 한 점 날카로운 섬광이 번쩍 한다. 강렬한 한 점의 빛은 황금색의 또렷한 하나의 점이 되었다가 차츰 커지기 시작하더니 히말라야의 가장 높은 봉우리부터 물들이기 시작한다. 이윽고 햇살은 마치 용암처럼 산을 흘러내리면서 산 전체를 황금빛으로 물들여 놓는다. 엄홍길 대장이 대원들에게 아침 햇살에 위용을 드러내는 히말라야의 설산들을 하나하나 가리키며 이름을 알려준다.

다울라기리, 8,167미터!
닐기리, 7,061미터!
안나푸르나 남봉, 7,219미터!
투구체 피크, 6,920미터!
히운출리, 6,441미터!
마차푸차레, 5,588미터!

눈부신 햇살 속에서 히말라야의 설산들은 서로 어깨동무를 하고 거대한 산맥을 이루며 서 있다. 마치 지금 푼힐 정상에 함께 서 있는 서른여덟 명의 우리들의 모습처럼. 눈앞에 펼쳐진 히말라야의 설산들을 보면서 왜 저곳을 '신들의 거처'라고 하는지 알 것 같았다. 인간의 발길을 용납하지 않는 근엄함과 어머니 품처럼 자애로운 아름다움이 함께 있었다. 그런 산들 앞에 지금, 우리가 서 있는 것이

다. 신들의 땅, 저 설산에 자신의 발자국을 모두 남긴 엄홍길 대장도 태어나 처음
마주하고 선 듯 경건한 마음으로 설산을 바라본다.

"산에 올라오는데……, 눈물이 나고 그랬습니다. 8,000미터 정상에 올라갈 때 많
은 감격들이 있었겠죠. 하지만 오늘은 진짜 새로운 감동을 느꼈습니다. 대원들 한
사람 한 사람이 너무나 대견스럽습니다."

원정대원들은 일출을 보면서 선해가 만든 '희망원정대가'를 소리 높여 불렀
다. 노래를 부르는 대원들의 눈가에 모두 기쁨의 눈물이 흐른다. 해냈다는 자부
심의 눈물이 흐른다. 서로에 대한 감사의 눈물이 흐른다.

우리는 거친 바람에 맞서고 눈길에 미끄러지면서 지금 히말라야 푼힐 정상에
서 있다. 장애인이라는 편견을 이기고 세상의 높은 벽을 넘어서 이곳까지 왔다.
이곳에서 우리는 가슴속에 큰 산을 하나씩 품었다. 그 산은 꿈이다. 그 산은 친구
다. 그 산은 용기이며 사랑이다. 그 산은 우리가 히말라야 원정대라는 이름으로
이곳까지 오게 한 모든 것이다. 우리는 다시 일상으로 돌아갈 것이다. 장애인이
든 비장애인이든 살아가는 동안 힘들고 어려운 순간과 수없이 맞닥뜨릴 것이다.
하지만 그때마다 오늘 희망원정대원으로서 함께 맞이한 히말라야의 일출을 떠올
릴 것이다. 우리들 가슴속에 들어 있는 큰 산을 바라볼 것이다. 그리고 용기를 내
고 힘을 낼 것이다. 우리는 자랑스러운 희망원정대원들이므로!

여은영 (1기, 희망원정대 작가)

혼자가 아닌 나

혼: 혼자서는 할 수 없습니다. 아무리

자: 자신의 능력이 뛰어나다 할지라도 세상에서

가: 가장 높은 산인 히말라야를 혼자서는 오를 수 없습니다.

아: 아마 우리도 그랬을 것입니다. 대원과 멘토, 세르파와 현지인이 함께하였기에, 혼자가 아

닌: 닌 함께였기에 가능했을 것입니다.

나: 나는 보았습니다. 그 높고 찬란한 도전의 정상에서 눈물과 미소를 짓고 있던 자랑스러운 우리의 모습을……

히말라야에서는 모두가 하나였다. 대원, 멘토, 세르파, 현지인 들, 히말라야 모

두가 하나인 듯 보였다. 힘들다는 마음과 가야 한다는 현실, 정상에 가보겠다는 도전과 이 도전을 해내고야 말겠다는 희망이 모두 합쳐져 하나가 되어 있었다. 나와 영은 언니도 그랬다.

2005년 1월 24일 오후 6시경, 나는 인천공항에 있었다. 드디어 히말라야로 간다는 들뜬 마음으로 대원들과 인사를 하고 이야기를 나누며 짐을 챙기고 있었는데, 어디선가 "선해야!" 하는 소리가 들렸다. 소리가 들리는 쪽으로 몸을 돌렸다. 조휘정 PD님이었다. PD님은 나를 보면서 누군가를 가리켰다. 아담한 몸짓의 여자 두 명과 커다란 남자 한 명이 나를 보고 있었다.

"선해야! 멘토 서영은 씨야."

PD님의 소개를 받고 인사를 했다. 영은 언니는 웃으면서 나머지 두 사람을 소개해 주었다. 한 명은 친구인 의원 언니였고 또 한 명은 매니저였다. 처음 영은 언니와 의원 언니를 보았을 때, "어떻게 저리 약해 보이는 사람들과 산을 올라야 하나?" 하는 생각에 순간적으로 걱정이 되었지만, 튼튼해 보이는 매니저를 보고 안심했다. 영은 언니와 의원 언니, 매니저와 나는 근처 의자에 앉아서 이런저런 이야기를 나누기 시작했다. "산에 잘 올라가니?", "연예인 누굴 좋아하지?", "먹는 거 좋아하니?" 등의 이야기를 하고 있었다. 근데 그때 영은 언니가 "나이는 몇 살이야?"라고 물었다. 그래서 "스물다섯 살이에요"라고 대답하자 "아! 넌 몇

왜소해 보이나 이곳 사람들은 힘이 센 것 같다.
가볍게만 보이던 지게를 한 번 지어봤는데 무거워서 뒤로 넘어가는 줄 알았다.

음료수를 들고 무엇인가 연구 중인 영은과 딴생각에 빠진 선해.

살이야?" 하며 영은 언니가 매니저에게 물었다. 매니저는 "나도 스물다섯인
데……"라고 말했다. 그 순간 나는 주춤했다. 상당히 나이가 들어 보였는데 나랑
동갑이라니……, 나의 표정을 보고 영은 언니와 의원 언니는 웃음을 터뜨렸다.
나랑 매니저도 웃었다.

　그때부터 나는 속으로 "나이도 같으니 재랑 친해져야겠다"고 생각하고 매니저
랑 이야기를 많이 했다. 그런데 출국수속을 하려고 하자 매니저는 영은 언니와
의원 언니, 그리고 나에게 잘 다녀오라는 인사를 남기고 공항 밖으로 가버렸다.
나는 순간 눈앞이 깜깜해졌다. '같이 가는 줄 알고 친해지려고 장난도 많이 쳤는
데, 이 약해 보이는 여자들만 남겨두고 혼자 저렇게 가다니……, 나는 이제 어떻
게 산을 올라야 하나.' 정말 당황스러웠다.

　어쨌든 출국수속은 마쳤다. 비행기 안에 들어가기 전에 시간이 좀 남아서 출발
하기 전에 간단히 저녁 식사를 하기 위해 멘토와 대원은 짝을 이루어 나뉘어졌
다. 나는 영은 언니와 의원 언니랑 같이 밥을 먹기 위해 식당으로 들어갔다. 간단
히 먹을 것이 마땅치 않아 비빔밥을 시켜놓고 영은 언니와 의원 언니가 조심스럽
게 말을 꺼냈다.

　"내 주변에 장애를 가진 친구가 없어서 언니들이 어떻게 해야 하는지 잘 모르니까
　　어떻게 하면 되는지 그때그때 말해주지 않겠니?"
　"알았어요."

신선해,
희망원정대가 2절을 완성하기 위해 메모지와 펜을 들고 다녔는데,
산행 도중 가사가 생각났나 보다.

알았다고 대답하면서 나는 이렇게 먼저 말해 준 언니들이 고마웠다. 이때부터 시작이었던 것 같다. 영은 언니에게 고마움을 느낀 것이…….

예비산행으로 많이 친해져 있었던 다른 대원과 멘토 들과 달리 나와 언니들은 비행기 안에서 많은 이야기를 나누었다. 예비산행에서는 누구와 같이 다녔는지, 각 대원들은 어떤지, 영은 언니가 이번 산행에 함께하게 된 이야기, 밤하늘에 대한 이야기를 나누면서 방콕으로 향했다.

방콕에서 호텔로 이동해 잠을 자려고 준비하고 있을 때의 일이다. 언니들이 나에게 선물이라면서 무엇인가를 내밀었다. 겉표지에 '만나서 반갑고 앞으로 잘해보자' 라고 쓰여진 영은 언니의 앨범과 의원 언니의 책이었다. 그리고 건강 목걸이와 립글로스, 영양크림도 있었다. 나는 이때 언니들은 나와의 만남을 미리부터 준비하고 있었다는 것을 알았다. 그리고 미안했다. 내가 영은 언니와 멘토가 될 것이라는 것을 안 것은 2차 예비산행 때였으나 나는 언니를 만나기 위해서 준비한 것이 아무것도 없었다. 내가 고작 알고 있는 것이라고는 인터넷 검색으로 찾아낸 가수 서영은이라는 사람이 나보다 나이가 많고, '만년설萬年雪', '너에게로 또다시', '내 안의 그대', '혼자가 아닌 나' 등의 대표곡이 있는 재즈가수라는 것뿐이었다. 언니들에게 미안함과 고마움을 느끼며 그렇게 하루가 흘렸다.

다음날 방콕에서의 일정을 바치고 네팔행 비행기를 탔다. 한국에서 방콕으로 왔을 때와 마찬가지로 영은 언니와 나는 네팔행 비행기 안에서도 많은 이야기를 나눴다. (의원 언니는 방콕에서부터 이슬이의 멘토가 되어 있었다) 히말라야에 대해서, 학교와 친구들 이야기, 생활하면서 재미있었던 이야기 등을 나누며 서로에 대해 좀더 알아가고 있었다. 한참 이런저런 이야기를 나누던 중 '히말라야에 가다' 의 수기 이야기가 나왔다. 갑자기 옆에서 우리 이야기를 듣고 있던 여은영 작가 언니가 내가 글을 잘 쓴다고 말하자, 영은 언니는 '기회가 된다면 다음 앨범에 선해가 작사 한 번 해보는 것도 좋을 것 같다' 라고 말해 주었다. 참으로 고마운 언니들이다.

나보고 글을 잘 쓴다고 말해 준 작가 언니에게도, 지금 이렇게 작사 이야기를 해주는 영은 언니에게도 정말 많이 고마웠다. 고등학교 때, 숙제로 독후감을 써서 낼 때마다 나는 그저 숙제라는 의무감 하나로 글을 썼던 기억이 있다. 한 번도 글을 잘 쓴다는 말을 들어보지 못했고, 더욱이 글을 써서 상을 받아본 적도 없다. 그래서인지 나는 글을 못 쓴다고만 생각하고 있었다. 그랬던 나에게 글을 잘 쓴다고 말해 주고, 작사 이야기까지 해주니 어떻게 고마워하지 않을 수 있을까.

작사에 대한 이야기가 한창일 때 내가 예전에 두서너 번 정도 개사해 본 경험이 있다는 데 생각이 미쳤다. 그리고 내 머리 속에는 영은 언니의 노래 '혼자가 아닌 나' 의 멜로디가 떠올랐다. 그래서 나는 영은 언니에게 '혼자가 아닌 나' 의 가사를 좀 적어 달라고 했고, 영은 언니는 아무 말 없이 노트를 꺼내 적어주었다. 가사를 받아들고 노래도 한 번 불러달라고 했다. 영은 언니의 노래를 듣는 순간 '2005년 우리는 히말라야로 간다' 라는 문장이 떠올랐다. 그때부터 시작되었다. 처음에는 장난이었다.

안개 속의 롯지.
안개가 몰려와 롯지의 주변 풍경을 지워버렸다.
롯지가 지워지기 전해 찰칵!

나 혼자 몇 마디 끼적거려 보려고 시작한 일이 너무 커져버린 것이다. 주무시고 계셨던 카메라맨 아저씨는 카메라를 들고 나를 찍고 있었고, 옆에서 영은 언니는 내가 개사한 노래를 부르면서 녹음하고 있었다. 어리둥절했다. 정말로 아무 의도 없이 시작한 일이었는데, 이 개사한 노래가 산에 오르면서 또 산을 내려와서도 희망원정대원들의 입에서 흘러나오게 될 줄 몰랐다. 그리고 앞으로 개사한 이 노래가 나에게 얼마나 큰 영향을 주게 될지도 그때는 알지 못했다.

처음 대원들이 이 노래를 연습했던 때가 떠오른다. 뒷부분에서 자세히 이야기하겠지만 산행을 하면서 잘 먹지 못해 힘없이 비실거렸다. 그런데 PD님이 노래를 연습해 보자고 대원들을 다 모았다. 개사한 노래가 있다는 것을 소수의 몇 사람 이외에는 아무도 모르고 있었다. PD님은 내가 개사한 노래라고 대원들에게 알려주고, 영은 언니는 개사한 노래를 불렀다. 나는 창피해서 숨어버리고 싶었다. 산행하는 내내 힘이 없어 비실거려 대원들에게 걱정만 끼치는 것도 미안한데, 쉬어야 할 시간까지 이렇게 나와서 연습하게 만든다고 생각하니 더욱더 미안했다. 그런데 이 노래를 다 들은 대원들은 너무 좋다면서 영은 언니를 따라 열심히 노래하는 것이었다. 그리고 황석연 팀장님은 "내 후배야!"라고 말하고, 누군가가 "정호는 눈물까지 흘리고 있어"라는 소리를 듣고 나는 웃음이 나왔다. 대원들이 너무 착한 것 같았다. 작은 것 하나에 저렇게들 좋아해 주고 나에게 뿌듯함을 느끼게 해준 대원들이 정말 고마웠다. 그리고 무엇보다 내가 이곳에 있어야 할 이유를 만들어주었다는 것이 더욱 고마웠다. 대원들은 나에게 고마워했으나,

나는 그런 대원들에게 더 고마웠다.

이때부터 내가 개사한 노래는 '희망원정대가' 로 불리게 되었다. 이 노래를 통해 대원들은 하나가 되었다. 아니 이미 하나가 되어 있었기에, 이 노래가 만들어질 수 있었다. 처음에 아는 이 하나 없는 데도 불구하고, '히말라야를 가겠다' 는 목적 하나로 방송국을 찾았던 나와 대원들은 각자 혼자였다. 그러나 지금 히말라야 정상을 향해 오르려 하는 우리는 더이상 혼자가 아니었다.

앞에서 잠깐 말했지만, 산행 내내 나는 속이 좋지 않았다. 3,193미터의 고도의 산 푼힐! 그곳을 오르기 위해서는 조심해야 할 것이 참 많았다. 그중 특히 조심해야 할 것은 고소였다. 대원들은 고소를 이기기 위해 무리하지 않고 자기 페이스에 맞춰 한 걸음 한 걸음 올라갔으며, 시시때때로 물을 마셨다. 하지만 나에게는 고소보다 더 큰 어려움이 있었다. 체했던 것이다.

나는 카트만두에 도착하자마자 왠지 속이 좋지 않다는 느낌을 받았다. 지금까지 체한 적이 별로 없던 나는 한 치의 의심도 없이 고소라고 믿고 있었다. 그래서 '조금 시간이 지나 적응하면 괜찮아지겠지' 라고만 생각하고 물을 마시면서 쉬고 있었다. 그랬더니 조금 나아진 듯한 느낌을 받았다. 그래서 괜찮아진 줄 알고 저녁밥을 먹었는데, 또다시 속이 좋지 않아서 먹는 것을 중단했다. 다음날 아침, 일어났는데 여전히 속이 좋지 않았다. 그래서 맛있어 보이는 음식도 먹지 못하고

방콕 대리석 사원에서 만난 두꺼비.
이곳에서 두꺼비는 행운을 상징한단다.

적은 양의 야채로만 아침 식사를 때워야 했다. 이후, 일정이 시작되었다.

비행기를 타고 카트만두에서 포카라로, 자동차를 타고 포카라에서 나야풀로 이동하였다. 그런데 비행기를 탔을 때는 괜찮았었는데, 자동차를 타고 이동하자 속이 매스꺼웠다. 대원들도 얼굴색이 변한 나를 보고 누워 있으라며 한 대원의 무릎 위에 눕혔다. 그런데 다 도착해서 일이 터졌다. 차에서 내리자마자 울렁거리기 시작해 화장실을 찾아가는데 화장실에 도착하기도 전에 오바이트를 해버렸다. 그때 나보다 영은 언니가 더 놀란 듯 보였다.

속이 좀 진정이 되고, 내가 "이걸 어떻게 치우지?"라고 말했을 때, 영은 언니는 "괜찮아? 내가 치울 테니까, 넌 저기 가서 앉아 있어"라고 말하면서 다른 대원들에게 날 부축하게 하고 치우기 시작했다. 지금 생각하니 이때부터 영은 언니의 고생이 시작된 것 같다. 산행을 시작하면서부터 한국에 돌아올 때까지 영은 언니에게는 힘든 고생길이었을 것이다. 하지만 영은 언니는 내색하지 않았다. 나는 그런 언니가 미안하고 고맙다. 혹 병이라도 나지는 않을까 걱정스러웠다.

오늘의 목적지는 수다메다. 우리는 지금 이곳 나야풀에 도착하여 새로운 사람들과 합류했다.

"지금부터 우리의 원정을 도와줄 현지 세르파입니다."

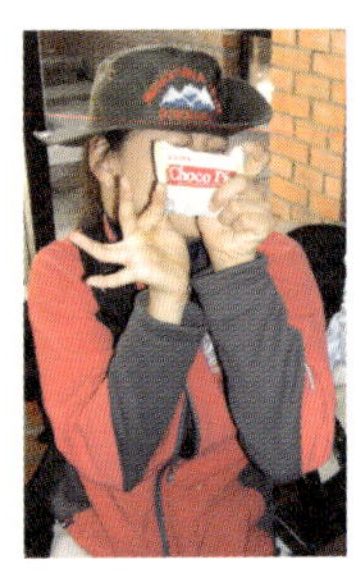

먹는 것을 좋아하는 선해, 하지만 산행 첫날부터 굶주려야 했다.

엄 대장님이 말씀하셨다. 다시 말하자면 그들도 원정대원들이었다. 이들은 대장님의 말씀에 따라 각각 도와줘야 하는 대원들에게 갔다. 나에게도 3명의 세르파들이 왔다. 대장님과 영은 언니는 내가 속이 안 좋으니 업혀가라고 했다. 처음부터 업혀가는 것은 싫었지만 대원들의 걱정에 업히기로 결정했다. 그런데 업혀가는데 속이 또 울렁거리기 시작해 그냥 걷기로 했다. 걸어가면서 그때서야 주위를 한번 쭉 둘러보았다. 참 아름다운 곳이었다. 서울에서 명절 때 시골에 온 듯한 느낌!! 처음 와본 곳인데 이상하게 이곳이 왠지 낯설지 않았다.

그렇게 롯지에 도착했다. 롯지에 도착하자 "밀크티? 보리차?"를 꽤 정확한 발음으로 말하며 주전자와 컵을 들고 다니는 세르파들이 보였다. 나는 보리차를 마시면서 쉬고 있었다. 저녁 시간이 되었다. 대장님의 특별 지시로 세르파들은 우리나라 음식을 만들어 주었다. 한국에서도 자주 안 해 먹는 숭늉까지, 한국에서 먹을 때보다 더 한국적인 식단에 우리들은 깜짝 놀랐다. 하지만 나는 그 맛있어 보이는 음식을 먹을 수 없었다. 내가 먹을 수 있는 것이라곤 누룽지뿐이었다. 그래도 이때는 맛있었다.

하지만 다음날까지도 나는 누룽지를 먹어야 했다. 다른 사람들은 맛있는 밥과 음식을 먹는데, 나는 먹지 못한다는 현실이 참 슬펐다. 나에게 있어서 음식을 못 먹는다는 건 곧 벌을 받는 것과 마찬가지였다. 그때 느꼈다. 나에게 고소보다 더 무서운 것은 체하는 것이라고, 아니 맛있는 음식을 눈앞에 두고도 먹지 못하는 것이라고. 더 이상은 누룽지만 먹을 수 없었다. 그래서 나는 영은 언니와 다른 맨토들에게 "밥을 달라"라고 떼 아닌 떼를 썼다. 그날부터 밥을 먹을 수 있었다. 밥은 꿀맛이었고 한국에서 먹을 때보다 더 맛있었다. 정말이지 그때 먹은 자장면 맛은 잊을 수가 없다. 대원들 모두 정말 맛있게 먹었다. 그때부터 나는 살아난 것 같았다. 영은 언니와 대원들도 "이제야 선해 같다"면서 웃었다.

히말라야라는 산을 오르고 내려오면서 영은 언니는 나에게 친구였고, 친언니였으며, 또 엄마였다. 조금도 연예인 같다는 느낌이 들지 않았다. 솔직히 처음에는 연예인이라는 편견 때문에 나와 함께 잘 지낼 수 있을지 걱정이 되었다. 내 말을 잘 이해해 줄지, 혹시 힘들다고 중간에 포기하는 것은 아닌지 하는 등의 걱정! 하지만 모두 기우였다. 영은 언니는 나와 많은 이야기를 나누고 장난도 치고, 내가 아팠을 때에도 '포기'라는 단어는 입밖에 내지도 않았다.

히말라야 등정을 하면서 영은 언니에게 우선은 언제나 '나'였던 것 같다. 만약 내가 연예인이었더라면 카메라 때문이라도 나 먼저 치장하고 예쁜 모습만 보이고 싶었을 텐데……. 물건을 챙길 때에도 내것부터 챙겨주었고, 음식을 먹을 때도 내것 먼저 가져다주었다. 썬크림을 바를 때조차도 나부터 먼저 발라주었다. 내가 세르파에게 업혀 빠른 속도로 산을 오르내릴 때도 나와 떨어지지 않기 위해서 세르파의 뒤를 재빠르게 따라다녔다. 아마 영은 언니가 없었다면 난 푼힐의 그 위대하고도 찬란한 광경을 보지 못했으리라.

그런데 그런 영은 언니를 또 고생시키는 일이 일어났다. 산행을 마치고 포카라에서 카트만두로 이동하기 위해 포카라 공항에서 비행기를 타려 했다. 그런데 네팔 사람들이 웅성대고 있었다. 네팔에서 무슨 일이 일어난 것 같았다. 그래서 우리는 옴짝달싹 못하고 그곳에서 시간을 보내야만 했다. 그리고 얼마 후 이번엔 소란스럽게 헬리콥터들이 오가고 그 헬리콥터를 타기 위해 총을 든 군인들이 왔다 갔다 하는 것이다. 이때 스치는 장면이 있었다. 내가 히말라야에 오기 전 꾸었던 꿈! 어이없게만 생각했던 총 맞아 죽는 꿈!! 이때부터 나는 경직되기 시작했다. 사람들은 다들 웃고 즐기면서 비행기를 언제쯤 탈 수 있을까만 생각하고 있었을 때, 나는 '혹시 정말 죽는 건 아닐까?' 하는 생각에서 사람들에게 말도 못하고 그저 의미 없이 웃음만 짓고 있었다. 그때 대원들이 이 글을 보면 의아해 할 것이다. 그때 사람들에게 말하고 싶어도 할 수가 없었다. 혹시나 말해서 정말 그런 일이 일어난다면 끔찍하다고 생각했기 때문이다.

한참 그런 생각들을 하고 있는데 밥을 먹자며 사람들이 이동했다. 나도 평상시처럼 밥을 먹었다. 그리고 우리는 한없이 이곳에서 아까운 시간을 무의미하게 보낼 수 없어 다른 일정을 잡아 움직이기로 했다. 다행이도 그날은 아무 이상이 없었지만, 당장 그 다음날부터 또다시 속이 조금씩 안 좋아지기 시작했다. 아마도 카트만두로 이동하면서 긴장이 풀렸나보다. 그래서 내가 가지고 있었던 소화제를 먹었다. 그런데도 나아지지 않고 속은 계속 울렁거렸다. 결국 나는 한국에 올 때까지 비실거려야만 했다.

비 오는 날, 선해는 공주가 되었다.
세르파들이 그녀에게만 우산을 씌워주었던 것이다. 다행이 감기에 걸린 사람은 아무도 없었다.

한국으로 오는 비행기 안에서 화장실을 몇 번이나 갔는지 모르겠다. 먹은 것도 없는데 속이 좋지 않아 힘들었다. 이때도 영은 언니는 나와 함께 있었다. 모두들 피곤에 지쳐 자고 있을 때도, 언니는 내가 일어나면 같이 일어나 나를 돌봐주었다.

나를 걱정하고 챙겼던 것은 영은 언니뿐 아니었다. 희망원정대 대원 모두가 나를 걱정하였고 "선해야! 좀 어때?", "선해야! 괜찮아", "신선해! 파이팅!" 등 많은 말들을 해주었다. 다시 한 번 말하지만 희망원정대 대원 모두에게 고마웠다고 말하고 싶다.

1기 히말라야 원정을 통해 가장 많은 것을 얻은 사람은 아마도 나일 것이다. 첫째로 언제 어디서든 하나가 될 수 있는 희망원정대원들과 나의 영원한 멘토 영은 언니를 만난 것이고, 둘째로 내가 희망원정대가를 만들었다는 보람과 대원들의 입에서 흘러나올 때마다 사람들에게 기쁨을 준다는 데 대한 뿌듯함을 얻은 것이며, 셋째로 비장애인들도 평생 동안 가보기 힘든 히말라야를 가봤다는 것이고, 넷째로 나의 황당하기만 했던 작가라는 꿈을 다시 새로운 희망으로 꿈꿀 수 있게 되었다는 것이다.

작가! 나는 히말라야를 가기 전에도 작가를 꿈꾸고 있었다. 하지만 그때는 아무런 비전 없는 무의미한 꿈에 지나지 않았다. 하지만 히말라야를 갔다 오면서 한 가지 한 가지 계획을 세울 수 있게 되었고, 그것을 실천에 옮길 수 있는 기회도 만나게 되었다. 또 나의 생각과 행동에도 많은 변화가 일어났다. 가장 큰 변화는 책과 가까워졌다는 것이다. 책을 읽는 것이 재미있어지고 그 시간이 즐거워졌다. 전에는 내가 가장 싫어했던 것이 책읽기였다. 책을 읽을 때 한 자도 빠뜨리지 않고 읽어야 했고, 또 읽은 내용을 이해할 수 없으면 다시 읽어야만 속이 시원해지는 이상한 성격 때문이었다. 이런 탓에 속도가 매우 느렸고 그래서 한 장을 읽는데 보통 30분 정도가 걸려서 책을 읽는 것이 귀찮고 피곤했다. 그래서 만화책도 안 보고 영화를 볼 때도 자막도 읽기 싫어서 외국영화는 되도록이면 보지 않았다. 그런데, 지금은 아니다.

책을 사는 돈이 아깝지 않고, 책을 읽는 시간도 늘었고, 어디를 가나 가방에 책을 넣어 다니고, 시간이 있을 때마다 손은 책장을 넘기고 있었다. 그리고 또 다른 변화는 주변 상황과 사람들에 관심을 가지게 되었다는 점이다. 그동안 내 자신과 직접적으로 관련된 것에만 관심이 있었다. 아무리 자주 마주치더라도 나와 관련이 없으면 그 사람의 얼굴도 이름도 기억하지 못했다. 그래서 내 친구들은 나보고 '무서운 존재'라며 놀려대곤 했다. 그러나 이젠 나와 상관없는 사람들의 행동에 자신도 모르게 시선이 머문다.

지금 생각해 보니, 내가 작가라는 꿈을 꿀 수 있게 되기까지 많은 행운이 따랐던 것 같다. 내가 희망원정대원으로 뽑혔던 것은 말할 것도 없고, 히말라야에서 영은 언니를 만나 희망원정대가를 만들고 '꼬마마녀'라는 노래를 작사하게 된 것, 모두 나에겐 크나큰 행운이었다.

꼬마마녀! 이 노래는 지금 서영은 앨범 5집에 들어가 있는 노래다. 영은 언니와 처음 만나 히말라야로 향하면서 나누었던 이야기, 앨범 나올 때 작사 한 번 해 보라던 그냥 지나가듯 말했던 이야기가 현실이 되었다. 작가의 꿈을 안고 처음으로 한 작사였다. 처음이어서 어떻게 해야 할지 몰라 쩔쩔 매고 있을 때에도 영은 언니는 나를 도와주었다. 아이디어를 구상하고, 데모에 맞게 가사를 만들고, 만든 가사의 순서를 정하는 등의 작업을 함께하면서 영은 언니는 나에게 또 다른 희망을 주고 있었다.

처음 앨범이 나왔을 때, '영은 언니의 팬들이 실망하면 어떡하나?' 하는 걱정에 영은 언니의 팬들이 적은 댓글을 자주 읽어보곤 했다. 다행히도 많은 사람들이 '순수해지는 느낌'이라며 좋아해 주었고, 언니와 나도 이 노래를 작사할 당시 어린아이처럼 순수해졌던 것 같다. 즐거워서 정말 많이도 웃었다.

나는 작가가 되고 싶다. 그중에서도 드라마 작가, 특히 어린이 드라마를 써 보고 싶다. 어린이들에게 감동을 주고, 내가 쓴 드라마를 보는 시간만큼은 어린이들이 마냥 즐겁고 행복했으면 좋겠다. 그래서 어른이 되어서도 내가 쓴 드라마를 어린시절의 행복했던 추억으로 떠올리기를 바란다. 그러기 위해서는 세상 속으로 한 걸음 더 나아가 사람들을 만나고 그들과 호흡할 수 있도록 지금보다 더 많은 노력을 해야 한다.

혼자가 되어서는 안 된다. 히말라야! 높디높은 그 산을 한마음이 되어 함께 올랐던 것처럼, 어린이와 어른 들이 하나가 될 수 있는 드라마를 쓰고 싶다. 나는 그런 작가가 될 것이다. 그래서 각박한 세상을 살고 있는 사람들에게 히말라야에서 내 자신이 느낀 '혼자가 아닌 나'를 느끼게 해주고 싶다.

신선해(1기, 희망원정대 대원)

포카라 페와 호숫가에서 피리를 불며 뱀을 부리는 사람들.
우리에게 어서 보러 오라고 손짓했다.

제2부
킬리만자로 끝에서 찾은 사랑

첫 만남, 그리고 설렘

　　스위스 출신의 소설가 알랭 드 보통의 소설 중 《왜 나는 너를 사랑하는가》라는 책이 있다. 제목만으로도 짜릿한 사랑의 기운을 느낄 수 있는 이 책을 보면서 누구나 이런 생각을 할 것이다. 왜 우리는 사랑을 하는가? 여자가 여자를, 남자가 남자를, 스물 살 청년이 마흔 살의 아주머니를, 그리고 장애인과 비장애인이 사랑을 한다. 왜 나는 너를 사랑하는지……, 서로의 가슴에 사랑이 말을 건넨 그 순간부터 시작된 우리들만의 동거, 아프리카 킬리만자로 15박 16일간의 짜릿하고도 감동적인 그 사랑의 이야기를 하려고 한다.

　　남자는 여자를 만나 단 5초만에 '이 여자와 사귈 것인가 말 것인가'를 결정한다고 한다. 여자 또한 만나는 남자의 첫 느낌에 따라 이 남자에게 순진한 양이 될

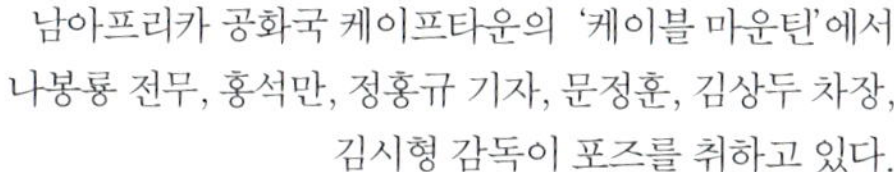

남아프리카 공화국 케이프타운의 '케이블 마운틴'에서
나봉룡 전무, 홍석만, 정홍규 기자, 문정훈, 김상두 차장,
김시형 감독이 포즈를 취하고 있다.

2기 희망원정대의 목적지인 호롬보(3,800미티)에서 찍은 단체사진. 멀리 킬리만자로가 평화롭게 보인다.
킬리만자로는 눈으로는 완만해 보여서 많은 대원들의 도전의식을 부추겼다.

것인지 머리 좋은 여우로 둔갑할 것인지를 마음속에서 규정짓는다. 결국엔 그 사람의 첫 느낌, 첫 인상으로 모든 관계의 시작이 결정되는 것이다. 얼굴이 마음을 투영하듯이 아무리 잘 생긴 외모라도 마음이 미운 사람의 얼굴엔 빛이 나지 않는다. 누군가를 만나고 사랑하기에는 외모가 중요하지만 그 외모를 빛나게 만드는 것은 결국 사람의 마음이다. 우리 희망원정대원들의 첫 만남이 그랬다. 가슴 뛰는 첫사랑을 만난 것처럼, 우리의 만남이 이미 누군가의 손에 의해서 결정지어진 것처럼 우린 그렇게 설레면서 만났다.

KBS 제3라디오 〈윤선아의 노래선물〉 홈페이지를 통해 2005년 9월부터 아프리카 킬리만자로 산행을 함께할 희망원정대 2기의 장애인 수기 공모가 있었다. 결과는 1기 희망원정대 출범 때보다 수월했고 장애인들의 호응 또한 작년 희망원정대의 첫 출발 때와는 비교가 안 될 정도로 뜨거웠다. 한마디로 1기 희망원정대가 보여준 히말라야로의 산행은 장애인과 비장애인 들의 인식의 변화를 가져온 셈이다. 40년 동안 한번도 주어진 삶에 감사한 적 없었다는 지체장애인, 스무 살에 사고로 중도장애를 입었으나 장애인으로서의 삶을 받아들이지 못해 한때 삶을 포기했었다는 휠체어 장애인, 보이지 않는 눈 대신에 평생을 손발이 되어 따라다닌 엄마의 사랑을 이제야 알았다는 스무 살 시각장애인을 비롯한 많은 장애인들이 '희망원정대'의 존재를 알고 있었다. 그리고 수기 공모에 참가하면서 변화된 사실 한 가지는 처음으로 뭔가에 도전하면서 자신이 비로소 살아 있음을 느낀 것, 그리고 자신들의 곁에는 늘 사랑하는 가족들이 있었다는 것, 잠시 잊고 지냈지만 주변의 모든 것들에 감사했고, 다른 장애인들의 수기를 읽으면서 남의 삶에도 관심을 갖고 세상을 좀 넓게 바라볼 수 있었다고 한다. 이들이 원하는 것은 직접 자신들이 킬리만자로까지 가지 않더라도 자신과 같은 처지의 장애인들이 희망원정대라는 이름으로 킬리만자로에 오른다는 사실에 말할 수 없는 흥분을 느끼고 있었다. 이렇게 소리 없는 응원의 힘이 2기 희망원정대의 출발을 더욱더 기대하게 만들었다.

2005년 10월 20일 광명시 인 병원에서 1차 수기 공모를 통해 합격한 15명의 장애인들의 2차 면접이 있었다. 정상에 오르는 길은 반드시 고소를 겪어야 할 만큼 킬리만자로의 산행은 1기 히말라야 때보다 산의 고도도 더 높고 비장애인들조차도 견뎌내기 힘든 일정이었다. 산을 오르고자 하는 의지만으로 희망원정대에 참가하기에는 너무 위험률이 큰 장기 산행이었다. 이날 병원에서는 장애인들이 산행을 이겨낼 수 있는지 여부를 테스트하는 간단한 건강검진과 제작진 면접이 있었다. 1기 희망원정대를 기획하고 추진해 왔던 조휴정 PD, 김병진 PD, 그리고 산악 여행 전문가인 T&C 여행사의 윤인혁 팀장, 한미린 작가, 그리고 내가 해야 할 일은 15박 16일 동안 함께 동고동락할 가족을 선택하는 일이다. 보다 진취적이고 도전적이며 긍정적인 가족이 되어 한마음 한뜻으로 산을 오를 수 있는 가슴이 따뜻한 그런 파트너를 찾아야 한다.

그런데 대원들 한 사람 한 사람이 들어오는 순간, 우리 제작진은 한 눈에 알 수 있었다. 이제 우리가 사랑해야 할 사람, 그 열 명의 주인공이 누구인지를……

케냐 나이로비 암보셀리 국립공원.

킬리만자로의 전위봉 중의 하나인 마웬지 봉.

사랑의 작대기, 멘토와 장애인과의 첫 만남

2기 희망원정대 대원으로 뽑힌 열 명의 장애인은 이렇다.

'아름다운 철도원' 이자 산행 내내 '행균 오라버니' 로 통했던 우리의 맏형 김행균(지체장애), 앉으나 서나 책을 손에서 놓지 않던 그래서 유머감각 또한 탁월했던 서정웅(뇌성마비 장애), 묵묵히 제일 가뿐히 산을 올랐던 강경호(지체장애), 무쇠다리 황소다리 정현호(지체장애), 잘생긴 얼굴로 많은 여성들의 인기를 한몸에 받았던 한태석(지체장애), 항상 웃음을 잃지 않던 해피우먼 윤석화(청각장애), '내비둬' 스타일로 꽁꽁 무장한 한현정(지체장애), 배려심이 강해 절대 힘든 속내를 비치지 않던 김성은(시각장애), 휠체어 육상선수인 까불이 문정훈, 현명한 판단력의 소유자 홍석만, 외모만큼이나 따뜻한 마음까지 겸비한 우리의 대원들이다.

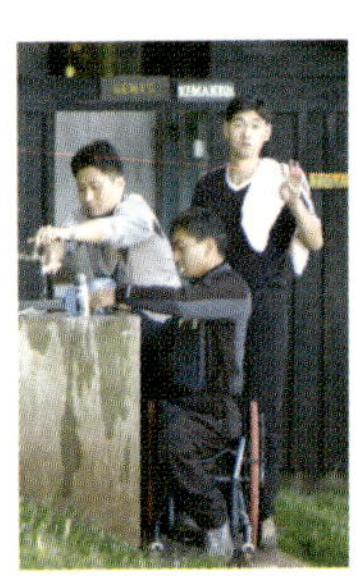

홍석만 대원과 유민철 대원이 만다라 산장에서 세수를 하고 있다.
카메라 쪽을 보고 있는 사람은 김종인 대원.

그러면 이제 장애인들과 짝이 될 열 명의 멘토를 소개하겠다.

깨끗한 정치인으로 이름을 높던 오세훈 변호사가 있었다. 깔끔한 외모 때문에 소외된 이웃에 대한 배려심이 부족할 것만 같았다. 제작진이 '희망원정대' 참가 의사를 물었을 때, 그는 '내게 주어진 역할에는 충실히 잘할 것'이라고 제작진에게 다짐하듯 말했다.

또 1기 희망원정대를 출범하는 데 가장 큰 역할을 해준 한국 암웨이는 2기 희망원정대 추진에 있어서도 가장 큰 후원을 담당해 주었을 뿐 아니라, 멘토로 나봉룡 전무와 김상두 차장이 함께했다.

우리는 늘 힘이 들 때마다 초심으로 돌아가고자 했다. 모든 일에 초심을 잃지 않는다면 그 일은 적어도 실패하지는 않는다. 그런 면에서 암웨이의 나봉룡 전무는 예비산행 때부터 초심을 간직하고 장애인을 배려하고 감싸 안았다. 나봉룡 전무는 1기 때도 가장 세심한 이해와 배려심이 필요한 시각장애인의 멘토를 맡아서 젖먹이 아이를 키우는 어머니의 마음으로 함께해 주변 사람들을 감동시켰다.

"전무님 이번에도 김성은이라고 시각장애인 친구가 있는데 함께해 주셨으면 하는데 괜찮으시겠어요?"

제작진의 조심스런 물음에, 자신이 필요한 사람이면 누구든 좋다고 말했다.

1기 때도 함께한 김상두 차장 또한 희망원정대 제작진이라고 해도 과언이 아니다. 킬리만자로에 오르기 전 제작진들이 사전 정보 수집을 위해 비디오방에서 킬리만자로 관련 필름을 볼 때도 그 밤을 함께 지새울 정도니 원정대의 또 다른 제작진이자 빠뜨릴 수 없는 파트너라 해도 전혀 틀리지 않다.

그러고 보면 1기 때 함께한 멘토들이 2기 때도 참가한 경우가 많다. 모바일 게임 전문업체인 지오인터렉티브의 김병기 사장도 2기 희망원정대와 함께했다. 광고 모델로 활동할 정도로 준수한 외모에 약간은 수줍어하는 듯한 소년 같은 이미지가 있지만 세계 속의 모바일 업체인 지오Zone in Operations, 즉 '살아남기 위해 처절하게 싸우고 절대 긴장을 늦추지 않는 극한 상황'의 뜻처럼 가장 중요한 순간에 현명한 판단으로 든든한 조력자가 되어주었다.

또한 1,2기 희망원정대 대원들의 등산용품을 제공해 준 세계적인 한국 등산화 브랜드 '트렉스타'에서는 김경희 주임이 멘토로 참가했다. 스물여섯이라는 다소 어린 나이지만 국내 브랜드로는 유일하게 세계시장에 명함을 내밀고 있는 '트렉스타'의 이미지처럼 김경희 주임은 당돌하고 책임감 있게 멘토로서의 역할을 잘 해냈다.

다음은 한국 사람들의 생활에 馬〔말〕문화를 정착시키기 위해 각종 이벤트와 웰빙 레저 홍보뿐 아니라, 소외된 이웃에 대한 사회공헌에도 앞장서고 있는 한국마사회(KRA), 한국 마사회의 사회에 대한 넉넉한 인심을 대변하듯, 이번 희망원정대에 참가한 정운하 대리는 멘토로 참가하면서 대원들에 대한 애정을 과감히 표현하였다.

"희망원정대를 위해서라면 이 한몸 불살라 보렵니다!"

케냐 암보셀리 주립공원 위를 나는 독수리.

국내기업으로는 처음으로 '소비자 불만 자율관리 프로그램'을 도입해 고객만족 경영강화에 앞장서고 있는 친환경 기업, GS칼텍스는 고객만족 경영에 승부를 거는 회사의 경영방침처럼 멘토로 참가한 김종인 사원은 장애인 한 명의 멘토로 참여한 것이 아니라, 희망원정대원 전원의 불편함은 없는지 몸소 발로 뛰며 일정이 원활히 진행할 수 있도록 내내 도움을 준 희망원정대의 의리 있고 마음 착한 '마당쇠'였다. 사람을 보면 곧 그 기업의 이미지가 느껴진다. 김종인 대원을 보면 그랬다.

그리고 소외된 이웃을 위한 노래를 불어온 가수 안치환과 그의 동료 손병휘 씨, 제작진과의 첫 만남에서 "콘서트도 못하고 솔직히 한 달 동안 스케줄에 차질이 많으실 텐데 괜찮으시겠어요?"라고 묻자 공손하게 "꼭 한 번 참가해 보고 싶었어요. 노래가 아니라 몸과 마음으로 사람들과 어우러지는 그런 일에요. 멘토로 참가하면 진짜 잘할 자신 있어요."

예비산행 때 건강상의 문제로 말리 홀트 여사가 참가하지 못하게 되면서 청년작가 박범신 선생님이 맨 마지막 열 번째 멘토로 참가한다고 결정되었다.

그런데 제작진과 선생님과의 첫 대면에서, "난 나이도 많고, 늙었고, 기운도 없어서 못 올라가니까……, 난 제일 싱싱한 놈으로다 내 도움 필요 없이도 잘 올라가는 사람으로다 짝지어 줘. 난 그냥 산 밑에서 놀고 있을 테니깐, 다들 올라갔다 오라구."

그렇게 말 한마디로 제작진을 당황하게 만들었지만 우린 산행 내내 박범신 선생님이 얼마나 우리에게 힘든 길을 밝혀주는 등불 같은 존재였는지 알 수 있었다.

가수 손병휘 씨(왼쪽)와 가수 안치환 씨는
절친한 친구 사이로 이번 2기 희망원정대에 멘토로 참여해 그 역할을
훌륭히 해냈다.

그렇게 열 명의 장애인과 열 명의 멘토들이 짝을 이룬 날은 11월 4일로 청계산에서 실시한 첫 예비산행 때었다.

제작진은 희망원정대원들 한 사람 한 사람을 머릿속으로 떠올리며 사랑의 줄긋기를 시작하였다. 처음 이 줄긋기를 잘해야 좀더 화기애애한 분위기 좋은 산행이 가능할 것이기 때문이다.

철로변에 떨어진 아이를 구하다 두 다리가 절단된 김행균 대원의 산행은 가장 걱정되는 부분이었다. 의족과 절단된 다리와의 마찰 때문에 걸으면서 찢어지고 피가 나고 그 위에 또다시 새 살이 돋았다. 흐르는 피를 닦아가며 산을 올라야 하고 자칫하면 둘러업고 산을 오르내릴 수 있는 신체 건장한 청년이 필요했다. 그래서 김행균 대원과 김종인 멘토.

서정웅 대원은 뇌성마비 때문에 사지가 뒤틀려 정상적인 보행이 어렵다. 한 걸음을 내딛기 위해서는 남보다 더 많은 에너지와 힘을 써야 가능하다. 정웅이의 평지 보행은 비장애인들이 가파른 산을 오를 때의 느낌처럼 쉽지 않다. 그래서 정웅이가 산을 오를 때는 실족하지 않도록 한쪽 팔을 단단히 잡고 올라야 한다. 한쪽 팔을 내내 붙들고 간다는 것은 이야기처럼 쉽지만은 않다. 오세훈 변호사의 끈기와 약속을 믿기로 했다.

김성은 대원은 약시를 가지고 있어서 빛이 약하면 잘 보지 못한다. 킬리만자로 산은 열대우림이기 때문에 어두운 숲길도 통과해야 한다. 주변의 상황이나 위험 요소를 시시각각 설명해 주는 자상함이 누구보다 필요했다. 여기에는 나봉룡 대

홍석만 대원과 멘토인 한국 암웨이의 김상두 차장.
멘토 김종인과 '아름다운 철도원' 김행균 대원.
(왼쪽부터)

문정훈 대원의 핸드워킹을 도와주고 있는 멘토 안치환 씨.
포터의 손을 잡고 산을 오르고 있는 서정웅 대원.

(왼쪽부터)

마사이족 아이들과 함께한 멘토 나봉룡 전무(한국 암웨이).
아프리카 소년들이 문정훈 대원의 휠체어를 밀어주고 있다.
팀 닥터 양덕승 박사(왼쪽)와 멘토 김경희.
체한 윤석화 대원의 손가락에 김병진 PD가 침을 놓고 있다.

(위부터 왼쪽으로)

원이 제격이었다.

휠체어 장애인과 함께하는 멘토들은 무조건 힘이 좋고 성격이 좋아야 한다. 그 높은 산을 오르면서 40킬로그램의 휠체어를 수없이 밀고 끌고 어깨에 짊어지고 산을 올라야 하기 때문이다.

1기 희망원정 때도 말없이 휠체어 장애인의 멘토로 역할해 준 김상두 차장과 산을 잘 올라 '무장공비'라는 별명이 붙을 정도로 체력에 강한 안치환 대원이 홍석만과 문정훈 대원을 각각 맡아주었다.

윤석화 대원은 구화로만 상대의 말을 알아들을 뿐 전혀 듣지를 못한다. 따라서 자상하게 몇 번이고 반복해서 얘기해 줄 수 있어야 한다. 그래서 윤석화 대원과 김병기 멘토.

어릴 적 교통사고로 한쪽 다리가 절단되어 의족을 한 한현정 대원은 보통사람보다 느리게 걷는다. 느린 속도에 맞춰 끈질기게 함께할 멘토가 필요했다. 그래서 한현정 대원과 김경희 멘토.

이렇게 사랑의 짝짓기가 끝나고 아침 10시부터 천천히 청계산을 올랐다. 제작진은 이들의 첫 만남에 긴장하지 않을 수 없었다. 나이든 노처녀 노총각을 연결시킨 중매쟁이처럼 두 사람이 잘 맞는지 혹 불편해 하지는 않는지 살피고 또 살폈다. 청계산 정상 부근 가까이 올랐을 때 대원들을 모아놓고 엄홍길 대장이 이런 말을 했다.

"15일간의 일정이 길다면 길고 짧다면 또 짧습니다. 이 일정 동안 아무런 사고 없이 등반하려면 서로 믿음을 갖는 것이 가장 중요합니다. 지금 옆에 있는 대원들을 서로 믿고 의지하고 사랑하십시오."

그렇다. 긴 일정 동안 사고 없이 등반을 마치고 다시 제자리로 돌아오려면 서로를 믿는 것이 무엇보다 중요하다. 누군가 단기간에 사람과 친해질 수 있는 노하우가 무엇이냐고 묻는다면, 많은 대화로 불편함을 없애고 더 나아가 알아서 해주겠지 하는 마음을 버리고 필요한 것은 자연스럽게 요구할 수 있는 편안함, 그것을 만들어야 한다고 말하겠다.

그밖에 희망원정대대원들의 건강을 책임질 팀 닥터 양덕승, 대원들의 모습을 사진에 담아줄 상명대학교 사진학과 양종훈 교수, 장애인 신문사 강호정 기자, 이번 여행을 이끌어줄 T&C 여행사 채경석 사장, 윤인혁 팀장 그리고 KBS TV 제작진의 김기표 PD, 김시형 카메라감독, 보도국에 정홍규 기자, 유민철 카메라 기자, 라디오의 조휴정 PD, 김병진 PD, 한미린 작가와 나를 포함해 총 서른네 명의 대원들이 아프리카 킬리만자로로 떠나기 위한 모든 준비를 마쳤다.

케냐 나이로비의 암보셀리 국립공원에서 바라본 킬리만자로 정상.

15박 16일간의 동거

세계적인 작가 무라카미 하루키는 여행을 좋아한다. 그가 유달리 여행을 좋아하는 이유는 '여행은 곧 나의 삶이며 여행은 나로부터 뭔가 쓰고 싶게 한다'는 것이다.

여행을 준비할 때는 배낭부터 챙기게 된다. 필요한 것은 넣고 불필요한 것은 과감하게 뺀다. 배낭의 무게는 여행에서 또 다른 행복을 의미하기도 하기 때문이다.

그만큼 여행은 우리에게 많은 것을 가르쳐준다. 욕심을 버리게 하고 내가 무엇을 원하는지 알려준다. 그리고 여행지에서 나와 또 다른 사람들을 만나게 한다. 그렇다. 여행은 곧 나의 발견이며 사람과의 만남이다.

2기 희망원정대의 15박 16일간의 일정은 드디어 2005년 12월 5일 월요일에

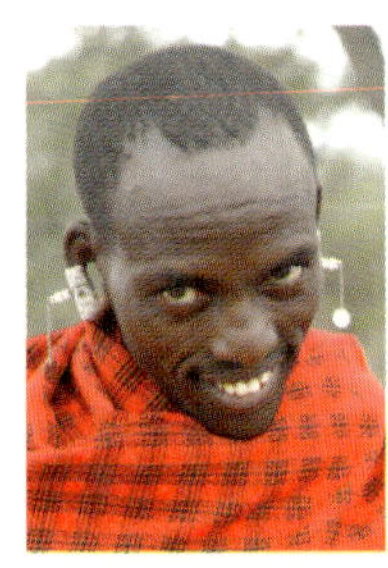

킬리만자로 일대에 사는 마사이족.

시작되었다. 인천 국제공항 H 카운터 앞에서는 트렉스타와 한국 마사회가 우리가 미처 챙기지 못한 겨울 장갑이며 산악용 파카, 방풍자켓들을 준비해 두고 있었다. 대원들은 다들 그것을 받아 이미 어른 덩치만큼 커다란 카고백에 꼼꼼히 챙겨 넣으며 다소 긴장한다.

만년설로 뒤덮여 있다는 킬리만자로의 위용은 대체 어떤 모습일지……. 지금 이 옷들을 입을 정도로 추위가 닥친다면 우리는 어떻게 그 산 위에 서 있을지, 다시 사랑하는 가족들 앞에 지금의 모습으로 무사히 돌아올 수 있을지…….

그리고 각자의 마음속에 있는 아픈 상처들을 아프리카 킬리만자로에 과감하게 묻어버리고 올 수 있을지, 그저 의욕만 앞선 것은 아닌지 순간 마음 한구석에 두려움이 치밀어 올랐다.

그렇게 서른네 명의 대원들은 출국수속을 마치고 오후 3시 20분 아프리카 킬리만자로로 향하는 비행기에 올랐다. 드디어 아프리카로의 긴 여행이 시작된 것이다.

인생이 곧 기다림의 연속이듯 아프리카로 가는 길은 비행시간과의 싸움으로부터 시작된다. 장기간 기다리고 타고 또 기다리는 반복되는 지루함을 일단 신체적으로 이겨내야 한다.

인천공항에서 3시간 남짓 비행기를 탄 희망원정대는 오후 6시 20분에 홍콩 첵락콕 국제공항에 도착하였다. 아프리카로 가는 직행노선이 없기 때문에 비행기를 수없이 갈아타야 한다. 아프리카로 들어가는 길은 그야말로 기다림의 연속이

다. 밤 11시 50분에 비행기를 갈아탄 대원들은 홍콩에서 요하네스버그까지 12시
간 비행을 참아내야만 했다. 비장애인들조차 견디기 힘든 장거리 비행인지라 장
애인 대원들의 건강이 염려되었지만 다행이 서로 잘 챙겨주고 걱정해 준 덕분에
다들 잘 이겨내며 비행시간을 즐겼다.

2기 희망원정대원들은 1기 대원들에 비해 해외여행 경험들이 비교적 많다. 아
프리카로 떠나기 전, 유럽여행을 혼자 다녀온 석화는 청각장애를 가지고 있지만
타지로 떠나는 여행에 대한 두려움보다는 새로운 곳에 대한 모험심이 앞섰다.

"영어를 못하니까 구화로 하는 영어는 더 못 알아듣겠어요. 그래도 혼자 하는 여
행이 좋았어요. 지금은 장애인 친구들이랑 같이 가니까 더 좋구요."

석화뿐 아니라 휠체어 육상선수로 해외 원정경기를 많이 다녀본 석만이와 정
훈이의 장시간 비행이나 외국인과의 대화에도 제법 자연스러웠다.

"경기를 많이 다니니까 영어나 일본어는 조금 하는 편이예요. 일본어를 왜 그렇게
잘 하냐구요? 여자들한테 작업을 걸 때 쓰면 먹히더라구요. 하하하."

12월 6일 오전 7시, 남아프리카 공화국의 요하네스버그에 도착하였다. 아직
갈 길이 멀다. 벌써 비행시간만 16시간, 꼬박 하루를 넘겨 비행기 안에서 씨름하
며 달려왔건만 요하네스버그에서 나이로비까지 5시간의 비행을 더 참아내야 한

케냐 마자이마라에 살고 있는 마사이족.

다. 우리는 비행기를 갈아탈 때마다 몇몇 대원들과 헤어졌다 만나기를 반복한다. 휠체어를 탄 문정훈 대원과 홍석만 대원을 기다려야 했다. 비행기를 갈아타면서 여권과 비행기 티켓을 검사하고 각자의 짐을 풀고 싸는 단순한 작업이지만 휠체어를 탄 문정훈 대원과 홍석만 대원은 늘 다른 곳으로 이동해 절차를 밟아야만 했다.

물론 멘토인 안치환 대원과 김상두 대원이 그림자처럼 붙어 다녔지만 한곳에 가만히 앉아 있지 않고 어디론가 이동한다는 것은 휠체어를 타는 장애인의 경우에는 도움이 필요한 경우가 많다.

휠체어를 접었다 펴는 일을 반복하면서 아직은 편안하지 않은 관계이기에 서로 미안해 할까봐 배려하고 고마워하며 그렇게 장시간 비행을 하면서 우리 희망원정대원들은 조금씩 서로 가까워졌다.

요하네스버그에서 나이로비까지 5시간을 날아서 마침내 한국을 떠나온 지 3일 만에 나이로비에 도착하였다. 광활하게 펼쳐진 붉은 땅의 아프리카는 우리 서른네 명의 희망원정대원들을 그렇게 힘겹게 맞이하였다.

걸어서 국경 통과하기

영화 〈아웃 오브 아프리카〉의 무대이기도 했던 케냐. 끝도 보이지 않는 넓은 초원, 깡마른 체구에 붉은 천을 두르고 긴 창을 든 흑인들의 매서운 눈초리, 길게 늘어진 귓불과 목의 치장이 유난히 돋보이는 이들은 맨손으로 사자를 잡는 용맹함으로 널리 알려진 마사이족이다. 이들 마사이족의 모습을 볼 수 있는 곳이 바로 이곳 케냐다. 하지만 케냐에 도착해 마사이족을 만나기 전 우리가 나이로비 공항에서 맞이한 아프리카의 풍경은 다소 의외의 것이었다.

한국의 제주도를 닮은 듯한 풍경 그리고 선선한 가을 날씨. 우리가 가지고 있던 라디오 녹음기와 마이크가 뭔지 몰라 궁금해 하던 다소 순진한 현지 사람들, 생각했던 것보다 아프리카는 킬리만자로 산만큼이나 우리에게 호기심을 던져준 아주 매력 있는 곳이었다. 케냐에서는 영어를 공용어로 쓰고 스와힐리어를 통용

어로 사용하고 있고, 절반의 국민이 토착신앙을 믿고 있다.

수도인 나이로비는 인구가 약 3,000만 명으로 출생률이 높아 절반 이상이 15세 미만이라고 한다. 출산율이 점점 줄어드는 우리와는 대조적인 모습이었다. 나이로비의 면적은 우리나라의 약 2.7배인데, 모든 국토에는 열대병이 있어 주의가 필요하다. 그래서 우리 희망원정대원들도 출발 전 황열병 주사를 맞고 철저히 대비했다.

이곳 날씨에 대해 좀 이야기하자면, 우리들은 이미 평지와 산에서 입을 사계절용 옷을 모두 다 준비한 상태였다. 그래도 아프리카에 가면 아주 더워서 현지 적응이 어려울 것이라는 생각을 갖고 있었는데 이것은 우리의 선입견이었다.

남아프리카 공화국의 요하네스버그나 케냐의 수도 나이로비의 기후는 평균 20℃ 내외로 선선하다. 대낮의 더위를 생각하고 얇은 옷만 걸쳤다간 밤에 감기 들기가 십상으로 나이로비는 1,700미터의 고원지대에 있어 한여름의 피서지로 안성맞춤일 만큼 날씨가 좋다.

케냐는 영국 식민지를 거친 곳으로 서부 관광객들이 주류를 이루는 동아프리카 최대의 관광지이다. 장시간의 비행으로 지친 몸을 편안한 호텔 숙소에서 쉰 희망원정대원들은 2005년 12월 8일, 케냐의 국경지대인 나망가에서 남쪽으로 약 2시간 떨어진 탄자니아의 이루샤 지역으로 이동한다.

이곳은 탄자니아의 각 지역과 연결되는 교통의 요충지로, 킬리만자로 산행을 위해서는 반드시 거쳐야 하는 곳이다. 아루샤는 서쪽으로는 탄자니아 최대의 사

끝없는 아프리카 평원. 나무를 지고 가는 소년.

파리 지역인 마냐라 호수, 응고롱고로, 세렝게티 국립공원 등이 있고, 동쪽으로는 아프리카 최고봉인 킬리만자로 산이 있어 관광의 중심지로서 중요한 곳이다. 사실 탄자니아가 독일의 식민지고 케냐가 영국의 식민지였던 시절, 킬리만자로는 원래 케냐에 속해 있었다. 과거로 돌아가자면 제국 열강들이 지도 위에 자를 대고 아프리카를 열심히 줄긋기로 '네것 내것'으로 나누어갖던 시절, 영국의 빅토리아 여왕이 자신의 조카인 독일 황제 빌헬름 2세에게 생일 선물로 킬리만자로를 떼어준 것이라고 한다. 만약 그 시절 선물로 킬리만자로를 나눠주지만 않았더라도 이렇게 걸어서 국경을 통과하는 묘미는 느끼지 못했을 것이다. 이제 우리는 킬리만자로로 향하는 첫 관문으로 이곳의 국경을 걸어서 통과할 것이다. 희망원정대원들은 각자 멘토와 짝이 되어 손을 잡고 국경을 통과하였다.

국경이라고 해보았자 약 100미터 거리를 걸어서 조그만 관리사무소 느낌의 검문대에서 여권 검사를 받는 것이다. 약간은 흥분된 상태에서 우리는 여권 수속을 기다리며 킬리만자로로 향하는 첫 관문을 그렇게 무사히 통과했다.

탄자니아의 풍경은 케냐의 모습과는 또 달랐다. 어린 목동들이 하염없이 걸으며 마른 소 떼들을 몰고 다니는 모습이며, 지나가는 여행객들의 차를 향해 손을 흔들면 여행객들은 화답 차원에서 물병을 몇 개씩 던져준다. 그렇게 갈증을 달래며 우리를 지구촌 가족으로 받아들이듯 환하게 미소 짓는 아이들, 바로 그때 우리의 눈에 킬리만자로 산이 눈에 들어왔다.

킬리만자로 산은 아루샤에서 1시간쯤 떨어진 모시라는 소도시에 있지만, 비가

킬리만자로 해발 2,700미터 이상에서 서식하는 고산 식물. 멀리 킬리만자로가 보인다.

갠 후 구름 한 점 없는 날에는 아루샤에서도 눈 덮인 킬리만자로 산 정상을 볼 수 있다고 한다. 킬리만자로 산을 보기 위해 모시로 가는 길, 과연 그 높은 산이 언제 우리 앞에 나타날까 궁금했는데, 한순간 떡하니 나타났다. 여행 안내서에 적힌 대로 그저 아프리카에서 가장 높은 산이겠거니 했는데 방금 구름을 밀쳐낸 듯 흰 눈을 이고 선 킬리만자로는 정말 바라보는 것만으로도 사람을 황홀하게 했다. 하지만 탄성은 잠시뿐 그 산의 위용 앞에서 다들 숙연해졌다.

아프리카 땅을 밟기 전만 해도 의지만으로도 벌써 킬리만자로 산을 열두 번도 오르내렸다는 한현정 대원은 이렇게 말한다.

"갑자기 겸손해지네요. 킬리만자로를 보기 전까진 오를 수 있다고 생각했는데, 갑자기 제 다리로 산을 오를 수 있을까요, 너무 오만한 생각이었던 것 같아요."

아프리카의 최고봉, 스와힐리어로 '빛나는 산'이란 뜻을 가진 킬리만자로가 우리의 눈앞에 펼쳐져 있다. 우리 서른네 명의 희망원정대원들은 킬리만자로의 눈 덮인 산을 보면서 이미 그 산을 오르고 있었다.

응가이에 응가이

서울을 떠나온 지 4일째, 2기 희망원정대 대원들은 1기 때보다 체력적으로도 씩씩하고 건강한 편이다. 아직 산행은 시작도 하지 않았지만 체력은 오랜 비행으로 많이 지쳐 있었다. 그래도 누구 하나 아픈 기색을 내보이지 않는다.

우리의 킬리만자로 산행은 전초 기지인 1,800미터 마랑구 게이트에서 입산 신고와 포터를 고용하는 순서에 앞서 산신제로 시작하였다.

서울에서 준비해 간 주과포와 술을 따르며 박범신 선생님이 축문을 읽어내려 간다.

"2006년 12월 8일 KBS 희망원정대에서는 아프리카 킬리만자로 마랑구 게이트에서 모두의 염원을 담아 주과포를 진설하고 산신령님께 고하나이다. 산을 사랑하고 자연을 아끼고 사람을 사랑하는 희망원정대 모두의 염원을 모아서 이 잔을 올리오니 산신령님이시여, 정성을 대례로 흔쾌히 받아주시옵고, 저희 서른네 명의 희망원정대 대원들이 모두 무사히 산행을 마치고 돌아올 수 있도록 부디 길을 내어 주십시오."

산신제는 장엄하고 고귀한 킬리만자로 산에 대한 우리 희망원정대원들의 겸손함의 표시이자 희망원정대의 모토인 '장애인과 비장애인이 함께하는 산행'을 지구 반대편인 이곳 아프리카와 이곳에 온 외국인들에게 알리고자 하는 통과의례였던 것이다. 엄홍길 대장은 술을 한 잔 따르고 대원들에게 당부했다.

"오늘부터 4시간에서 5시간씩 등반을 시작해야 합니다. 이 시간 이후부터 문명세계의 모든 것을 잊고 불편하더라도 지금의 환경에 적응해야 합니다. 빨리 적응하는 사람이 그만큼 산행도 잘할 수 있습니다. 자! 2005년 킬리만자로 희망원정대 도전! 도전! 도전!"

대원들 하나하나가 산 앞에 절을 하며 마음속으로 소원을 빌었다. 불편한 다리로, 보이지 않는 눈으로, 들리지 않는 귀로 이 높은 산을 오르고 나 자신을 돌아볼 수 있게 해달라고, 그리고 항상 곁에서 지켜봐준 사랑하는 가족들의 품으로 무사히 돌아갈 수 있게 해달라고 빌고 또 빌었다.

산신제를 마친 희망원정대원들에게 포터들은 그들의 노래인 '킬리만자로 송'으로 우리의 산행을 축복했고 첫날 우리의 목표 지점은 해발 2,700미터에 위치

킬리만자로 산행이 시작되는 '마랑구 게이트'에서
서울에서 준비해 간 주과포와 술을 따르며 박범신 선생님이 축문을 읽어내려갔다.

한 '만다라 산장'이었다. 무려 900미터를 해가 지기 전까지 단숨에 올라야 하는 것이다.

　　"킬리만자로 킬리만자로 킬리만자로 리맘브레브사나

　　(킬리만자로 가장 높은 산)

　　나마우엔지 나마우엔지 나마우엔지 리맘브레브사나

　　(그리고 마우엔지 산, 가장 높은 산)

　　에웨뇨카 에웨뇨카 에웨뇨카 에웨뇨카 보나 와니종그카

　　(많은 뱀들이 내 주위를 도네)

　　와니종그카 와니종그카 와니종그카 와니종그카 와타카클니랴냔마

　　(빙빙 도네, 나를 먹이로 생각하네)"

　해발 5,895미터, 아프리카 최고봉이자 소설가 헤밍웨이의 가슴에 영감을 불어넣어 그가 병든 몸으로도 오르고자 했던 바로 그 킬리만자로 산이다. 산은 사람들의 출입을 쉽게 허락하지 않는다. 그래서 그 예전의 헤밍웨이도 킬리만자로를 신의 집이라고 불렀던 것은 아닐까. 우리 희망원정대원들은 지금 부르는 이 '킬리만자로 송'을 앞으로 얼마나 더 부르며 산을 오를지 예측하지 못한 채 첫걸음을 내딛었다. 킬리만자로 산신이시여! 제발 우리 희망원정대원들을 받아주소서.

　'킬리만자로는 높이 5,895미터의 눈 덮인 산으로 아프리카 대륙에서 가장 높은

축문을 태우는 박범신 선생님과 엄홍길 대장.

산이라고 한다. 마사이족은 서쪽 봉우리를 가리켜 '응가이에 응가이' 라 일컫는데 그 것은 신(?)의 집이라는 뜻이라고 한다. 그런데 이 서쪽 봉우리 근처에는 말라 얼어 붙은 표범의 시체 하나가 나뒹그러져 있다. 과연 표범은 그 높은 산봉우리에서 무엇 을 찾고 있었던 것일까? 그것을 설명할 수 있는 사람은 아무도 없다.'

—헤밍웨이의 《킬리만자로의 눈》

킬리만자로 입구 아루샤에서 마사이족과
기념사진을 찍었다.

석만아, 제발 눈 떠! 죽으면 안 돼!

아프리카의 열대우림 기후는 산을 오르기에는 적당한 기후다. 적어도 일일 운행 목표로 알려진 만다라 산장으로 가는 길은 마치 쾌적한 휴양림을 연상시키듯 적당한 바람과 그늘, 계곡 물소리와 간간히 들리는 새소리가 아프리카 자연에 빠져들게 한다. 하지만 희망원정대원들의 갈 길은 아직 멀다. 하루 8시간의 산행, 900미터 이상의 고도를 단숨에 올라야 한다. 시간이 조금이라도 지체된다면 어둠이 내린 숲길을 산행해야 할지도 모르고 다음날의 산행에도 무리가 될지 모른다. 그래서 다리가 불편한 한현정, 한태석, 서정웅 대원은 첫날부터 무리수를 두지 않기 위해 산길의 중간 지점부터는 미리 준비해 둔 지프의 도움을 받아 올랐다.

첫날의 급한 산행 속도를 느린 걸음으로 도저히 따라갈 수 없기 때문이다.

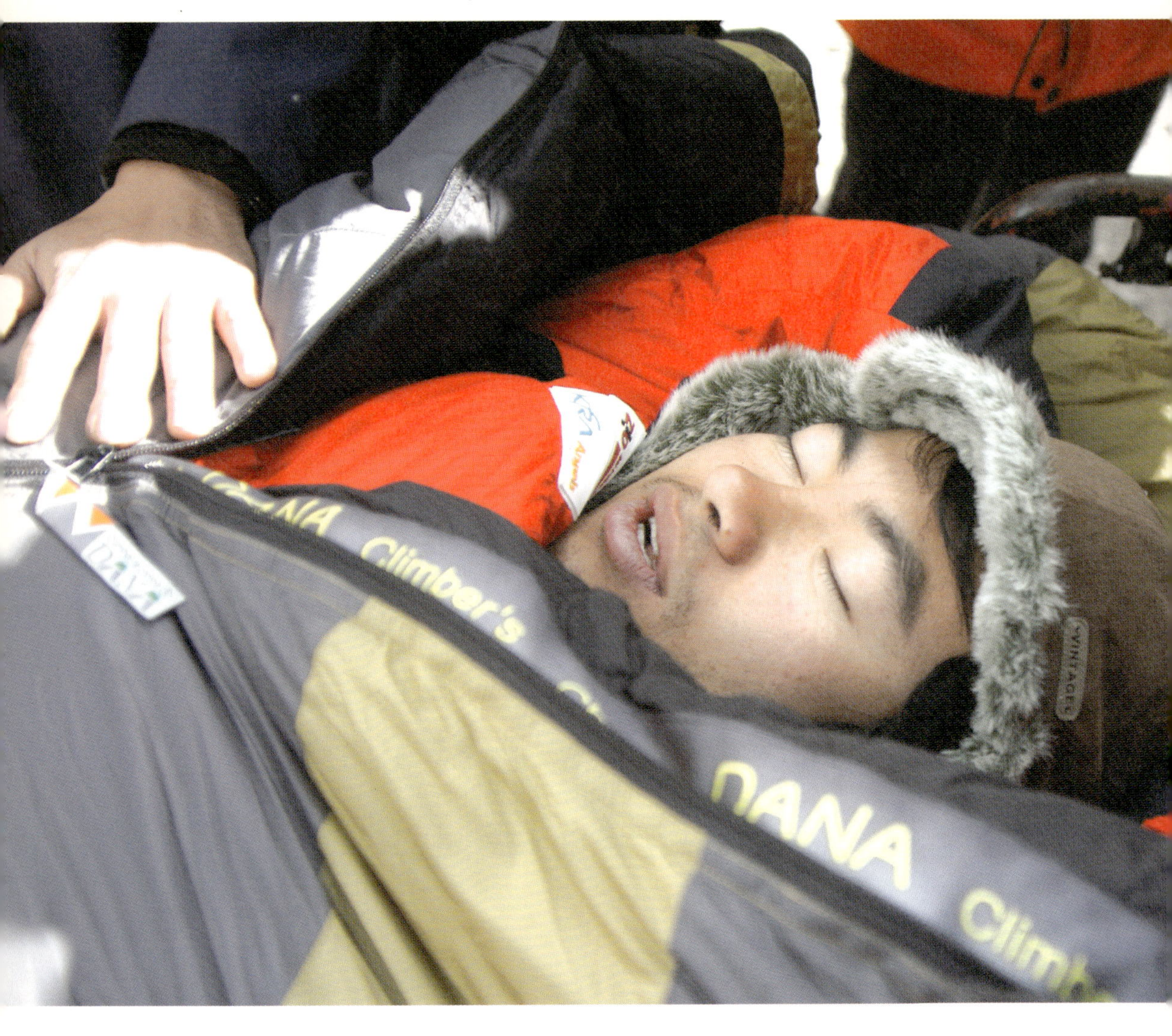

해발 4,700미터의 키보 산장에서 고소 때문에 내려갈 준비를 하는 문정훈 대원.

하지만 스스로 걸어가기를 자처하며 희망원정대원의 맏형격인 김행균 대원은
이렇게 말한다.

　"처음에 등산화를 신어 보고 너무 좋아서 밤새 껴안고 잤어요. 사고 이후로 처음
　신어 보는 다른 신발이었거든요. 제가 그동안은 신발 하나로 살았는데 새 신발 신으
　니까 너무 편하구요, 튼튼해서 지금 같아선 정상까지 올라갈 수 있을 것 같아요."

이번 킬리만자로 희망원정대에 참가하면서 등산화 전문업체인 트렉스타에서
특수 제작한 등산화를 신고는 마냥 좋아하는 모습이 마치 순진한 어린애를 보는
것 같았다. 지난 2003년 7월 25일, 철로에 떨어진 어린아이를 구하기 위해 철로
에 뛰어들었다가 두 다리를 잃은 김행균 씨는 사고 이후로 의족 때문에 좋아하던
두 아들과의 축구도 할 수게 되었고 그토록 좋아하던 산도 오를 수 없게 되었다.
만약 사고가 있던 그날 그냥 눈 한 번 질끈 감았더라면 아마 지금 김행균 씨의 두
다리는 의족이 아니라 건강한 두 다리로 자유롭게 산을 올랐을지 모른다.

　"저보고 아름다운 철도원이라고 하지만 과찬의 말씀이에요. 아마 다른 사람이었
　다고 해도 그 순간에 저처럼 했을 걸요."

사람이라면 누구나 자기처럼 했을 것이라며 장담하듯 말하는 그를 15박 16일
동안 함께 겪으면서 그날 왜 그렇게 용감한 희생을 보여주었는지 이해할 수 있었

다. 그는 '아름답다'는 수식어로 불리기에 충분하다.

산행 길에 주저앉기를 수십 번, 그렇게 숨을 고르며 열 시간 가까이 올라간 산행은 대원들을 지치게 만들었다.

핸드워킹으로 산을 오르던 홍석만 대원과 문정훈 대원은 땀으로 얼룩진 자신의 몸보다는 서로의 멘토를 챙기기에 여념이 없었다.

"제가 힘든 것보다요. 상두 형이 아픈 것 같아서 걱정돼요."

40킬로그램이 넘는 휠체어를 어깨에 짊어지고 내려놓기를 수십 번 반복하던 김상두 차장의 얼굴이 노란빛으로 변했다.

"속이 어지러워. 벌써 고산증인가……, 따라갈께. 걱정마라, 석만아."

우리는 산을 오르기 시작하면서 이미 비장애인이 장애인을 챙겨주는 멘토가 아니라 서로가 서로를 챙기고 돌봐주는 그런 관계가 되어 있었던 것이다. 산행 내내 한번도 지친 내색을 보인 적 없는 가수 안치환 씨는 좁은 산길을 오르는데도 정훈이의 손을 놓지 않았다.

"저는 남자 손을 잡는 게 이렇게 기분 좋은지 몰랐어요. 끝까지 이렇게 갈 거예요."

드디어 저녁 해가 어둑해질 무렵 희망원정대 전원은 해발 2,700미터의 만다라 산장에 도착해 있었다. 대원들은 첫날 산행에 대한 안도감을 가수 안치환 씨와 손병휘 씨가 즉석에서 만들어 부른 '한국식 킬리만자로 송'과 춤을 즐기며 그날 의 피곤과 긴장을 풀었다. 하지만 그날 밤, 저녁을 맛있게 먹은 후 소아마비 장애 로 휠체어를 타는 홍석만 대원이 쓰러졌다.

"석만이가 쓰러졌어요. 석만아, 정신 차려!"

첫날 무리한 산행으로 허기가 진데다 2,700미터의 고산 지역에서의 적응에 문 제가 있었던 것이다.

"석만이가 눈을 안 떠요……, 좀 전까지만 해도 정신이 있었는데."

같은 처지의 정훈이가 석만이의 어깨를 잡고 다급해진다. 식사를 마치고 돌아 서던 석만이가 휠체어에서 쓰러지자마자 정신을 놓아버린 것이다. 급하게 달려 온 양덕승 팀 닥터의 얼굴이 하얗게 질렸다.

"누구 바늘 가진 거 없어요? 양손 피 다 뽑아요. 옷 좀 벗기구요. 석만아! 눈떠!"

몇 명의 대원들이 석만이의 양쪽에 달라붙어 손을 사정없이 바늘로 찔러대기

안치환 씨는 좁은 산길을 오르는데도 정훈이의 손을 놓지 않았다.

킬리만자로 정상에서 찍은 빙하.

시작했고 이미 굳어버린 손가락에서 분수처럼 쏟아지는 피를 보면서 대원들은 숙연해지지 않을 수 없었다.

'하느님, 제발 석만이를 살려주세요. 제발 눈을 뜨게 해주세요.'

누구 하나 소리쳐 석만이를 깨우지 않았지만 그 순간 원정대원들은 모두 석만이를 위해 마음속으로 간절히 기도하고 있었다. 제발 아무 일도 일어나지 않게 해달라고……

장애인 육상선수로 아테네 올림픽 금메달 리스트인 홍석만 선수, 일본 여인과 결혼해 6개월 된 아들을 두고 있는 믿음직스런 가장이자 한 여인의 남편인, 그가 ……, 우리 눈앞에 쓰러져 있다. 10여 분간의 긴장된 응급조치 후 석만이가 눈을 떴다.

"정신이 들어요?"
"네, 다들 보여요. 손가락이 너무 아프네요."

그제야 살아 있음을 확인시켜준 석만이의 미소는 대원들을 불안감으로부터 해방시켰다.

"쇼크가 온 건 하체가 불편하니까 피가 돌지 않아서 더 그런 것 같아요. 여기가 고도가 높은 것도 원인이 됐을 테고……."

대원들은 석만이가 의식을 회복한 것을 보고 난 후에야 각자의 방으로 돌아가 잠을 청할 수 있었고 그날 생애 최초로 가장 높은 고지에서 밤을 보낸 희망원정 대원들의 마음 한구석에는 어쩌면 이 산에서, 우리에게 예상치 못한 일들이 일어날 지도 모른다는 막연한 불안감을 느끼며 잠에 빠져 들었다.

말문이 트고 마음이 열리고

산행의 출발은 늘 짐을 꾸리는 일에서 시작된다. 25킬로그램이 넘는 어른 키만 한 카고백에 침낭, 파카, 온갖 등산용품 등을 넣고 싸는 데 익숙해져야 한다. 매번 우리들보다 산장 앞에 먼저 자리를 틀고 줄지어 서 있는 서른네 개의 카고백들을 바라보면서 아직 우리는 한 사람도 낙오되지 않았음을 자랑스러워하며 오늘도 서로 칭찬과 격려를 아끼지 않았다.

우리의 목표는 3,720미터의 호롬보 산장으로, 저 앞에 있는 서른네 개의 짐들이 우리와 함께 올라갈 것이다. 어제 만다라 산장에서의 아찔했던 기억 때문에 다소 침체되어 있는 대원들에게 엄 대장이 한마디한다.

"오늘 산행은 어제보다 더 힘듭니다. 고도도 높아지고 거리도 더 멀죠. 하지만 서

로 도와가면서 오르면 절대, 두려울 게 없어요. 천천히, 차근차근 한 발 한 발 우리
의 목표 호롬보까지 킬리만자로의 기운을 받으면서 올라가시기 바랍니다. 2005년
킬리만자로 영원히! 영원히! 영원히!"

작은 체구에서 나오는 엄 대장의 리더십은 산을 오를 때마다 그 진가를 발휘한
다. 가장 먼저 잠자리에서 일어나 최상의 컨디션으로 대원들을 맞는다. 살피지
않는 듯하지만 대원 한 사람 한 사람이 어떤 상태인지를 가장 먼저 정확하게 판
단해 희망원정대 전체가 하나가 되어 산을 오를 수 있게 늘 독려해 준다.
　오늘 호롬보 산장까지 가는 길은 어제의 산행보다 어렵다. 3,720미터의 고도
까지 올라야 하고 10시간 가까이 걸어 하루만에 1,020미터의 고도를 한꺼번에
높여야 하는 산행이므로 반드시 무리수에 의한 결과가 나올 것이다.
　지쳐서 쓰러지는 사람이 있을 것이고 고소로 산행을 포기하는 사람이 있을 것
이다.

　　"산은 힘으로 오르는 게 아니에요. 정신력으로 오르는 겁니다. 하지만 마음의 소
　　리에 귀를 기울여 보세요. 내가 오를 수 있다고 말하는지, 본인만 압니다. 욕심 부리
　　지 말고 본인의 그 소리에 따르세요."

하지만 우리의 목적은 장애인과 비장애인이 산을 함께 오르는 것이지 산의 높
이에 달린 것이 아니다. 그저 우리의 곁에서 걷는 대원 하나하나가 소중한 것이

다. 집안의 4대 독자로 태어나 생후 36개월 만에 바이러스에 감염되어 일 년간 혼수상태에 머물렀던 정훈이는 유아기 때의 투병으로 인해 평생을 휠체어와 함께하게 되었다.

"바퀴를 굴릴 때 뒤에서 살짝 한 번 밀어주면 더 힘이 나잖아요. 우리가 함께 산을 오르는 게 그런 것 같아요. 같이 오른다는 게 저한테는 정말 큰 힘인 것 같아요. 휠체어 탄 제가 언제 산을 오르겠어요? 그래서 힘들지 않아요."

아프리카의 산은 새색시 같다. 오른 만큼 수줍은 듯 살며시 그 모습을 드러낸다. 그리고 그때마다 늘 새로운 모습을 보여준다. 만다라 산장의 무성한 나무들을 자랑하던 열대우림이 끝나고 수목 한계선을 넘어서자 나무가 점점 없어지더니 황량한 킬리만자로의 본체가 서서히 드러난다.

"머리 위로 구름이 정말 빨리 지나가죠? 마치 버스가 달리는 것 같아요. 저희, 구름보다 더 높이 올라가는 거죠?"

산행을 함께하면서 가장 말이 없던 현호가 말문을 열며 감탄한다. 태어날 때부터 왼쪽 팔이 기형인 현호는 희망원정대원 중에서 가장 막내이지만 늘 무겁고 어두운 모습만 보여주고 있었다. 뭐라 물어도 "별로 얘기하고 싶지 않아요"라고 툭 던지듯이 말한다. 처음에 현호는 마음을 열지 못했지만 산을 오르면 오를수록 조

해발 2,700~3,800미터 구간. 한현정 대원(왼쪽)과 멘토 김경희가 걷고 있다.

금씩 마음의 문을 열고 있었다. 현호의 멘토인 가수 손병휘 씨는 킬리만자로 산행 내내 현호의 옆에서 해박한 지식으로 킬리만자로와 아프리카 역사에 대해 설명하며 현호의 마음을 소리 없이 열어놓았다.

"걱정하지 말아요. 현호 나이 때는 다 그렇죠. 저도 그랬는걸요? 애가 참 속이 깊어요, 표현을 안 해서 그렇지. 우리 그냥 두고 보자구요. 자기가 스스로 말할 때까지⋯⋯."

산행 내내 말없이 굳은 표정으로 일관하던 현호를 걱정하는 제작진에게 손병휘 씨는 꽤 여유롭게 대답했고 그의 예견은 적중했다.

"계속 일반학교만 다녔어요. 그래서 장애인들이랑 함께할 기회가 없었거든요. 그런데 이번에 함께해 보니까, 좋네요. 벽이 없어지는 것 같아요."

굽이굽이 산을 오르는 고갯길처럼 펼쳐진 호롬보로 가는 길은 오르면 오를수록 대원들간의 거리를 조금씩 벌려 놓는다.

"도저히 따라갈 수가 없어요. 의족 때문에 보폭을 맞출 수가 없으니까, 제일 늦게 천천히 갈께요."

오른쪽 다리에 의족을 한 현정 씨는 환부가 걷기에 애매한 위치라 보폭이 남보다 좁은 데다 고소 때문에 숨을 헐떡거리며 늘 대열의 맨 뒤에서 산을 오른다. 그런 현정 씨는 트렉스타 김경희 대원에게 감사해 한다.

"처음엔 멘토가 저보다 나이도 어리고, 제가 워낙 산을 좋아하니까 혼자서도 잘 오를 거라고 생각했어요. 왜 맨토가 필요한지, 장애인이 꼭 누군가의 도움을 받아야 하는 건지도 사실 잘 이해가 안 갔어요. 근데 경희가 아니었다면 힘들었을 거예요. 한 걸음 가서 물 마시라고 하고 한 걸음 가서는 추우니까 옷 입으라고 하고……, 이런 시어머니가 없다니까요, 귀찮은 시어머니가 없었으면 못 올랐을 거예요."

그랬다. 산은 대원들에게 말문을 틔어주었고 마음을 열어주었다. 그것이 산이 갖고 있는 위대한 힘이 아닐까? 호롬보 산장으로 가는 언덕을 넘으면서 킬리만자로의 주봉인 우후루픽과 마웬지 봉이 서서히 한눈에 들어오기 시작한다. 이제 우리의 목표 지점인 호롬보 산장까지의 길이 더욱 가까워졌다.

킬리만자로에 서식하는 고산 식물.

사랑을 발견하다, 그리고 말하다

"야호~~ 파이팅!"

이미 호롬보 산장에 도착해 있던 스물아홉 명의 대원들은 대열의 끝으로 호롬보 산장에 도착한 정훈이와 안치환 씨를 향해 파이팅을 외친다.

"제가 정말 호롬보까지 오른 거예요? 와아~ 치환이 형한테 너무 감사해요. 비도 오고 핸드워킹도 해야 하고, 너무 힘들어서 호롬보까지 갈 수 있을까 걱정했는데……. 너무 감사해요, 형!"

"정훈이가 마라토너라 강해요. 정훈아, 너 나랑 정상까지 꼭 손 붙들고 가자."

해발 2,700~3,800미터 구간. 오르막길을 오르고 있다.

　희망원정대의 처음 목표였던 호롬보에 오르면서 그렇게 대원들의 감회는 남달랐다. 이제 맨 마지막 대원인 정웅이와 오세훈 변호사만 올라오면 희망원정대원 전원이 호롬보까지의 산행을 성공적으로 마치는 것이다. 이어 비틀거리며 오세훈 변호사의 팔을 붙잡고 올라오고 있는 정웅이의 모습이 보인다. 희망원정대원들의 함성이 일제히 터진다.

　"정웅아, 파이팅!"

　어릴 적 황달을 앓아 손발이 부자연스럽고 말도 어눌한 정웅이는 뇌병변 장애를 가지고 있다. 뒤틀리는 손과 다리 때문에 다른 장애인보다 보행이 힘든 걸 알기에 오세훈 변호사는 끝까지 정웅이의 손을 놓을 수가 없다.

　"우리 정웅이, 장하죠? 업자고 했거든요. 그런데 끝까지 업히지 않겠다고 해서 혼자 걸어온 거예요. 그래서 늦었어요. 얼마나 장해요?"
　"변호사님한테 죄송해요. 올라오다 토해서 죄송했는데……, 낙오자가 없어야 하잖아요. 그래도 업혀 오면 무슨 의미가 있을까 해서, 끝까지 천천히 무리하지 않고 올라왔어요."

　맨 마지막으로 호롬보 산장에 발을 디디면서 그제서야 서로의 손을 놓은 두 사람의 눈에는 눈물이 그렁그렁하다.

해발 3,720미터, 안개 긴 호롬보 산장의 전경.

"정웅이가 토할 때는 죄책감이 들었어요. 제가 멘토를 잘못한 것 같아서 고소가 온 게 아닌가 해서요. 그래서 사실은 업혀 왔으면 했어요. 그런데 업히지 않고 걷겠다고 해서 얼마나 대견스러웠는지, 정웅이는 앞으로 큰 인물이 될 것 같아요. 하하하."

이렇게 우리가 산을 오를수록 우리의 사랑도 더욱 커져 갔다. 비장애인에게도 쉽지 않은 해발 3,720미터의 산행 길은 서로에게 짐이 되는 것이 아니라 서로 진심으로 배려하면서 끝까지, 천천히, 그렇게 올랐다.

희망원정대원의 산행은 결코 무엇인가를 정복하기 위해 오르거나 서둘러 산을 오르는 것이 아니었다. 힘겨워하는 대원들의 배낭을 들어주고 서로의 팔을 부축해 주면서 그렇게 천천히 오르다보니 어느새 호롬보까지 오르게 된 것이다.

고소를 걱정하며 올랐던 호롬보 산장으로의 산행은 서른네 명의 희망원정대 전원이 성공적으로 등반하는 것으로 마무리되었다.

1,800미터에서 시작한 산행은 3,720미터까지 우리의 두 발로 두 손으로 걸어서, 밀고 당기며 힘겹게 올라온 것이다. 다들 지쳐 있었지만 희망원정대원들의 최종 목표 지점인 호롬보 산장에 서른네 명 전원이 함께 올랐다는 데 이미 흥분의 감정을 나누고 있었다.

저녁 때가 다 되어서 올라온 호롬보의 풍광은 마치 힘겹게 산을 올라온 우리에게 상이라도 내리듯, 아름다운 운해가 실크로드처럼 펼쳐져 있었다.

2기 희망원정대에 멘토로 참여한 한국 마사회의 정원하(왼쪽)와 소설가 박범신.
킬리만자로는 천천히 걸어야 한다. 예순이 넘은 나이에 정상을 밟았던 소설가 박범신은
2기 희망원정대의 정신적 지주였다.

해발 4,000미터를 넘어서 키보 산장(4,700미터)으로 가던 길.
그 황량한 길에서 잠시 바라본 킬리만자로. 멀리 눈 덮인 정상이 보인다.

눈앞에 펼쳐진 그림 같은 석양을 바라보면서 희망원정대원들은 다들 두 손 모아 기도를 드렸다. 마음속의 사랑하는 그 누군가에게…….

사실 모두 너무나 많이 지쳐 있었다. 2기 희망원정대원들은 신체적인 조건으로도 1기 때보다 훨씬 더 씩씩하고 건강한 편이라 다들 고소 적응력이나 힘겨운 산행을 잘 버텨내고 있었지만 며칠째 계속된 강행군과 고도 때문에 오는 머릿속의 통증은 우리에게 휴식을 요구하고 있었다. 사실 3,720미터에 자리잡은 호롬보 산장에서의 걸음걸이는 마치 양쪽 발목에 모래주머니를 대롱대롱 매달고 걷는 것처럼 한 걸음 한 걸음을 떼는 데도 힘들고 숨이 차다. 뛰어서도 안 되고 뽈레뽈레(스와힐리어로 '천천히 천천히' 라는 뜻) 걸어다녀야 고소에 적응도 하고 고산증세가 오지 않는 것이다. 이제 우리 원정대원들의 몸과 마음을 위로할 만한 휴식이 필요했다. 가장 힘든 순간에 가장 위로가 될 만한 선물이 어떤 것일까?

서울을 떠나오기 전부터 제작진이 대원들 모르게 준비한 작업이 바로 '가족들의 영상편지' 다. 아프리카 킬리만자로까지 날아온 가족들의 영상편지는 아프리카의 고소와 추위로 지쳐 있는 몸과 마음을 한순간에 회복시켜줄 비타민이었다고 할까?

호롬보 산장의 좁은 2층 방에 옹기종기 모인 대원들은 안치환 씨의 노래 '내가 만일' 을 따라 부르며 그날의 피곤을 풀었다. 그리고 이어진 영상편지 공개…….

이제 깔딱 고개만 넘으면 해발 3,700미터의 호롬보 산장에 닿는다.

호롬보 산장의 아침. 문정훈 대원이 저 아래 내려앉은 구름을 바라보고 있다.

킬리만자로로 날아온 영상편지

"여보, 저예요. 당신이 사고가 났다고⋯⋯, 전화를 받던 날 아직까지 그날을 잊지 못해.

그때 그 전화 받고 내 기분이 어땠는지 알아? 그냥⋯⋯, 살아만 달라고, 살아만 있어 달라고⋯⋯. (울음) 그리고 병원에 누워 있는 당신을 보면서 얼마나 울었는지 몰라⋯⋯. 여보, 힘들면 킬리만자로 정상까지 안 가도 돼. 그냥 힘들면 돌아와. 그래도 나 괜찮아."

아내 앞에서는 한 번도 약한 모습을 보이지 않았다던 김행균 대원의 눈에서 눈물이 주루룩 흐른다. 철로변에 뛰어들어 아이를 구한 그날의 희생정신 때문에 사랑하는 아내의 가슴에 평생 아물지 않을 상처를 남겼다. 그 죄책감 때문일까? 닦아

도 멈추지 않는 눈물이 흐른다. 그리고 평생 해보지 못한 말들이 이젠 쉽게 나온다.

"미안하다, 해순아. 너 마음 내가 헤아리지 못해서……, 그리고 나 다친 데도 하나도 없고 하나도 안 힘들어. 고맙다, 사랑한다. 내 서울 가면 더 잘할게."

사랑은 사람을 감동시키고 그 사랑은 닫혔던 마음의 문을 연다.

"현정아, 언니야. 어릴 때 네 사고 소식 듣고 현장으로 달려갔을 때 네 피 묻은 운동화를 보고 내가 얼마나 울었는지 몰라. 어릴 적 엄마가 너랑 나랑 똑같은 운동화를 사주셨잖아……. 그래서 난, 네가 자라면 키도 자라듯이 네 다리도 쑥쑥 자라서 다시 걸을 수 있는 줄 알았어. 그런 줄 알았어."

다섯 살 때 군용트럭에 치여서 오른쪽 다리를 잃은 현정이는 성장하면서 열일곱 번이 넘는 대수술을 감당해야 했다. 하지만 이제는 어엿한 커리어우먼으로 누구보다 멋진 인생을 살고 있다. 그녀의 눈에도 눈물이 맺힌다.

"저는 지금까지 저만 생각했어요. 저만 아프고, 저만 불편하고……. 언니가 저 때문에 이렇게 많이 울고 힘들어하는지 몰랐어요."

사랑을 나누고 행복도 함께하는 것이 가족이지만, 가족은 고통도 장애도 함께 짊어지고 가슴에 묻고 간다. 그것이 가족이다.

"정웅아, 아빠야. 너 어릴 적에 동생하고 차별 많이 했지? 장애 있는 네가 공부하면 얼마나 하냐고? 그래서 관두라구……. 미안하다. 근데 이제 아빠는 우리 정웅이 믿어. 네가 잘 해낼 거구, 산도 잘 오를 거구……. 씩씩한 모습으로 파이팅 알지?"

뇌병변 장애 정웅이는 일란성 쌍둥이다. 자신과 똑같은 얼굴의 쌍둥이 동생은 정웅이보다 키도 크고 잘 생겼다.

"살면서 부모님이 동생하고 비교를 많이 했어요. 학원 보낼 때도 동생부터 보내고 니가 뭔 공부냐고……. 그런데 지금은 왜 그러셨는지 다 이해해요. 그리고 그동안 제가 너무 말도 안 듣고 나쁘게 굴어서 죄송하구요. 이런 말 한 번도 한 적 없는데 아빠엄마, 사랑해요."

연인간의 사랑이 제 아무리 아름답다 해도 가족의 화해에 배견되지는 못한다. 우리는 사랑을 발견하는 그 순간 그 사랑을 말로 외쳐야 한다. 사랑한다, 사랑한다, 사랑한다……. 말은 곧 마음을 만든다.

미처 하지 못한 이야기들, 원망으로 응어리졌던 마음들이 하나둘 녹아내리는 아프리카의 호롬보 산장에서 산은 우리에게 그리운 사람에 대한 사랑을 가르쳐 주었다.

산속 사진전, 그리고 사랑의 발견

문명의 발길이 가장 늦게 닿은 이곳 킬리만자로 해발 3,720미터 고지에서 가장 문명적인 노트북 컴퓨터를 통해 받아본 영상편지는 우리들의 힘들었던 산행을 말끔하게 씻어주는 가장 아름답고 감동적인 선물이었다.

그리고 우리가 호롬보에서 했던 또 하나의 이벤트는 바로 산속 사진전이다. 희망원정대원으로 참가한 상명대학교 양종훈 교수는 이미 서울에서 계획하던 대로 산행 내내 찍은 사진의 인화 작업을 시작하였다. 그야말로 킬리만자로에서의 사진전은 아날로그와 디지털의 이색적인 만남이 보여준 색다른 이벤트였고 액자에 끼워 산장 앞바닥에 돌로 버팀목을 만들어 전시한 사진전은 세계 각국에서 찾아온 산악인들에게 색다른 경험을 선사한 아주 중요한 순간이었다.

서울에서 출발할 때부터 아프리카에 도착해 호롬보 산장에 오르는 순간까지

호롬보 산장에서 사진전을 끝내고 하산하기 직전, 대원들이 포즈를 취하고 있다.

대원들의 살아 있는 모습을 찍어 전시한 사진전에서 우리는 대원들의 평범한 사진 외에 뜻밖의 사진 한 장을 발견했다. 한태석 대원이 윤석화 대원을 슬쩍 뒤로 안고 걸어가는 마치 연인의 다정함이 솔솔 묻어나는 한 장면이 양종훈 교수의 카메라에 잡힌 것이다.

"어마, 얘네 둘 좀 봐……. 교수님, 이 사진 언제 찍으신 거예요?"
"미안해서 어쩌지? 내가 이 둘의 비밀을 그냥 찍어버렸네."

사실 지난밤 제작진은 대원들에게 사랑하는 사람에게 연애편지를 쓰라는 제안을 하고 가장 멋진 연애편지를 쓴 사람에게 상을 주는 이벤트를 벌였다.
결혼한 사람은 아내에게, 연인이 있는 사람은 애인에게, 아직 솔로인 사람은 미래에 만날 그 사람에게……. 작가 박범신 선생의 엄정한 심사에 의해 뽑힌 연애편지 대상자는 바로 윤석화 대원이었다. 태석이를 만났을 때의 감정을 적은 그야말로 따끈따끈하고 달콤한 첫사랑의 연애편지였고, 두 살 연상인 그녀가 연하인 그에 대한 첫사랑의 조심스런 고백이었다.

연애편지

태석아, 안녕? 연애편지를 쓰라고 하는데 누구한테 쓸까 생각해 보니 네 얼굴이 떠오르더라. 사실 너를 처음 만났을 때를 떠올리면 아직도 가슴이 떨려. 그래서 지금 이 순간이 아니면 말할 수 없을 것 같아서 용기를 냈어. 들어줄래?

우리 처음 만난 날 기억해? 방송국 라디오 녹음실이었잖아. 그런데 사랑이란 게 이런 걸까? 그냥 널 처음 본 순간 마음 한구석이 막 떨리면서 진정이 안 되는거야. 그래서 너에게 눈을 뗄 수가 없었지.

집으로 갈 때 지하철까지 걸어가면서 내가 너하고 보조를 맞춰서 걷느라고 얼마나 애를 썼는지 넌 잘 모를 거야. 그리고 집에 왔는데 네가 어떤 사람인지 궁금해지더라. 그리고 2차 예비산행이 많이 기다려지더라.

혹시 네가 안 오면 어떡하나? 하고 말이야. 그리고 우리 정웅 오빠랑 수화 노래

2기 희망원정대에서 만나 사랑을 키운
한태석 대원과 윤석화 대원.

남아프리카 공화국 케이프타운의 '테이블 마운틴'에 오른
한태석 대원과 윤석화 대원이 인도양과 대서양이 만나는
아프리카 최남단의 바다를 바라보고 있다.

연습할 때 네가 옆에서 "같이해요"라고 말했을 때 난 얼마나 기쁘던지 그만 심장이 멎는 줄 알았어.

그래서 또 연습할 날을 손꼽아 기다렸지. 근데 그날 너 얼마나 멋진 모습으로 나타났는 줄 알아? 네가 멀리서 걸어오는데 그 모습을 보고 마치 내 심장에 누군가 집을 짓는 것처럼 뚝딱대는데……, 그 소리가 너한테까지 들릴까봐 가슴을 얼마나 쓸어내렸는지, 정말 부끄러웠어.

그리고 그날 하늘에선 조금씩 눈이 내렸는데 내가 그때 맘속으로 무슨 기도했는지 알아?

'킬리만자로에서도, 앞으로도 태석이와 함께하게 해주세요. 도와주세요, 제발.'

넌 아마 모를 거야. 킬리만자로로 떠나면서 공항에서 너를 다시 마주했을 때 내가 얼마나 감사하고 행복한 산행 길에 오를 수 있었는지…….

태석아, 나 이제 아닌 척하고 싶지 않아, 내 맘을 너한테 숨기고 싶지도 않고. 아직은 네 맘을 잘 모르겠지만 너도 나랑 같은 마음인지 정말 알고 싶다. 네가 나를 위해서 수화로 얘기하고 입을 크게 벌려서 또박또박 얘기해 주는 것처럼 난 너를 위해서 한 템포 느리고, 천천히 걸어갈 준비가 돼 있는데 말이야.

그리고 너의 그 멋진 웃음소리를 눈으로 보면서 난 이제야 알 것 같아. 내가 너를 얼마나 좋아하는지. 그래서 너에게 고백할게. 사랑한다고. 나의 멋진 남자친구이자 동반자였으면 좋겠다고 말이야.

정상까지 올라가서 이 말을 해주고 싶었거든. 그리고 너랑 같이 호흡하고 싶다.

태석아, 우리……, 정상까지 씩씩하게 올라갈 수 있겠지? 그럴 거라고 믿고 싶어. 간절한 건, 네가 내 맘과 같았으면 좋겠어. 태석아, 끝까지 함께 있어 줘서 고맙고……, 사랑해.

석화는 청각장애를 갖고 있어서 사람들의 말을 알아들을 순 없지만 구화로 사람들과 대화를 한다. 이날도 좁은 다락방 같은 산장에 옹기종기 모여 석화가 읽어내린 태석에 대한 깜짝 고백을 들으면서 대원들은 석화가 태석이를 얼마나 사랑하는지 알 수 있었다. 그리고 또박또박 정확한 발음을 내려고 노력하는 석화의 소리를 묵묵히 듣고 있던 태석이는 상기된 얼굴로 석화의 마음을 받아주었다.
산행 내내 힘들어도 내색 한 번 안하고 늘 웃으면서 가장 씩씩하게 산을 오르던 두 사람. 이제야 우리는 이 둘을 산에 오르게 한 힘이 어디에서 나왔는지 그 궁금증을 풀 수 있었다. 사랑의 힘은 어떤 상황에서도 엄청난 괴력을 발휘한다. 그래서 사랑은 위대하다.

케이프타운의 명소인 테이블 마운틴을 오르는 케이블카.
아프리카 최남단의 풍광을 볼 수 있었다.

한밤중의 소동, 싸우기, 울기, 화해하기

호롬보 산장의 지붕 아래 대원들이 잠들어 있는 새벽, 제작진들은 잠을 이루지 못했다. 본래 희망원정대의 목표였던 호롬보 산장까지의 산행은 무리 없이 진행 되었지만 대원들은 밤새 고소증상으로 조금씩 시달리기 시작했다. 하지만 견딜 만하다는 생각에 대원들의 욕심은 킬리만자로 정상으로 내달리고 있었다. 이왕 여기까지 온 이상 정상까지 함께 올라보자는 것이다. 사실 대원들의 마음을 헤아 리지 못하는 것은 아니지만 제작진의 입장은 분명 한 가지였다. 안전이다.

첫째도 안전, 둘째도 안전, 셋째도 안전하게 서울로 건강한 모습으로 돌아가는 것이다. 하지만 지금 상태로서는 대원들의 의지를 막을 수 없었다. 이에 엄홍길 대장은 이렇게 말했다.

해발 4,700미터에 위치한 키보로 가는 길은 모하비 사막만큼이나 황량했다.

"키보 산장까지 올라가는 길은 지금까지의 길과는 달라요. 올라가면서 반드시 낙
오자도 생길 것이고 올라가서도 고소 때문에 밤을 지새우기 어려운데……, 무리하
면 절대 안 됩니다."

그래서 신중하게 자신의 몸 상태를 정확히 알고 가고자 하는 대원들은 정상조
에 속해 키보 산행을 감행하고, 다소 무리가 따를 것 같은 대원들은 만류하자고
결정했다.
그 다음날 밤 저녁을 먹고 난 후에 산장에서 희망원정대 책임자인 조휴정 PD
가 대원들에게 말했다.

"우리의 목표는 원래 여기 호롬보까지였습니다. 하지만 많은 대원들이 더 올라가
기를 원합니다. 저는 높이 올라가는 게 우리의 목표는 아니라고 생각합니다. 몸이
원하고 따르는 데로 솔직히 판단해서 각자가 결정하시기 바랍니다."

그리고 조휴정 PD를 비롯한 몇 명의 제작진이 호롬보에 남기로 결정하고 몇 몇 대원들을 설득했다. 먼저 휠체어를 탄 정훈이.

"정훈아, 휠체어를 타고 올라가기엔 너무 힘들어. 키보까지 가는 길은 지금까지의 길하고는 다르데……. 여기까지도 넌 정말 훌륭해. 그러니까 넌 나하고 남자!"

조 PD의 말 한마디에 한바탕 소동이 일어났다.

"왜 내가 남아요? 나 갈 거라니까요. 왜요? 휠체어 타서요? 그럼 그동안 사진 찍고 그런 거 장애인 이용한 거예요? 찍을 거 다 찍었으니까 이제 그만 올라가라는 거냐구요."

정훈이가 뱉어버린 그 말 한마디에 제작진은 할 말을 잃었다.

"그런 거 아니잖아. 아닌 거 알잖아. 너를 위해서 그런 건지 모르겠어?"

어쩌면 정훈이를 생각해서 건넨 그 말 한마디가 수십 년을 잊은 채 살아온 씩씩한 정훈이의 상처를 건드렸는지도 모른다.

그렇게 누구의 잘못도 누구의 실수도 아닌 것이 서로를 공격한 셈이다. 정훈이뿐 아니라 2기 대원들의 열정과 의지를 제작진은 누구보다 잘 안다. 오르고자 하

2기 희망원정대의 목적지였던 호롬보까지 성공적으로 오른 문정훈 대원은,
킬리만자로 정상을 향해 더 오르겠다며 의지를 불태웠다. 그는 결국 4,700미터 키보까지 올랐다.

는 열정과 극기에 가까운 자기극복정신이 얼마나 눈물겨운지를 알기에 더 이상 욕심 부리지 말고 건강하게 산을 내려가고 싶었던 것이다.

그리고 희망원정대원들을 장애인과 비장애인으로 구분지었다면 그렇게 멀리 그렇게 높은 곳까지 그렇게 사랑하는 마음으로 서로를 아끼며 오르지 못했을 것이다. 어찌 되었건 한순간에 우리의 믿음과 사랑이 와해되는 순간이었다. 뜻하지 않은 서로에 대한 오해의 말들이 서로의 가슴을 아프게 했다. 그날 밤, 새벽 3시에 엄 대장, 조휴정, 김병진 PD, 채경석 사장은 심야 회의를 벌였다. 엄 대장은 원하는 대원은 모두 함께 가자고 말했다. 어차피 너무 힘들어 끝까지 갈 수 있는 대원은 몇 되지 않을 것이고, 처음부터 반대하면 반발심이 생길 테니 어디까지나 본인이 포기할 때까지 지원해 주자는 것이었다. 그리고 다음날 오전 7시, 모든 대원들에게 엄 대장은 단호하게 이렇게 말했다.

"그래요, 원하는 사람은 다 같이 갑니다. 내일 함께 키보로 향하는 겁니다. 그 대신 몸에 정확히 귀를 기울이세요. 몸이 아니라고 할 땐 반드시 그 말을 듣고 내려와야 합니다. 욕심을 버려야 산에서는 살 수 있어요."

키보 산장, 4,750미터를 향해 내일 아침, 희망원정대 서른네 명의 출발은 이미 결정되었다. 유난히 고소가 심하다는 키보의 그 산 중턱까지 우리는 무사히 오를 수 있을까?

포기도 용기다. 포기한 당신은 승리자!

'사랑하는 것(loving)'과 '사랑에 빠진(being in love)'는 엄연히 다르다. 누군가를 사랑하는 것은 그 사람을 진정으로 알아가는 것이고 그 사람의 평범함과 실패, 아픔을 끌어안고 이해하며 그 사람의 존재에 대해 감사하는 것이다. 이 세상 유일무이한 그 존재를 사랑하는 것에 그저 감사할 뿐이다.

반대로 사랑에 빠진다는 것은 전혀 다른 문제다. 누군가를 보고 사랑에 빠졌다면 그것은 그 사람을 이해하고 알아가기 전에 사랑의 감정부터 앞서는 것이다. 결국 사람을 사랑하는 것이 아니라 사랑을 사랑하는 것이다.

그런 의미에서 우리 희망원정대원들은 15박 16일간 사랑에 빠진 것이 아니라 서서히 서로를 사랑하게 되었던 것이다.

남자의 눈물을 본 적이 있는가? 호롬보를 출발하던 그날 아침, 서른네 명의 대원들은 정상으로 향하는 조와 호롬보에 남아서 정상조를 기다리는 사람들로 나뉘어졌다. 산행 중 첫 이별이자 단 한 번뿐인 이별의 순간이었다. 그리고 이어지는 눈물…….1기 희망원정대 대원으로도 참가했던 암웨이의 김상두 차장의 눈물은 그 어떤 여인의 눈물보다 가슴 메어지는 것이었다.

파트너였던 홍석만 대원이 호롬보에서 중대한 결정을 내렸기 때문이다. 석만이는 휠체어 육상선수로 아테네 올림픽 금메달리스트까지 겸한 건강한 체육인이지만, 장애인으로는 유일하게 호롬보에 남겠다는 결정을 내린 것이다.

"운동은 자신 있는데……, (웃음) 산은 정말 쉽지 않네요. 전 그냥 여기 남을 게요. 여기서 만족해요. 원래 제가 킬리만자로에 오면서 목표는 바로 호롬보까지였거든요. 다들 무리하지 말고, 잘 다녀오시면 좋겠어요."

더 이상 오르지 않겠다고 이 정도면 이제 되었다고 말하는 석만이의 얼굴에는 여유로운 웃음이 넘쳤다. 이때 박범신 선생님은 이런 이야기를 우리 대원들에게 해주셨다.

"산은 각자의 마음속에 있어요. 정상을 오르지 않아도 각자의 마음으로 정상을 오르면 되는 거죠. 지금 오른 이 자리가 우리의 정상이에요."

킬리만자로 정상을 바라보며 포즈를 취한 한국 암웨이의 나봉룡 전무와 김상두 차장. 한국 암웨이는 희망원정대 1,2기를 모두 후원해 주었다.

욕심 부리지 않고 아름다운 포기를 선택한 홍석만의 결정은 우리에게 또 하나의 의미 있는 일로 다가왔다. 이때 석만이와 함께 남지 않고 멘토 김상두 차장은 산을 오르기로 결정했다. 둘이 맞는 첫 이별의 순간이었다.

"석만아, 너 대신 내가 올라갈게……, 가서 네 이름 외치구 올게. 지루하더라도 기다려."

산행 내내 아름다운 미소를 잃지 않았던 석만이는 김상두 차장의 손을 꼬옥 잡으며 미소로 답해 주었다. 미안함에 안쓰러움에 두려움에 울음을 터뜨려버린 김상두 차장의 마음은 아마도 우리 희망원정대원들과 같았을 것이다.

마치 제작진 같았던 김상두 차장을 보면 '또 하나의 가족'의 이미지를 갖고 있는 국제적인 기업 암웨이가 어떻게 성공할 수 있었는지를 짐작케 했다. 철저한 인간애다. 이런 인간애를 가진 사람이 있기에 기업의 이미지 또한 밝아지는 게 아닐까? 1기에 이어 2기 희망원정대를 적극적으로 지원해 주고 후원해 준 암웨이의 나봉룡 전무 또한 우리 희망원정대에는 정말 빼놓을 수 없는 인물이다. 그러고 보면 기업의 이미지는 기업을 구성하는 사람들이 만드는 것인지도 모른다. 산행 내내 한번도 파트너인 김성은의 손을 놓지 않던 멘토 나봉룡 전무는 1기 때도 시각장애를 갖고 있는 최진국 대원의 자상한 멘토였는데, 이번 2기 때도 말없이 김성은의 손과 발이 되어주었다.

"성은아, 느껴지니? 지금 우리 앞엔 킬리만자로 정상이 보이고 오른쪽엔 마웬지 봉이 보이네……. 킬리만자로가 빛나는 산이라는 뜻이잖아, 바로 우리 손앞에 있네."

이번 희망원정대 2기 대원들 중 나봉룡 전무는 킬리만자로를 오르는 내내 김성은 대원에게 누구보다도 많은 설명을 해주었다. 선천적 백내장을 앓아서 빛이 없는 어두운 곳에서는 볼 수 없는 성은이는 어릴 적 부모님이 갑작스럽게 세상을 떠나신 것은 물론 사회에 나와서는 동료들의 따돌림으로 또 다른 고통을 맛보았다.

"백내장으로 태어나서 시각장애 5급으로 살아가고 있어요. 그래서 학교생활 내내 너무 힘들었던 기억밖엔 없어요. 빵 만드는 기술도 배웠지만, 동료들과 일하면서 너랑 일하면 너무 답답하다……, 이런 말을 많이 들었어요. 그래서 나는 왜 살아야 하나? 그런 생각 참 많이 했죠."

그런 성은이가 4,000미터 킬리만자로의 산 위에서 나봉룡 전무의 팔짱을 끼고 다정하게 걷고 있다. 누군가의 눈이 되어 풍경을 마음으로 보게 하는 것은 결코 쉬운 일이 아니다. 진심으로 그대를 사랑하지 않고서는 할 수 없는 일, 이 세상에서 가장 위대한 '사랑', 그 일을 지금 우리 희망원정대원들이 하고 있었다.

멘토 오세훈 변호사(왼쪽)과 서정웅 대원.
오 변호사는 끝까지 뇌병변 장애를 가진 정웅이의 손을 놓지 않았다.

오르기 위해선, 나누고 버려야 한다

어릴 적 누구나 유리병 속 사탕을 집어본 경험이 있을 것이다. 색색의 사탕을 이 한 번이 아니면 안 될 것 같다는 욕심에 한 움큼 집었다가 결국 내 손도 사탕도 유리병 주둥이에 막혀 얼굴만 벌개졌던 기억……, 욕심은 아무것도 갖지 못하게 한다.

산을 오르면 오를수록 우리에게 수많은 질문들을 던져주는 산, 그리고 그 질문의 답은 산을 오르는 우리가 찾아야 하는 것. 해답을 찾기 위해서는 나누거나 혹은 버려야 한다. 무거운 수통 하나가 숨을 가쁘게 하고 지루한 산행 길이 쉬이 마음이 지치기 때문이다. 그래서 끊임없이 서로 나누고 교환하고 버려야만 한다. 그래야 비로소 산은 우리를 허락한다. 그 사실을 산행을 하면서 깨닫게 되었다.

키보 산장으로 이동하기 전, 아침부터 대원들은 각자의 짐부터 꼼꼼하게 챙긴다. 이제 세 명의 대원만 남고 전원 출발이다.

  엄 대장은 아침부터 대원들에게 기를 불어넣는다.
  첫째, 최소한의 짐으로 산행의 무게를 줄일 것. 둘째, 장애인들에게 필요한 물
건을 꼭 가져가야 한다면, 서로가 조금씩 나눌 것. 셋째, 끊임없이 서로의 건강
상태를 체크할 것. 넷째, 마음속의 욕심을 버릴 것.
  그는 또 늘 이렇게 말했다.

  "몸이 허락하면 오르세요. 절대 욕심은 금물입니다. 산은 마음이 원한다고 오를
  수 있는 곳이 아니에요."

  우리 희망원정대원들의 출발은 늘 함께하지만 산을 오르는 순간부터는 늘 제
각각이었다. 각자 장애 정도와 각자의 보폭과 개인의 건강 상태에 따라 우리의
거리는 점점 벌어지고 앞서거니 뒤서거니 한다. 이것은 함께 오르지만 함께 오르
는 것이 아니며 각자 걷지만 결코 혼자 걷는 것이 아니다. 산행 때 찍은 사진을
보면 우리는 늘 서로의 뒷모습을 보며 걷고 있었다. 그렇게 서로를 의지하며, 서
로의 발자국에 기대어 걷는 것이다.
  산을 오르면서 가장 필요한 것은 물이다. 킬리만자로로 오르는 길의 표지판에
는 8리터의 물이 필요하다고 쓰여져 있지만, 우리는 고작 1리터 정도의 물을 마
시면서 올랐다. 가능한 빨리 산을 오르기 위해서이기도 하지만 각자 8리터의 물

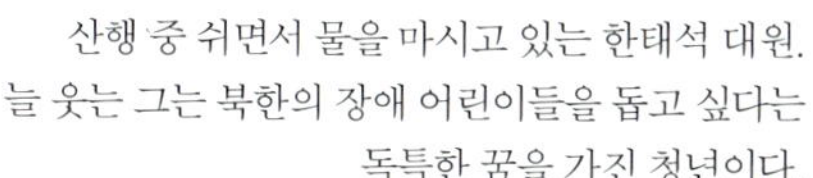
산행 중 쉬면서 물을 마시고 있는 한태석 대원.
늘 웃는 그는 북한의 장애 어린이들을 돕고 싶다는
독특한 꿈을 가진 청년이다.

을 지고 오르기에는 산행이 너무 고되었기 때문이다.

고도가 높아지면 높아질수록 숨은 턱에 차고, 다리의 힘이 풀려서 등에 짊어진 1킬로그램의 배낭조차도 무겁게 느껴진다. 산의 높이가 자꾸만 버겁게 느껴질 때면 대원들은 각자 마음속의 그 사람과 함께 걷는다. 때로는 엄마와 때로는 연인과 때로는 그리운 또 다른 누군가와……

우리는 그렇게 마음속의 상처를 씻어내며 걸었다. 옅은 상처는 소리가 나지만 깊은 상처는 무거운 신음에 눌려 아무 소리도 낼 수 없다. 그렇게 평생 마음속 깊이 묻어두었던 상처를 꺼내며 그렇게 산을 올랐다. 가방의 짐부터 버리고, 욕심을 버리고, 마음의 상처를 버리고……. 마음속을 짓눌렀던 무엇인가를 내려놓아야만 우리는 이 산을 오를 수 있다. 미처 하지 못한 이야기들, 원망으로 응어리졌던 마음들이 하나둘 풀려가는, 아프리카의 그 산은 우리에게 그리운 사람에 대한 사랑을 가르쳐주었다.

키보로 가는 길. 우리를 지켜보고 있는 산은 킬리만자로 전위봉 가운데 하나인 마웬지 봉.
마웬지 봉은 킬리만자로 정상과 우후루픽과 마주보고 있는 봉우리로 남성적이며 웅장했다.

킬리만자로는 한마디로 비밀스러운 산이다. 올라도 올라도 그 신비스러움을 도저히 미루어 짐작하거나 예측할 수 없다. 키보로 가는 길, 해발 4,000미터를 넘어서자 킬리만자로는 또 다른 위용을 드러냈다. 키보로 가는 길은 온갖 고산식물과 나무 들, 싱그럽기만 하던 호롬보와 달리 눈길 닿는 곳마다 황무지다. 사막과 비슷한 황무지를 걸으면서 누군가 키보 가는 길이 '모하비 사막' 같다고 한 말이 실감난다. 한 줄로 이어진 포터와 대원들의 긴 행렬은 마치 사막을 횡단하는 이주민들의 모습을 연상케 했다.

식물도 살 수 없다는 마지막 워터 포인트를 지나면서 돌이 씹히는 주먹밥으로 점심을 해결했다. 대원들은 산행 내내 마음껏 식사를 해본 기억이 없다. 산행 중 만나는 가장 두려운 기억은 배고픔도 피곤함도 아닌 바로 고소이기 때문이다. 고

키보로 가는 길에 우리 등 뒤를 따라오던 비구름은 우리의 발걸음을 재촉했다.

산 지대로 오를수록 산소가 희박해지면서 두통은 점점 심해지고 구역질에, 심하면 단기간 기억상실로까지 이어진다. 고소에 대한 응급조치는 바로 하산하는 것이고 그렇게 하지 않을 경우에는 폐에 물이 차는 폐수증이나 뇌에 심한 타격을 주는 치명적인 결과를 낳을 수도 있는 것이다.

대원들 대부분이 서서히 머리가 아파오기 시작한다. 고소의 미약한 증상들은 이미 호롬보에서부터 있던 터라 모두가 말은 하지 않아도 힘겹게 산을 오르고 있는 것이다. 중간과 대열의 맨 끝을 책임지는 T&C 여행사의 채경석 사장이 대원들에게 이렇게 충고한다.

"물을 계속 마셔요. 머리를 하늘로 쳐들고 킬리만자로 산머리를 보고 걸어요. 그리고 옆에 있는 사람들이랑 계속 대화를 나누세요."

이기려고 노력해야 한다. 우리의 삶에서 사람들과 싸우고 사회적 편견 속을 헤쳐나가고 억울함을 털어내듯이, 지금 고소와 싸워 이겨야 앞으로 나아가고 계속 오를 수 있는 것이다. 앞으로 10시간 이상 더 걸어야 하고 1,030미터의 고도를 올라야 한다. 결코 쉽지 않다. 대원들의 발걸음이 자꾸만 느려지기 시작한다. 키보 산장은 킬리만자로 정상으로 가는 우후루픽 오르막이 시작되는 지점에 위치하고 있다.

"구름이 몰려와요. 이제 곧 비가 내릴 것 같은데……, 서두릅시다."

해발 4,000미터를 넘으면서 평지가 나왔지만 고도 탓에 빨리 걸을 수 없었다.
빨리 걷는 사람에게는 어김없이 고소증세가 나타났기 때문이다.
우리는 키보 산장에 닿을 때까지 천천히, 천천히 고도를 높여 나갔다.

T&C 여행사의 윤익현 팀장이 후미조의 발걸음을 재촉한다. 바람이 불고 먹구름이 몰려오는 키보 가는 길은 비가 내리면 숨을 곳 하나 없는 외길이다. 느닷없이 먹구름이라도 몰려올라치면 길 양쪽에 무심히 놓인 돌멩이마저 위협적인 모습으로 바뀌는 멋없고 끝도 없는 외경한 사막 길이다. 게다가 머리는 솜방망이가 무겁게 두들겨대고 발걸음은 족쇄를 채워놓은 듯 한 걸음 내딛는 것조차 마음먹은 대로 따라주지 않는다. 10시간 가까운 산행 끝에 키보 산장의 하얀색 지붕이 보인다. 하지만 그곳까지 닿으려면 일명 깔딱 고개를 넘어야 한다.

무려 10시간이나 되는 산행으로 지친 대원들은 깔딱 고개를 넘으면서도 가다 쉬다를 반복해야 했다. 그만큼 산은 우리의 접근을 쉽게 허락하지 않는 듯했다. 그래도 이제 불과 100미터만 가면 해발 4,750미터의 키보 산장이 있다.

두 스틱에 의지해 항상 같은 보폭을 유지하며 걸었던
'아름다운 철도원' 김행균 대원.

미안해요. 저 먼저 내려갈게요

호롬보에서 출발한 희망원정대원 모두가 키보 산장에 도착했다. 기적 같은 일이다. 장애인 대원들이 이렇게 높은 곳까지 건강하게 의지대로 오른 것은 아마 유일무이한 일일 것이다. 또한 등산이라는 가장 단순한 행위를 통해 장애인과 비장애인의 경계를 허물어버린 뜻 깊은 산행이었다.

그런데 후미조로 올라오던 한현정 대원과 멘토 김경희 씨가 마지막으로 키보 산장에 도착했을 때 먼저 올라와 고소증세로 괴로워하던 문정훈 대원이 들것에 실려 하산 준비를 하고 있었다.

"머리가 깨질 것 같아요. 내려갈래요. 모두에게 죄송해요."

희망원정대원들이 하산하는 문정훈 대원의 침상을 스틱으로 축하해 주고 있다.

대원들은 쾌활한 정훈이의 말 한마디에 더 이상 말을 잇지 못했다. 누구보다도 정상에 가고 싶어했던 정훈이를 보면서 그가 할 수 있는 최상의 정상은 여기까지였다고 다들 마음의 격려를 보냈다.

"먼저 내려가서 기다리고 있어. 내가 정상까지 가서 킬리만자로 눈덩이 하나 가져다줄게."

박범신 선생님의 위트 있는 한마디로 정훈이의 하산은 빠르게 이루어졌다. 키보는 킬리만자로 정상으로 가는 사람들이 거쳐야 하는 중요한 지점이다. 하지만 며칠에 거쳐 해발 4,750미터까지 올라온 사람들이 잠깐 잠을 청했다가 고소증상으로 들것에 실려 다시 산을 내려가는 곳, 정상을 향하던 사람들이 야간 하산이 이루어지는, 삶과 죽음이 한순간에 교차하기도 하는 인정머리 없는 곳이기도 하다.

문정훈 대원의 하산이 이루어지고 나서 바로 서정웅 대원이 하산을 결심했다. 호롬보에서부터 밤새 토하고 코피를 흘리기를 반복하던 정웅이가 한계에 이른 것이다. 먼저 내려가겠다고 죄송하다며 오세훈 변호사의 품에 안기는 정웅이, 멘토인 오세훈 변호사는 정웅이의 신발 끈을 꼭 묶어준다. 먼저 내려보내고 싶지 않은 모습이 역력했다.

"밤길이니까 조심해서 내려가고, 기다리고 있어. 그리고 넌 잘했어, 정웅아."

두 사람의 짧은 이별의 포옹은 대원들의 마음까지도 애처롭게 만들었다. 안 그런 척했지만 칼바람이 몰아치는 추운 키보 산장에서 대원들은 모두 긴장해 있었다. 과연 우리는 어디까지 오를 수 있는 것일까? 장애인 대원들 중에서 가장 건강하고 씩씩하게 산을 오르던 강경호 씨는 어릴 적 소아마비로 다리가 불편하지만 '엄홍길을 사랑하는 모임'의 회원일 정도로 산을 좋아하고 산을 타본 경험도 많다.

"그동안 일반학교만 다녔어요. 장애인들과 생활한 적도 없고 같이 지내는 방법도 잘 몰랐어요. 산도 좋아해서 그저 내가 산을 잘 오른다고 생각했는데……, 지금 드는 생각이 뭔지 아세요? 저 혼자였다면, 희망원정대원들이 아니었다면 아마 여기까지 오르지 못했을 겁니다. 머리가 많이 아프지만 한잠 자고 이 친구들이 오르면 저도 갈 거예요. 같이 가니까 갈 수 있겠죠."

이제 우리가 의지할 수 있는 것은 서로에 대한 믿음뿐이다. 불안감과 긴장감으로 죽 한 그릇을 먹은 후 다시 산행 준비를 시작했다. 드디어 정상을 향해 출발하기 직전이다.

2기 대원들이 가장 좋아했던 호롬보 산장의 전경.
해발 3,700미터에서 맞은 아침, 발 아래로 구름의 바다가 펼쳐져 있었다.

정상으로의 마지막 출발

2005년 12월 12일, 한국을 떠나온 지 8일째, 밤 11시 30분. 칠흑 같은 어둠과 추위를 이기고 6시간을 걸어 우후루 분화구 능선에 올라서면 해발 5,682미터의 길만스 포인트다. 여기를 지나 5,895미터 우후루픽 정상까지는 4시간 이상이 더 소요된다. 총 10시간을 걸어 올라가야 킬리만자로 정상에 오르는 것이다. 그렇게 정상에 오르면 기념 촬영 후 곧바로 하산을 시작한다.

킬리만자로 정상은 한시도 머물 곳이 없다. 이렇게 다시 하산하는 길은 키보 산장까지 약 5시간이 더 소요된다. 그래서 야간 산행이 불가피하다. 칠흑 같은 어둠 속에서 희망원정대원들은 최종 무장을 하고 헤드랜턴을 켰다. 엄 대장이 대열을 정비한다.

"정신 똑바로 차리고 밤이니까 앞사람을 기억하세요. 앞사람이 누군지 놓치지 말고 따라가는 겁니다. 이제부터는 누구도 도와줄 수가 없어요. 자신을 믿고 의지해야 합니다. 2005 희망원정대 영원히! 영원히! 영원히!"

이제는 마지막 구호조차 제대로 나오지 않는다. 칼바람이 몰아치는 추위가 입을 얼어붙게 하고 키보 산장의 살 떨리는 고소증상이 엄습해 오면서 대원들은 대부분 조금씩 정신을 잃어갔다. 대화는 없다. 그저 헤드랜턴에 의지한 채 앞사람의 발자국에 자신의 발을 힘겹게 끌어다 놓는 행위뿐, 화산재로 덮인 킬리만자로의 산은 한 걸음 앞으로 두 걸음 뒤로 그렇게 사람들을 밀어냈다.

해발 5,895미터 킬리만자로 정상은 우리가 산에 오른 그 순간부터 손에 잡힐 듯 가까웠지만 결코 쉽게 정상을 내어주는 산이 아니었다. 100미터쯤 올랐을 때 고소증상이 심해진 나와 한미린 작가는 하산을 결심했다.

더 이상은 오를 자신이 없었다. 우리의 한계는 여기까지라는 생각이 들면서 흙바닥을 구르다시피 키보 산장으로 내려왔다. 그때 드는 생각이 한현정 대원의 말이었다.

"비장애인들은 하다가 안 되면 쉽게 포기할 수 있어요. 하지만 장애인들은 쉽게 포기가 안 되거든요. 장애가 있어서 못했나. 자꾸만 그런 생각이 들고 죽을힘을 다해서 그래도 안 될 때까지 해보고 싶거든요. 그래야 포기가 되거든요."

묵묵히, 천천히, 그렇게 고도와 싸워야 했다.

눈 덮인 정상은 바로 코앞에 있었다. 그래서 금방 정복해 버릴 수 있을 것만 같았다.
하지만 킬리만자로는 결코 쉽게 정상을 내어주는 산이 아니었다.

그렇게 죽을 듯 괴로워 내려오면서도 자꾸만 산 위로 고집스럽게 오르는 현정이가 마음에 걸렸다.

"현정아, 괜찮아. 이제 됐어. 그만 내려와. 그만 내려가자구."

키보를 출발한 모든 대원들은 그날 밤 영하 20도가 넘는 추위와 싸우며 자칫하면 죽을지도 모르는 극한의 한계까지 올랐다. 어떤 대원은 5,000미터에서 또 어떤 대원은 5,500미터에서 오르던 발길을 되돌렸지만 우리는 안다. 그곳이 바로 각자의 정상이라는 것을 말이다. 정상에서 내려온 뒤에 엄홍길 대장은 대원들에게 이런 말을 남겼다.

"최소한 다섯 명, 많아 보았자 일곱 명이 오를 줄 알았는데, 스물다섯 명이나 시도할 줄은 몰랐어요. 여러분들은 이제 여러분 인생에서 가장 높고 험난한 산을 올라갔다고 생각합니다. 생과 사의 기로에 섰던 대원들, 앞으로 그 어떤 난관에 부닥치더라도 이번 경험을 마음에 떠올리면서 꿈을 이루고 또 다른 목표를 이루시기 바랍니다."

이번 산행을 마치면서 박범신 선생님은 이런 이야기를 우리에게 들려주었다.

"우리들 마음이 각자 킬리만자로 정상입니다. 사실 사람이 산보다 높습니다. 장애우들과 함께하는 산행이라 내 마음속에 남은 그림이 많습니다. 우리 사회가 갖고 있는 편견, 고정관념, 경쟁심, 이런 장애에 비하면 장애우들이 가진 것은 그저 신체적인 것뿐이었습니다. 잊을 수 없을 것 같아요."

신神이 우리에게 절망을 안겨주는 것은 우리를 죽이기 위함이 아니라 우리 가운데 새로운 생명을 소생하도록 하기 위함이란 말을 들은 적이 있다. 산을 오르면서 죽을 듯한 고통과 절망을 경험했던 것은 아마도 우리들 마음 한구석에 용기와 희망을 심어주기 위함이 아니었을까. 고통과 절망은 희망의 또 다른 이름이다.

산행을 마치고 우리 희망원정대원들은 인도양과 대서양이 만나는 남아프리카 케이프타운의 희망봉에서 우리의 소망을 적은 풍선을 날렸다. 표현하는 말이 곧 사랑의 감정을 만들듯이 풍선 하나하나에 우리의 소망들을 적어 날려보내면서 우리 서른네 명의 희망 원정대원들은 이미 희망봉에서 그토록 원했던 우리의 소원들을 이루었는지도 모른다.

산악인 예지 쿠쿠츠카가 이런 말을 했다. "긴 세월을 평범하게 살며 얻는 것보다 더 많은 것을 저 높은 곳에서는 한 달 사이에 체험한다"라고 15박 16일간의 짧은 기간이었지만 킬리만자로에서 우리가 경험하고 배운 것들은 앞으로 우리 인생에서 가장 힘들고 어려운 순간에 꺼내볼 수 있는 가장 빛나는 인생의 추억이 될 것임에 틀림없었다.

한 걸음 더 빨리 걷는 사람들

험난한 전쟁터에서 건강한 정신을 가지지 않고서는 용사로 태어나기 힘들다. 그렇기에 정신일도 하사불성精神一到 何事不成이란 말이 나오지 않았을까. 마음을 둔 곳에 혼신의 힘을 기울이면 못 이룰 것이 없지만 산행 내내 대원들보다 한 걸음 더 빨리 걷고, 쓰러져도 제일 나중에 쓰러져야 한다는 정신으로 매순간을 스스로 다그치듯, 할 수 있다는 신념의 최면에 걸렸던 제작진들의 이야기를 하고자 한다.

물론 굳건한 정신력 앞에 당할 것은 아무것도 없다. 그렇기 때문에 사람의 정신력은 때로는 상상할 수 없는 일들을 해내기도 한다. 그래서 인간이 소유한 물질력은 유한하지만 정신력은 무한하다고들 말하나 보다.

15박 16일간의 일정 내내 무거운 카메라를 들고 다녔던 제작진들 가운데 먼저

키보 산장에서 호롬보 산장으로 하산하는 대원들.

상명대학교 양종훈 교수, 호롬보 산장에서의 기억이 난다. 우리가 목표로 삼았던 킬리만자로 호롬보 산장에서의 단체 사진을 모일간지 일면으로 장식해야 한다며 밤마다 영하 15도를 넘나드는 호롬보 허허벌판에서 위성사진을 쏘기 위해 3시간 가까이 추위에 떨며 사진을 전송했다. 물론 이때 대원들은 저녁 식사를 끝내고 따뜻한 차를 마시며 산장 안에서 다음 산행을 준비하며 휴식을 취하고 있을 때였다. 세 시간 가까이 추위에 떨다 말썽부리던 위성사진이 전송되었을 때, "오케이"를 외치며 그제야 한기를 느낀다며 옷을 껴입던 양종훈 교수의 극기에 가까운 장인정신은 그야말로 킬리만자로의 추억을 아름다운 사진으로 남기는데 가장 큰 역할을 하지 않았을까.

산행 내내 시큰둥한 모습을 자주 보여서 제작진의 마음을 애타게 했던 원정대원 현호의 성격을 그대로 보여준 사진이 한 장 있다. 고소증상 때문에 돌을 머리 위에 올려놓은 현호의 사진은 뭐랄까 함께하기보다는 고독을 즐기는데 익숙한 현호의 성격을 그대로 보여줬다고 할까. 이 사진을 찍은 사람은 바로 장애인 신문사의 강호정 기자다. 산행 내내 조용히 있는 듯 없는 듯 자신의 존재를 숨기는 듯 했지만 가장 결정적인 순간에 대원들의 옆자리에는 항상 그가 있었다. 그의 사진이 그것을 말해 준다. 피사체에 애정을 가지고 있지 않으면 사진은 결코 제모습을 담지 못한다. 사진은 진실하다. 그런 진실을 고스란히 사진으로 담아낸 강호정 기자의 사진은 산행을 다녀온 희망원정대원들에게는 감동 그 이상이었다.

가장 강인한 체력을 보여주었던 KBS 보도국의 정홍규 기자, 유민철 카메라 기자는 5,895미터 우후루픽 정상까지 다녀온 유일한 제작진이다. 호롬보 산장을

대학생으로 킬리만자로 희망원정대에 참가한 정현호 대원.
고소증세로 두통이 심해지자,
돌을 머리 위에 얹고 통증을 다스리고 있다.

케냐 암보셸리 국립공원에서 사파리 투어를 하던 중. KBS 김시형 카메라 감독이 풍경을 카메라에 담고 있다.

오를 때도 키보 산장을 오를 때도 뉴스 제작을 위한 그림을 만들어내기 위해 산을 거의 뛰어다니다시피 했다. 올랐던 길을 다시 내려오기도 하고 한 발자국 떼기도 힘든 산행 길을 순간포착을 하기 위해 100미터 속도로 질주해 뛰어오르기를 수십 차례, 그렇게 그들은 누구보다 산을 어렵게 올랐다. 성경에 이르기를 '정신만 살아 있으면 병도 이기지만 정신무장이 되어 있지 않은 사람은 희망이 없다'고 했다.

산을 오를 때 누구나 느끼는 고산증은 기자라는 타이틀과 함께 이 두 기자에게는 이미 무의미한 것이 아니었을까. 고소를 예방하기 위해선 고도가 높아질수록 머리를 따뜻하게 해야 한다고 그렇게 당부했건만 정상에 올라서까지 유일하게 모자를 쓰지 않은 유민철 카메라 기자는 이렇게 말한다.

"모자를 쓰면 카메라 렌즈에 자꾸 거치적거려서……, 알았어요. 쓸게요."

잔소리하는 제작진에게 이렇게 말하고는 산행 내내 유 기자의 고민은 '어떻게 하면 좋은 그림을 만들어 낼까'였을 것이다. 독불장군처럼 혼자서만 유일하게 모자를 쓰지 않았던 것이다. KBS TV 제작팀인 영상제작국의 김시형 카메라 감독 또한 산행 내내 뛰어다닌 거리로 치자면 킬리만자로 산을 두세 바퀴는 돌았을 것이다.

"감독님, 그런데 숨을 왜 그렇게 헉헉거리는 거예요? 어디 아파요?"

호롬보 산장에서 원정대원들의 모습을 카메라에 담던 밤, 그렇게 묻는 제작진에게 돌아오는 대답은 이러했다.

"카메라를 찍을 때는 숨을 멈춰야 좋은 앵글이 나오는데……, 여기가 고산 지대라 숨이 이렇게 쉬어지네."

그래서 그런 줄 알았다. 그런데 키보 산장에서의 끔찍한 악몽은 아직도 추억하기 심난하다. 정상 산행을 포기하고 내려온 사람들은 새벽에 고소증세를 겪으며 밑으로 내려가지도 오르지도 못하고 그렇게 다들 산장에서 구토에 두통을 앓고 있던 차에 팀 닥터 양덕승의 다급한 목소리가 들렸다.

"김시형 감독이 폐수증 증세가 보여요, 빨리 하산해야겠어요. 들것 가져와요."

산을 오르며 고도를 높일 때는 천천히 산을 올라야 고소증세가 가벼워진다. 그런데 하루에 1,000미터 이상씩 오르던 산을 동네 뒷산 오르듯 몇 날 며칠을 뛰어다녔으니 폐에 물이 차는 게 당연한 일이었는지도 모른다. 산에서의 치료 방법이란 별 다른 것이 없다. 그저 고도를 낮춰 하산하고 증상이 나아질 때까지 그저 끙끙 앓는 수밖에……

몇 시간을 침낭 속에서 앓던 김시형 감독이 안부를 물어오는 원정대원들에게 꺼낸 첫마디는 이랬다.

"이왕 온 거 인터뷰 좀 할까요?"

정신력은 병을 이긴다. 이번 킬리만자로 희망원정대를 기획부터 진두지휘까지 총괄했던 조휴정 PD는 평소에 전혀 운동을 하지 않을 뿐더러 계단을 오르기도 싫어하는 사람이다. 첫날 그녀는 만다라 산장까지 10시간 가까운 산행을 하면서 체력이 바닥나 거의 초죽음이 되어 있었다. 하지만 첫날 산행과는 달리 산을 오르면 오를수록 믿기지 않을 정도의 에너지를 발휘해 다른 대원들보다 앞에서 걸어가 결국엔 고소증세도 없이 5,200미터 이상을 올랐다. 혼자서 걷기에는 힘든 산길을 그녀는 혼자서 생각에 잠겨 묵묵히 걸어갔다. 아마도 15박 16일간의 일정을 아무 탈 없이 건강히 마치고 서울로 돌아가야 한다는 무거운 책임감이 그녀를 포기하지 않고 계속 걷게 만들었는지도 모른다.

정신적으로 해야 한다는, 하고야 말겠다는 신념이 이렇듯 마술을 기적을 만들어낸 것은 아니었을까?

양종훈 교수, 강호정 기자, 정홍규 기자, 유민철 기자, 김기표 PD, 김시형 감독, 조휴정 PD, 김병진 PD, 한미린 작가 그리고 나를 버틸 수 있게 해주었던 힘은, 킬리만자로 산행을 꼭 성공적으로 마치고 돌아오겠다는 그리고 산행 길에서 먼저 쓰러지면 안 된다는 정신력이 아니었을까. 다들 감사하다.

최지연(2기, 희망원정대 작가)

사랑, 그 가슴 떨리는 고백 그 후

누군가 그러더군요. 살면서 가슴이 쿵 하고 내려앉는 사랑의 감정을 몇 번이나 느낄 것 같냐구요. 어떤 사람은 평생에 한두 번 정도 경험하지만 평생 그렇게 가슴 떨리는 사랑을 한 번도 경험해 보지 못하는 사람들도 분명 많을 겁니다. 어릴 적 고열로 양쪽 귀의 청력을 잃어버린 저는 스물다섯 평생을 보청기에 의존해 그 잣대로 세상을 바라봤죠. 그래서 저는 다른 연인들처럼 사랑을 속삭이고 감미로운 노래를 불러주는 일반적인 연애의 행위에는 그리 익숙하지가 않아요. 전 구화로만 사람들의 말을 알아듣고 다소 오해가 있더라도 제 방식대로 이해를 하거든요. 화를 내거나 짜증을 내거나 떨리는 목소리거나 불평하는 목소리거나 화가 난 목소리조차 어떤 때는 제가 바라보는 시각의 틀에서만 모든 것이 이해될 때도 있습니다.

그런 제게도 가슴이 무너져 내리는 첫사랑의 기억은 있습니다. 스무 살 때 수화 동아리에서 만난 오빠였는데요. 처음 보는 순간 제 가슴이 진정이 안 되더라구요. 그 오빠는 비장애인이었고 제가 좀 적극적으로 좋아하는 마음을 여러 차례 내비쳤지만 끝끝내 받아주지 않았습니다. 그때 울면서 생각했습니다. 사랑에도 장애는 있는 거구나. '널 좋아하지 않는다'는 오빠의 입 모양이 제게는 그 어떤 소리보다도 더 크게 제 마음을 슬프게 울렸습니다. 그래도 그 사람의 목소리를 단 한 번만이라도 듣고 싶었죠. 한 번만이라도 저 사람의 목소리를 들어볼 수 있다면……. 내게 장애가 없다면 이렇게까지 가슴이 무너져 내리지는 않을 텐데……. 이렇게 창피하거나 억울하지는 않을 텐데 하고 말이에요. 그리고 다시 제게는 사랑이란 사치스런 감정 따윈 찾아오지 않을 줄 알았습니다.

그런데 스물다섯이 된 지금 전 한 남자를 가슴 깊이 사랑하게 됐습니다. 2기 희망원정대원으로 함께하게 된 한태석. 저보다 나이도 세 살이나 어리지만 전 태석이를 보는 순간, 머릿속이 하얗게 지워지더군요. 마치 한 번도 사랑에 상처받지 않은 것처럼……, 그를 사랑하게 된 것이죠. 킬리만자로를 떠나기 전 예비산행에서 태석이와 함께 청계산을 오르던 저는 그를 마주보면 볼수록 그가 좋아지는 제 마음을 진정시킬 수가 없었죠. 그래서 킬리만자로 산행 내내 그에 대한 제 마음을 언제 고백할까 생각하고 있었습니다. 산행 5일째 되는 날, 호롬보 산장에서 무지개를 봤어요. 4,000미터가 넘는 고산 지대에서 태석이와 나란히 서서 바라본 무지개는 제게 이렇게 말하고 있는 듯했습니다.

"석화야, 오늘은 정말 예감이 좋은 날이야. 그가 네 솔직한 마음을 받아줄지 몰라. 용기를 내."

그래서 저는 그날 밤 호롬보 산장에서 사랑하는 사람에게 보내는 '연애편지' 이벤트에서 저의 마음을 그에게 용기를 내서 고백했죠. 떨리는 목소리로 '사랑한다'고 끝을 맺고는 그의 얼굴을 살짝 올려다봤습니다. 그 역시 저의 마음처럼 얼굴이 상기돼 있더군요. 그 뒤론 제 마음이 더 복잡해졌어요. 언제 대답을 해줄까? 산행은 점점 힘들어지는데 몸이 힘들어지면 그 사람의 마음도 여유가 없어지는 게 아닐까? 사랑의 고백을 뱉어버린 순간부턴 제 마음이 더 초조해졌습니다. 그런데 호롬보 산장에서 봤던 그 무지개의 핑크빛 약속 때문일까요. 사막 같은 황무지 땅이 끝없이 펼쳐져 있는 키보 산장으로 가던 길에 태석이는 등산 스틱으로 그 황량한 킬리만자로 산등성이 위에 제 이름과 자신의 이름의 이니셜을 새겨 돌무더기로 새겼다.

TS 러브 SH. 제 이름과 태석의 이름을 이니셜로 만들어 쌓은 돌무더기는 제가 태석이를 사랑한다는 고백에 대한 태석이의 수줍은 답변이었겠죠. 그리고 태석이는 산행 중간 즈음 제게 한 장의 짧은 편지를 건넸습니다.

'누나, 어디든 상관없이 우리 함께 걸어가요. 행복을 느끼게 해준 누나가 정말 고마워요. 그리고 힘들면 저한테 힘들다는 말해요. 제가 늘 옆에서 걸어갈 테니까요.'

한태석 대원과 윤석화 대원이 키보로 가는 길에 돌로 새긴 'TS 러브 SH'로 서로의 사랑을 확인했다.

정말 고마웠어요. 저의 사랑을 받아준 태석이가……. 그렇게 저희는 서로의 마음을 확인한 후 정상을 오르는 마지막 키보 산장에서의 힘든 산행도 함께했죠. 달빛조차 내비춰 주지 않던 킬리만자로 정상으로의 산행에서 의지할 수 있었던 건 그저 헤드랜턴의 작은 불빛뿐이었습니다. 전 죽어도 태석이와 함께 정상을 오른다는 생각으로 그의 앞에서 힘들어도 아주 천천히 발걸음을 옮기며 올랐습니다. 한스 마이어 동굴이 있던 5,150미터를 통과할 때 즈음 전 가쁜 숨을 몰아쉬며 멈춰서 뒤를 돌아봤습니다. 그런데 저의 랜턴 불빛을 챙겨주며 뒤에서 걸어오던 태석이가 보이지 않더군요. 그때 제가 들었던 생각은 다리가 불편한 태석이를 생각하지도 않고 저 혼자만 앞으로 앞으로 전진해 걸었던 게 아닌가. 대체 내가 무슨 짓을 한 건지. 컴컴한 어둠 속 아래로 태석이를 목이 터져라 불러댔습니다. 제 목소리가 어떻게 들리는지 알 수는 없지만 죽어라 소리쳐 태석이를 불렀죠. 함께 가자고 떨어지지 말자고 그렇게 약속을 했건만 결국은 이렇게 쓸쓸하게 혼자 서 있는 제가 너무 원망스러웠습니다. 그런데 저 아래서 태석이의 모습이 보이더군요. 하얗게 질려서 비틀거리며 간신히 걸어 올라오고 있는 태석이를 발견하는 순간 눈물이 왈칵 쏟아졌습니다. 미안해, 미안해, 태석아…….

추운 날씨 때문에 헤드랜턴이 꺼지면서 걷는 게 더 힘들어진 태석이가 자꾸만 넘어져서 저하고 보폭이 많이 차이가 난 것이었죠. 제가 혹시라도 자기 때문에 페이스를 놓치고 고산증세를 겪을까봐 아무 말 없이 먼저 저를 보냈던 태석이를 생각하니 가슴이 너무 아파 진정이 안 되더라구요. 킬리만자로 정상까진 가진 못했지만 태석이와 전 우리 둘만의 정상에 올랐고 내려오는 하산 길에도 함께했습니다.

사랑이 뭐냐고 묻는다면 사랑은 서로에 대한 끊임없는 믿음이요, 기다림이라고 생각합니다. 킬리만자로 산을 오르면서 내 뒤에 항상 그가 따라올 것이라는 믿음은 영하 20도가 넘나드는 추위도, 배고픔도, 고산증도 모두 이겨낼 수 있게 했습니다. 설사 산 위에의 혼자 남겨지더라도 그를 기다리는 동안의 이 애틋한 그리움은 스물다섯의 제 마음이 겪고 있는 사랑입니다.

산행 내내 저희 둘의 사랑을 예쁘게 엮어주시느라 외로운 산행을 하셨던 저의 멘토인 김병기 사장님과 태석이의 멘토였던 정운하 대리님께 너무 죄송하고 감사하다는 말씀 전하고 싶습니다.

윤석화(2기, 희망원정대 대원)

모든 산행을 마치고 홀가분한 마음으로 찾은 남아프리카 공화국의 희망봉 해변.
이곳에서 우리는 소망을 적어 넣은 '희망 풍선'을 하늘 높이 날렸다.

함께한 우리들, 〈희망원정대〉

희망원정대에 물을 주고 햇빛을 주고 거름을 주어

예쁜 꽃과 튼실한 열매를 맺게 해주신 고마운 분들이 너무 많습니다.

대원 한 분 한 분을 떠올리면 그분들이 산에서,

또 산 아래에서 마음을 써주고 '정'을 나누던 모습이

영화의 한 장면처럼 떠올라 마음이 뭉클해집니다.

이 세상 수많은 사람 중에 우리들은 어떤 인연으로 히말라야에서,

킬리만자로에서 〈희망원정대〉로 생사고락을 함께했을까요.

이 책은 바로 여기 소개하는 64명이 함께 만든 것입니다.

조휴정 프로듀서

● **엄홍길** 1,2기 원정대장

산 아래에서는 한없이 다정하고 늘 웃는 얼굴이지만 산에서는 무서운 대장님으로 변하는 두 얼굴의 사나이. 2004년 가을, 제작진을 처음 만난 자리에서 기획 의도를 듣고는 흔쾌히 함께할 것을 약속해 주셨다. 〈희망원정대〉는 엄대장님의 참여로 비로소 날개를 단 셈이다.

작은 체구에서 뿜어져 나오는 카리스마로 희망원정대 1,2기 모두 완벽한 산행을 이끌어주셨다. 세계적인 산악인으로 수많은 기록을 갖고 있지만 〈희망원정대〉를 가장 사랑하는 휴머니스트로 우리들의 영원한 엄 대장님이다.

● **문영식** 1기 팀 닥터

소리 없이 강한 분. 어디 계신지 모르게 조용하지만 대원들이 필요할 때는 어느 틈에 나타나 가장 적절한 조치를 취해주셨던 분. 환갑이 넘으신 나이지만 엄 대장님에 버금가는 등산 실력을 갖고 계시고 '히말라얀클럽' 의 회장으로 계실 만큼 히말라야를 사랑하는 전문가이다. 문 원장님의 짐은 세 명의 포터가 나누어들어야 할 만큼 방대했다. 물리치료기부터 수술 장비까지 '이동종합병원' 의 면모를 갖추었다. 대원들은, 변비부터 골절까지 꼭 한 번은 문 원장님의 이동병원을 찾았고, 그 어느 곳보다 만족할 만한 진료를 받았다. 근엄한 외모 때문에 처음에는 어려웠지만 소년처럼 해맑게 웃으시는 모습과 젊은이들과 격의 없이 어울리는 열린 마음, 겸손한 모습 등으로 1기 대원 모두에게 큰 힘이 되어주셨던 아버지 같은 분이다.

● 양덕승 2기 팀 닥터, 광명 인 병원

작은 거인. 작은 체구에 하얀 얼굴, 조심스런 말과 행동 때문에 그냥 얌전한 의사 선생님처럼 보이지만 원정 직전에 전국 태극권 대회에 출전해서 금메달을 땄고 태극권을 배우러 중국까지 다녀온 철인. 케이프타운 바닷가에서 외국인들 앞에서 진지하게 태극권을 선보이던 그는 당당한 한국인, 그 자체였다.

킬리만자로에서 힘겨워하는 대원들을 위해 아침부터 밤늦게까지 왕진가방을 들고 산을 헤매고, 롯지를 돌았던 양 선생님. 모든 산행을 무사히 마치고 내려왔던 그날 밤……, 누구보다 마음이 가벼워진 그가 "정말 다행입니다. 고맙습니다"를 연발하던 모습은 잊을 수 없다.

희망원정대원 중 가장 많은 스트레스를 받을 수밖에 없었던 팀 닥터로 과자와 콜라는 몸에 좋지 않다며 멀리했음에도 스트레스 때문인지 담배와 술과는 매우 가까이 지내셨던 점도 인상적이었다.

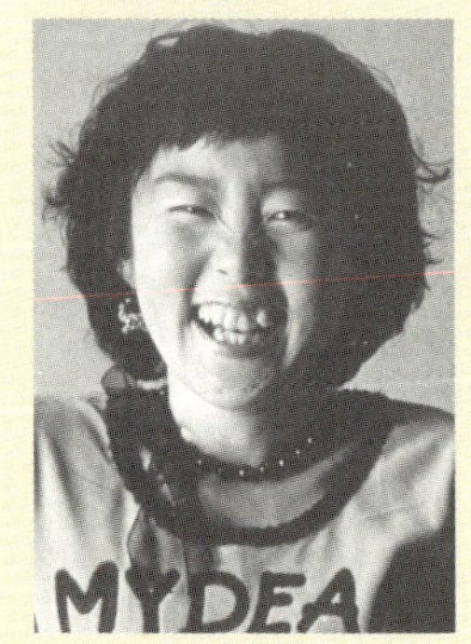

● 이윤경 1기 대원, 가수

언제나 웃어주고 품어주는 천사. 윤경 씨는 KBS 제3라디오

'윤선아의 노래선물'의 고정출연자였다. 인연을 맺은 한 사람 한 사람에게 최선을 다하는 그녀는 평소에도 주변 사람들에게 선물하기를 좋아하고 베풀기를 좋아하는 마음 품이 넉넉한 사람으로, 1기뿐 아니라, 참여하지 못한 2기 대원들과도 마음을 열고 다가서는 긍정적이고 열린 마음의 소유자이다. 장애인 가요제에서 대상을 받을 정도로 노래도 잘 부르고 옷도 척척 혼자 잘 만드는 팔방미인이다. 그녀는 히말라야 하산 때 골절상을 당했지만 그 와중에도 아픔을 참고 팀 전체 분위기를 생각했다. 합평회 때, 원정대의 몇 가지 문제점에 대한 토론이 활발할 때, 이윤경 씨가 했던 말을 지금도 잊을 수 없다.

"우린 우리의 의지대로 이곳에 왔고 행복했어요. 위험하기 때문에 장애인은 다니지 말고 도전하지 말라고 하는 것은 장애인을 위하는 말이 아니에요. 우린 넘어지고 힘들어도 비장애인들처럼 세상으로 나오고 싶어요!"

● **권혁재** 한국 EMC 이사, 1기 이윤경 대원의 멘토

조용히 최선을 다하는 신사. 1,2기 원정대 통 털어서 실질적인 맘고생, 몸고생을 가장 많이 하신 분이다. 〈희망원정대〉에서 왜 1 : 1 시스템이 필요한지, 그 장점은 무엇인지를 단적으로 보여주셨고 자신이 해야 할 일은 단 한마디의 힘든 내색 없이 원정 기간 내내 하루도 쉬지 않고 해냈다. 자신이 돌봐줘야 할 이윤경 씨가 계속 아팠기 때문이다. 태국에서

쓰러졌던 윤경 씨를 밤새 간호하던 권혁재 이사님의 모습은 아직도 감동으로 남아 있다.

모두 지쳐서 잠들었던 시간에도 묵묵히 자신의 역할을 해내셨고, 하산 길에 골절상을 입은 윤경 씨가 서울에 도착할 때까지 누구보다도 헌신적으로 멘토 역할을 해주셨던 권 이사님은 평소에는 말수가 없으시고 부끄러움마저 있는 듯하지만, 진정한 희망원정대원의 모습을 보여주신 책임감 강하고 속 깊은 분이다.

1기 히말라야 원정대의 베스트 커플상을 받았던 이윤경 씨와 권혁재 이사님. 두 사람은 히말라야 〈희망원정대〉에서 가장 잊을 수 없는 대원-멘토 커플이었다.

● 이윤오 1기 대원, 휠체어 육상선수

항상 밝고 유머러스하고 구김살이 없는 친구다. 윤오는 잘생긴 외모와 연예인적 기질로 이미 장애스포츠계에서는 스타였다. 여러 사람들의 추천을 받아서 제일 먼저 선발된 윤오는 어떤 상황에서도 유머를 잃지 않았다. 힘들면 힘들수록 갈등이 있을수록 윤오의 재치 있는 농담은 분위기를 전환시켰고 모두를 즐겁게 해주는 힘이 되었다.

중학교 2학년 때 오토바이 사고로 휠체어를 탄 이후로 학교를 그만두었던 윤오는 희망원정대에 다녀온 후 다시 학업을 시작했다. 윤오의 말이다.

"내 인생을 바꿔놓은 것이 희망원정대 경험이었어요."

걸어다니는 무전기, 날아다니는 엄 대장님의 부관, 히말라야의 피터 팬. 산에서의 장 과장님을 우리끼리 본 건 너무 안타까운 일이다. 다른 사람들보다 배는 빠른 속도, 지칠 줄 모르는 에너지, 팀에 대한 헌신 등으로 산행 마지막에는 엄 대장님이 가장 자주 찾았던 대원. 약간 어눌한 말투, 앞만 보고 달리는 듯한 엉뚱한 행동 등이 보는 우리를 즐겁게 했다. 덕분에 우리는 낙오된 대원이 있어도 걱정하지 않았다. 우리에게는 장순랑 대원이 있었기 때문에!

누가 조금만 뒤쳐져도 다른 사람들은 절대 다시 가지 못할 힘든 길을 몇 번씩 오르락내리락했던 장 과장님의 모습, 연락이 쉽지 않은 산에서 장 과장님의 그런 발 빠른 헌신은 엄청난 힘이 되었다.

평소에도 자원봉사를 많이 한다는 그가 앞치마를 두르고 일일찻집에서 음식을 나르던 모습도 참 보기 좋은 한 장면으로 기억된다.

건강하고 씩씩하고 무뚝뚝하면서도 속 깊고 다정다감한 전형적인 부산싸나이! 트랙스타는 1,2기 모두 등산장비 일체를 협찬해 주었는데 장비는 8,000미터급이라고 자부할 만큼 최고급 장비를 갖추어주었다, 어느 멘토가 히말라야에서 힘들지 않았으랴마는 우리는 그의 힘들어하는 표정이나 행동

을 단 한 번도 본 적이 없다. 묵묵하지만 늘 웃는 얼굴로 무거운 휠체어를 들고, 이윤오 대원이 핸드워킹을 할 수 있도록 다리를 들며 산을 오르내리던 그의 모습은 마치 맘씨 좋은 동네 오빠와도 같았다.

장애인 대원들과 담배 한 개비에 인생을 논하던 사나이 중에 사나이.

● 박정호 1기 대원, 휠체어 육상선수

1기 원정대원의 맏형 역할을 톡톡히 해냈던 속 깊은 친구다. 일찌감치 선발되었던 이윤오 선수를 따라 방송국에 놀러왔던 정호는 첫인상이 무척이나 쓸쓸해 보였다. 윤오가 정호를 적극 추천하며 팀 단합이나 여러 가지 면에서 정호가 큰 힘이 되어줄 것이라고 했는데, 윤오의 말은 정확히 맞았다.

1기 장애인 대원 중 남자로서는 나이가 가장 많았던 정호는 불편할 수 있는 상황에서도 대원들을 단합시켰고 큰형 노릇을 적절히 했으며 원정 기간이 끝날 때쯤엔 밝고 긍정적이며 유쾌한 남자가 되어 있었다. 말수가 없어서 무뚝뚝해 보이지만 때가 되면 가장 먼저 인사하고 다정하게 전화하는 알고 보면 따뜻한 친구다.

● 김대중 성우, 1기 박정호 대원의 멘토

2004년 가을, 당시 김대중 씨는 '윤선아의 노래선물'에 고정출연하고 있는 KBS 전속성우였다. 〈희망원정대〉가 기획되고 있다는 것을 안 김대중 씨가 꼭 참여하고 싶다며 몇 차례나 간청했다.

이 일이 성공할지, 얼마나 위험할지 전혀 모른다며 그를 만류했지만, 그는 힘든 가운데도 또래 남자 대원들과 의기투합해 말없는 정호를 멘토로서 밝은 분위기로 이끌어주었을 뿐아니라, 여성 대원들의 가방도 열심히 들어준, 목소리만큼이나 매너도 좋은 차세대 유망 성우. 전문 사진작가라 불러도손색이 없을 만큼 그가 찍은 히말라야 사진은 아름다웠다.

● **김상두** 한국 암웨이 사회공헌팀 차장, 1기 박정호 · 2기 홍석만 대원의 멘토

백만 불짜리 눈물의 사나이. 1기 때 히말라야 푼힐 정상에서 박정호 대원과 부둥켜안고 감격의 눈물을 흘리던 김상두 차장님의 모습은 9시 뉴스를 통해 전국적으로 방송되었고 많은 국민들에게 감동을 안겨주었다.

그 모습 때문에 〈희망원정대〉가 더욱 부각되었고, 김상두 차장님의 인간적 면모를 보여주었다. 그 후 일명 백만 불짜리눈물의 사나이로 통한다.

처음으로 협찬을 결정해 주어 〈희망원정대〉를 탄생시킨 일등 공신. 첫인상은 맘 좋은 대학 선배 같지만, 일에서는 철저하여 그와 회의 한 번 하고 나면 탈진할 정도이다. 그러나속정이 깊고 〈희망원정대〉에 뭐 하나라도 더 챙겨주고 싶어하는 따뜻한 마음과 자신이 맡은 대원들을 친동생처럼 챙겨주는 자상한 모습이 이제 우리에게는 더 익숙하다.

그가 만든 유행어는 '투정, 투정, 단결 투정!'으로 사소한 일에 귀엽게 투덜대고 무엇이든 잘 잃어버려서 가끔 팀 모두를 놀라게 하기도 하지만 1,2기 모두 협찬과 멘토로 참여해 주었고 원정대의 총무로서 궂은일을 도맡아주어서 이제는 제작진의 일원처럼 느껴지는 고마운 분이다.

장기자랑에 나가기 위해 그 조용한 히말라야 산장에서 다른 사람들의 숙면을 방해하며 밤새 리코더를 연습했는데 실력은 다소 의문스럽다는 1기 원정대원들의 평가.^^

● 홍석만 2기 대원, 휠체어 육상선수

2기 희망원정대 대표 꽃미남. 아테네 장애인 올림픽 2관왕. 매사를 이성적으로 생각하고 판단하고 행동하는 사람. 오이타 국제 대회에서 자원봉사를 하던 일본인 부인과의 러브스토리는 유명하다. 만다라에서 고소로 쓰러짐. 3,800미터 호롬보에서 '내 정상은 여기까지'라며 홀로 남았다.

주변과 전체 상황을 판단해서 자신의 욕구를 절제할 줄 안다. 그는 속이 깊고 많은 생각을 한 후에 행동으로 옮기는 신중파로 멘토 김상두 차장을 잘 챙겨서 누가 멘토인지 모르겠다는 이야기를 듣곤 했다.

● 이상희 1기 대원, 양천 장애자립센터 국장

1기 '희망원정대' 최고의 유행어, '인생 뭐 있어!' 등 그때그

때 상황에 맞는 촌철살인의 유머로 다양한 유행어를 만들어
냈다. 하지만 그 웃음 뒤에는 장애인 문제에 대해 누구보다
고민 많은 그가 있다. 장애인들이 이 사회에서 억압받지 않
고 사회의 한 구성원으로 잘 살아갈 수 있도록 '장애인 자립
문제'에 대해 가장 진지하고 구체적으로 고민하며 실천하고
있다. 안정적인 공무원 생활을 그만두고 '장애인 자립센터'
에 들어갔을 만큼 사회의식이 강하다. 희망원정대 수기 공모
를 통해 선발된 장애인들의 면접을 보던 날, 제작진들은 상
희의 상태가 생각보다 심각하다고 느꼈다.

뇌병변 장애를 가진 상희의 힘없어 보이는 외모 때문에 산행
을 할 수 있을까 걱정했다. 하지만 많은 역경 속에서도 어머
님이 상희만큼은 대학을 보내야 한다며 뒷바라지 해주셨다
는 그의 성장 스토리는 모두를 감동시켰다.

요즘 상희는 우리에게서 장애인으로서 당연히 받아야 할 배려
를 거의 받지 못한다고 툴툴거린다. 일부러 그러는 게 아니라
정말 우리에게 더 이상 상희는 장애인이 아닌 걸 어쩌랴!^^

● **김병기** 지오인터랙티브 CEO, 1기 이상희 · 2기 윤석화 대원의 멘토

의리와 센스, 리더십과 희생정신을 두루 갖춘 만능해결사.
협찬이 구해지지 않아 애를 태우던 2004년 11월 초. 정한용
선생님 소개로 찾아가 A4용지 네 장짜리 기획안을 내밀었을
때, 매우 좋은 기획이라며 마치 자신의 일인 양 〈희망원정대〉
를 함께 만들어주신 분. 벤처업계에서 유명한 친화력과 추진
력으로 〈희망원정대〉에 생기를 불어넣어주신 일등 공신. 옳

은 일이라면 계산하지 않고 뛰어드는 순수함과 주변 사람들을 진심으로 챙기는 따뜻한 마음이 바쁜 일상을 뒤로 하고 1기에 이어 2기에도 참가하게 된 것이리라. 1,2기 모두 협찬해주었을 뿐아니라 원정대 관련 모든 행사에도 기꺼이 수호천사가 되어주고 있다.

상황 판단이 빠르고 정확해서 1,2기 진행상의 어려움이 생겼을 때 제작진에게 적절한 조언과 따뜻한 격려를 해주셨다. 1기 때는 상희와 한 팀이 되어 '인생 뭐 있어!'와 '말 좀 아끼지!'를 나란히 유행어로 히트시켰고, 2기 때는 돌봐줘야 할 석화가 짝꿍이 생기는 바람에 밤에도 낮에도 볼일이 전혀 없던 버림받은 멘토였다.^^

● 윤석화 2기 대원, 보조교사

열정, 사랑 그 자체. 석화는 작가가 꿈이다. 다소곳하고 수줍음이 많아 보이지만 석화는 누구보다 열정이 많고 생각한 것은 반드시 행동으로 옮기는 당당한 아가씨다.

〈희망원정대〉에서 사랑을 만났고 그 사랑을 당당하게 표현하고 예쁘게 가꾸어나가고 있는 석화는 킬리만자로 호롬보에서 사랑하는 사람에게 고백하던 신세대 아가씨. 장애인 대원 중 가장 높은 곳까지 올랐지만 다른 대원들이 힘들어하자 많이 울고 아파하며 정상 등반을 포기했다. 혼자 정상까지 가는 것은 아무런 의미가 없었기 때문이다. 사랑이나 열정에 대해 편견과 가식이 없고 등반 내내 가장 먼저 일어나는 부지런한 성격의 소유자. 서울 삼성학교에서 특수보조교사로 일하고 있지만 장래 희망은 '작가'인 감성 그 자체인 아가씨.

● 이슬 1기 대원, 청각장애인

아직도 꿈이 많은 소녀. 이슬이가 학교 다닐 때 시험을 잘 보면 친구들로부터 컨닝했다는 오해를 받았다는 이야기를 했을 때 우리는 마음이 참 짠 했다. 넌, 듣지 못하는데 어떻게 공부를 잘 할 수 있느냐는 오해…….

이슬이는 아무 죄도 없는 부모님, 특히 어머니에게 투정을 많이 부렸다는 이야기를 했는데, 누군들 그렇지 않겠는가. 이 세상에서 가장 편안한 존재가 어머니인 것을…….

한참 멋 부리고 꿈을 키우고 살아야 할 20대에 장애로 인한 좌절을 맛봐야 할 이슬이 같은 장애청년들이 가장 가슴 아프다.

이슬이는 지금 자신의 꿈을 소중히 키우고 있는 중이다. 희망원정대뿐 아니라 오카리나에 도전하고 누구보다 멋도 잘 부리고 여성스럽고 상냥해 이슬이는 1기 대원들의 귀여움을 독차지했다.

● 윤의원 작가, 1기 이슬이의 멘토

명랑만화 속 주인공 같은 야무진 여자. 서영은 씨의 친구로 함께 희망원정대에 참여하게 된 윤의원 씨는 작가다. 작가 특유의 날카로움과 개성으로 조용히 자신의 색깔을 만들어

내던 그녀. 청각장애인 이슬의 멘토로서 팀의 돌아가는 상황을 일일이 설명해 주는 고단함 때문에 산행 내내 많이 아팠지만 늘 밝은 모습을 잃지 않았고 소리없이 대원들과 우정을 쌓아갔다.

● 최진국 1기 대원, 시각장애인

배호를 닮고 싶은 더스틴 호프만. 성대모사의 달인으로 그는 배호의 열혈 팬으로 배호의 추모사업에도 발 벗고 나섰다. 클라리넷도 잘 불고 성대모사는 웬만한 개그맨보다 훌륭하다. 순발력이 뛰어난 진국이가 산행 중에 김대중, 김영삼 전 대통령들과 이회창, 이인제 등의 성대모사를 하면 힘든 와중에도 배꼽을 잡으며 웃었다.

기억력도 뛰어나서 KBS 취재기자들의 이메일 주소, 핸드폰 번호를 거의 다 외우고 있다. 왜 외웠냐니까, 장애인들에게 불편하거나 부당한 일이 있으면 빨리 제보하려고 외웠다는 진국이. 호기심도 많지만, 의외로 겁도 많아서 처음엔 산행을 몹시 두려워했다. 하지만 힘든 히말라야 산행에서 진국이가 없었다면 너무 지루했을 것이다.

잘 볼 수는 없지만, 오히려 비장애인보다 많은 것을 볼 줄 아는 똑똑한 친구. 히말라야의 비렌탄틴을 보고 우리나라 설악산과 비슷하다고 말해서 우리 모두에게 감탄과 의문을 동시에 갖게 만들었다.^^

군더더기라고는 전혀 없는 영국장교. 생활이나 말씀이나 행동, 모든 면에서 군더더기가 없다. 아무리 추운 산에서도 단한 번도 샤워를 거르지 않으셨던 놀라운 체력과 부지런함. 자기관리와 절제가 철저해서 어떤 상황에서도 자신의 라이프스타일을 고수하실 수 있다.

그렇다고 팀에서 큰소리를 내거나 주장을 크게 하지도 않고, 군림하지도 않지만, 그 자체에서 풍기는 위엄과 부드러운 카리스마가 느껴진다. 변치 않는 매너로 〈희망원정대〉의 모범이 되어준 나봉룡 전무님은 철인 3종 경기에도 도전하는 만능 스포츠맨. 어떤 악조건에서도 자신의 페이스를 잃지 않을 뿐더러 규칙적인 생활로 힘든 산행에서 모든 사람의 모범이 되어주었다.

1기 최진국 대원, 2기 김성은 대원을 친아들처럼 헌신적으로 돌본 나 전무님은 원정대 베스트 멘토였다. 산상 콘서트 등에서 장기자랑을 하면 가장 파격적으로 변신, 뜻밖의 즐거움을 주기도 하고 1,2기 모두 선뜻 후원하기로 결정해 주시고 다양한 물품 지원을 아낌없이 해주는 등, 기업의 사회 환원을 중요 목표로 하고 있는 암웨이의 기업정신을 몸소 실천해 주었다.

천성이 밝고 붙임성이 있다. 대원 면접 때 일찍 와서 장애인

들을 안내해 주고 분위기 좋게 만들고 끝까지 남아서 남들을 배려하는 등, 마음이 고운 친구이다. 장애인 인권 문제에 대한 이야기를 하면 밤을 꼬박 새우며 열변을 토한다.

1기 이상희와 같이 양천 자립생활센터를 다녔다. 킬리만자로 산행 중 가장 살이 많이 빠질 정도로 누구보다 힘들었지만 티내지 않고 자신의 속도를 지키며 키보까지의 등정을 무사히 마쳤다. 장애인 복지 문제에 많은 관심을 갖고 있고 불합리한 것을 못 보는 운동권. 그러면서도 늘 여자친구를 생각하는 로맨틱한 면도 있다.

멘토인 나봉룡 전무님과 조용히 호흡을 맞추며 등정했고, 정상에 오른 나 전무님을 기다려 같이 내려가겠다며 키보에서 끝까지 기다린 의리파.

● 정성건 1기 대원. 지체장애, 개인사업

절망하지 않는 로맨틱 가이. 대원 선발식 때 제작진은 성건이를 선발해야 하느냐 마느냐로 많은 고민을 해야 했다. 왜냐면 성건이가 들어설 때 훤한 외모에 눈에 띄는 장애가 없어보였기 때문이다. 하지만 산행을 하면서 우리는 성건이가 사실은 가장 힘들다는 것을 알았다. 교통사고로 지금까지 서른 번의 수술을 받고 최근까지도 수술 후유증으로 재수술을 받아야 했던 그는 다른 대원들과 달리 눈에 보이지 않는 장애 때문에 도움을 받기 힘들었다.

다정다감한 성격의 그는 고통을 혼자 삭이는 사람이다. 혼자 묵묵히, 경쾌하게…… 끝까지 히말라야 푼힐에 올랐던 성

건이는 직장인으로 새로운 삶을 설계해 가고 있고 원정대 모
임이 있는 날이면, 멀리 마산에서 서울로 올라오는 적극적이
고 따뜻한 사람이다.

● 조경희 1기, 전 장애인 신문사 기자, 1기 정선건 대원의 멘토

취재, 멘토, 룸메이트 보살펴주기 등 1인 3역을 잘 해낸 슈퍼
우먼. 174센티미터의 장신인 조경희 기자는 무뚝뚝해 보이
는 외모와 달리 정이 많아서 취재와 정성건 대원의 멘토 역
할까지 맡아 히말라야에서 가장 바빴던 사람 중 하나이다.
산행 중에는 드러내지 않았지만, 누구보다 〈희망원정대〉에
애정을 갖고 감동을 느끼고 돌아온 사람이다. 사람들과 잘
어울리지는 않았지만 멘토를 맡은 정성건 대원과는 친구처
럼 지냈다.
낮에는 정성건 대원과 속도를 맞추고 세심하게 챙겨주고 밤
에는 룸메이트인 이윤경 씨를 보살펴주는 등 24시간 할 일이
많았던 속 깊은 친구.

● 김민수 1기 대원, 정신지체, 위캔 직원

좌충우돌 김민종. 김민종 노래를 멋들어지게 부를 줄 아는
천진난만 소년. 우리는 가끔 민수가 정신지체라는 사실을 잊
어버린다. 한번 인터뷰하면 편집할 수 없을 만큼 말이 두서
없었지만, 원정대 중간중간에 서론-본론-결론으로 마무리

해서 우리를 모두 놀라게 했다.

민수는 과자를 만드는 청년으로, 많이 웃고 사람들과 친해지고 싶어하고 자신이 맡은 일은 작은 일이라도 아주 열심히 한다. 민수는 장애인 공동 사업장인 'WECAN'에서 일하고 있는데 월급을 열심히 저축해서 벌써 집 장만도 해놨다는 건실한 청년.

예비산행에 동참해 주신 민수 아버님은 우리에게 깊은 인상을 남겨주셨다. 아들이 안쓰러워서 함께 와주셨겠지만, 어느 젊은이들 못지않은 체력으로 뒤에서 장애인들을 도와주시던 모습, 아들 뒤에서 조용히 지켜봐주시던 아버지의 정, 민수가 바르게 자랄 수 있었던 것도 겸손하신 아버님 덕분 같았다. 지금도 민수의 웃음소리가 귓가에 생생하다.

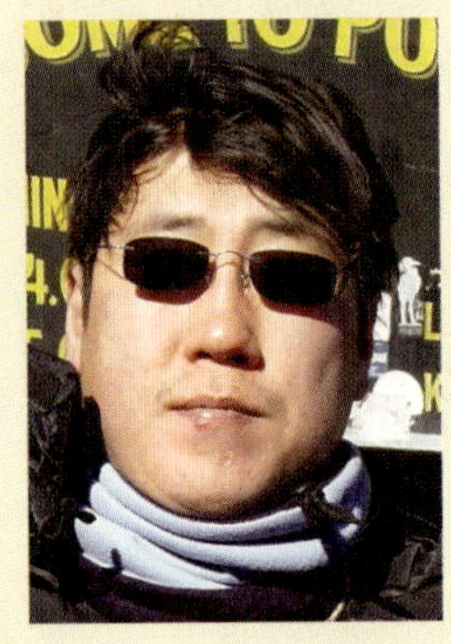

● 박진환 네오위즈 대표, 1기 김민수 대원의 멘토

7대륙 최고봉에 도전하고픈 벤처 CEO. 어떻게 사업을 할까 싶은 순수청년이다. 2기 킬리만자로 원정대가 아프리카로 떠나던 날, 1기 멘토였던 박진환 사장이 인천 공항으로 환송을 나왔을 때, 정말 감동스러웠다. 박 사장이 얼마나 바쁜 사람인지 너무나 잘 알기에……. 그렇다고 그가 평소에 곰살스러운 스타일이냐면 그렇지도 못하다. 그는 수줍음이 많고 자신의 정성을 표현하기에는 너무 바쁜 사람이다.

하지만 원정대 모임에 자신이 참석을 못하면 직원이라도 참석시켜서 대원 전체에 밥을 사기도 하고, 1기 휠체어 육상선수 박정호, 이윤오 대원에게 사비로 10년간 매달 지원금을 주는 등, 먼저 실천하는 따뜻하고 좋은 사람이다.

김병기 사장님에게 원정대 이야기를 듣고 그 자리에서 후원과 참여를 결정해 주었던 날은 2004년 12월 30일이었다. 마지막 협찬사로 네오위즈가 참여해 주고 박진환 사장이 멘토로 직접 참여함으로써 〈희망원정대〉는 마지막 비상의 날개를 단 셈이 된 것이다.

산행에서는 어린아이와 같은 김민수 대원의 형 같은 멘토로서 최선을 다했으며 멘토로서도 훌륭했다. 베스트 멘토상은 당연히 그의 것이었다. 언젠간 엄홍길 대장처럼 전문 산악인이 되겠다는 꿈을 키우고 있는 영원한 순수청년이다.

● **신선해** 1기 대원, 뇌병변 장애

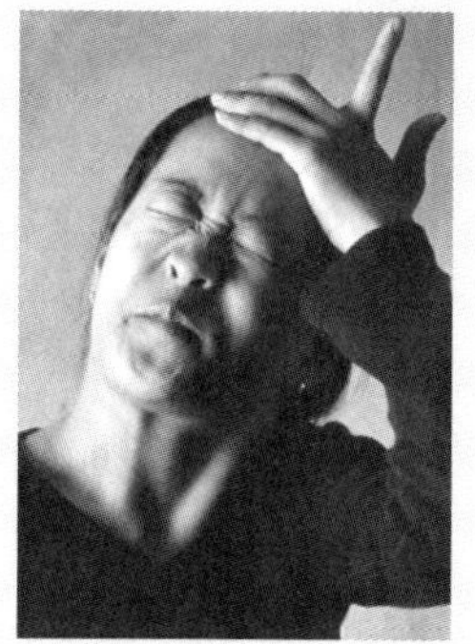

지치지 않는 에너자이저. 선해의 체력은 이미 도봉산 예비산행 때부터 정평이 났었다. 그때 제작진이 선해의 왼쪽과 오른쪽을 부축해 산을 올랐는데, 오히려 몸이 건강한 제작진보다 산을 더 잘 올랐던 최고 체력의 보유자.

산행이 끝나고 모두가 피곤에 지칠 무렵에도 윤오의 휠체어를 밀어줄 만큼 체력과 사랑이 넘치는 선해. 하지만 안타깝게도 비렌탄틴 산행 초부터 몸이 좋지 않아 계속 죽과 약을 먹어야 했지만 히말라야 정상 등반을 포기하지 않았다.

멘토인 가수 서영은 씨의 보살핌으로 매일 새로운 헤어스타일과 패션으로 누구보다 히말라야에서 빛났고 두 사람이 수화로 '사랑으로' 를 부를 때는 희망원정대원 모두 함께 울었다.

뇌병변 장애, 말하는 것도 움직이는 것도 선해에게는 너무 힘겹다. 하지만 어느 장애인보다 적극적이고 사람에게 먼저 다가갈 줄 알며 자기 의사 표현이 분명하다.

작가가 꿈인 선해는 지금도 작가 수업 중이며 술도 잘 마시고 노래도 잘 부르고 무엇이든 열심히 한다. 서영은 씨의 '혼자가 아닌 나'를 개사하여 희망원정대가를 탄생시켰으며 그 인연으로 서영은 씨 앨범에 선해가 작사한 곡이 실리기도 했다.

● **서영은** 가수, 1기 신선해 대원의 멘토

노래처럼 마음도 행동도 순수한 영혼. 10년 전, 어느 콘서트에서 이름을 알 수 없는 앳된 신인 여가수가 'Fly me to the moon'을 어찌나 잘 부르던지 나는 그녀의 이름을 일부러 외워두었다. 그러던 어느 날, 나는 그녀를 텔레비전에서 봤다. 여전히 앳되고 여전히 노래를 잘 불렀다. 맑으면서도 애절하고, 순수하면서도 성숙하고 절절하고……. 유명가수가 되었지만 그녀는 여전히 소녀였다.

우리는 많은 연예인을 섭외했다. 그러나 쉽지 않았다. 홍보도 되지 않아 장애인과 산에 간다는 것에 엄두를 내지도 못했거니와 돈이나 인기에 전혀 상관없는 이 일에 선뜻 2주를 빼줄 연예인은 그리 많지 않았기 때문이다.

그렇지만 서영은 씨는 함께해 주었다. 원래 낯가림이 심하다는 그녀이지만, 원정대 행사에서는 누구보다 적극적으로 함께해 주었고 뇌병변 장애인인 선해에게는 친언니처럼 다정

했다. 차멀미가 심하고 등반 자체가 힘들었던 선해 옆에서
같이 굶고 같이 넘어지며 두 여성은 원정대 중에서도 '서영
은팀'으로 완벽한 하나가 되었다.
그녀의 노래 '혼자가 아닌 나'에 선해가 가사를 따로 붙인
'희망원정대가'는 지금도 귀에 들리는 듯하다.
장기자랑에서 몸이 불편한 선해와 둘이 수화로 '사랑으로'
를 부를 때, 우리는 모두 울었다.

● **윤선아** 1기 대원, 지체장애, '윤선아의 노래선물' MC

히말라야의 아름다운 신부. 선아를 통해 나는 비로소 장애
인을 이해하고 장애인에 대해 조금이나마 알게 되었다. 장
애인도 비장애인과 똑같이 놀고 싶고 멋도 내고 싶고, 사랑
하고 열정도 있고, 그 열정을 이루기 위해 누구보다 강한 의
지도 실현시킬 수 있다는 것도 선아를 곁에서 지켜보며 알
게 되었다.

> "사람들은 장애인이면 당연히 술을 못 마실 줄 알고 이렇게
> 물어요. '술 못 마시죠?'라구요, '술 마실 수 있어요?'라고
> 묻는 사람이 거의 없어요."

선아의 이 말은 내가 장애인 프로그램을 만들 때 늘 첫 번째
로 생각하게 되는 의미 있는 말이 되었다.
해발 2,800미터 고라파니에서 올린 선아의 결혼식은 춥고
조촐했지만, 이 세상 그 어떤 결혼식보다 아름다웠으며 선아

는 내가 본 가장 사랑스러운 신부였다. 그녀는 노래도 잘하고 방송인으로서도 탁월한 재능이 있고 스타성 있는 가능성이 많은 전문 MC다. 그녀가 더 성장해서 장애 여성들에게 희망을 주는 상징적 존재가 되길 바란다.

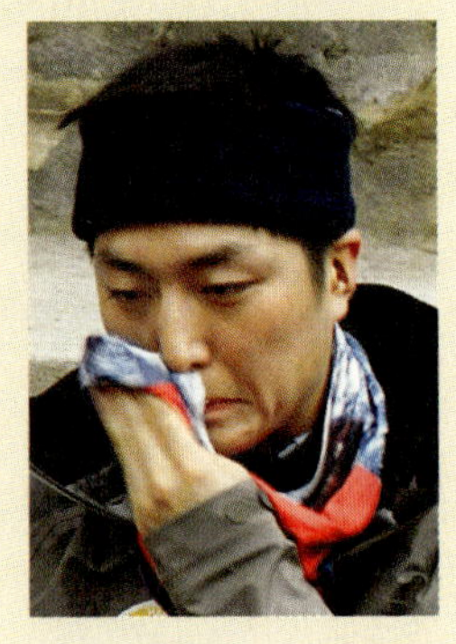

● **변희철** 1기, 윤선아 남편, 직장인

선아의 책《나에게는 55센티미터의 사랑이 있다》에 쓴 변희철 씨의 글을 읽고 나는 울었다. 철부지 같아 보이는 어린 두 사람이지만, 그 어떤 부부의 사랑보다 깊고 따뜻했다. 그 글에는 남편 변희철의 진솔한 마음이 그대로 담아 있어서 같은 여자로서 선아가 부럽기까지 했다. 변희철 씨는 그런 사람이다.

겉보기에는 번화한 거리에서 쉽게 마주칠 수 있는 평범한 젊은이지만, 윤선아라는 많은 것을 보듬어야 사랑할 수 있는 여자를 진짜 제대로 사랑하며 살고 있는 멋진 마음을 가진 남자다. 어떻게 보면, 아내 때문에 참여한 원정길에서 조금은 어색하고 불편할 수 있었겠지만 변희철 씨는 대원 모두와 격의 없이 잘 어울리고 아내를 사랑하는 모습도 숨기지 않는 센스 있는 대원이었다.

변희철-윤선아 부부는 아직 어린 부부이지만, 그 사랑은 10년, 20년 함께한 부부 못지않았다. 그만큼 두 사람은 힘겨운 길을 정답게 잘 걸어왔고, 앞으로도 그렇게 갈 것이다.

아름다운 희망원정대원. 1,2기 통 털어 장애인 대원으로서는 가장 나이가 많았던 김행균 선배는 '아름다운 철도원'으로 이미 많은 사람들에게 알려져 있다.

'아름다운'이라는 수식어가 조금도 과장되지 않은 김행균 선배는 매사 솔선수범하는 모습, 늘 긍정적인 생각, 따뜻한 언행, 웃는 모습 등으로 2기 원정대에 커다란 힘을 불어넣어 주었다.

자신 한 명 때문에 전체의 흐름을 망칠 수 없다며 길만스 포인트를 100미터 앞에 두고 하산했다. 항상 팀 전체를 생각하고 실천하는 천사표.

사고 후 5킬로미터 단축 마라톤도 완주하고 사후 장기기증 서약도 했으며 복직 후 철도 공사에서 내근직을 권유하였으나 굳이 현장에서 일하기를 고집하는 영원한 철도인. 아프리카 케이프타운에서 팀 전체에게 예쁜 돌을 사서 선물하던 김 선배의 따뜻한 마음도 잊을 수 없다.

● 김종인 2기, GS칼텍스, 2기 김행균 대원의 멘토

1인다역, 특전사 장교 출신이지만 분위기 메이커 노릇을 톡톡히 해서 누구에게나 사랑받았던 자랑스러운 대한건아. 산행에서는 김행균 선배와 한 세트처럼 호흡이 척척 맞았다. 멘토로, 또 밤에는 이 방 저 방 대원들의 잔심부름으로 바빴고, 무거운 것을 들어야 할 때도, 급하게 뭔가가 필요할 때

도, 누가 아플 때도, 휠체어를 움직일 때도 술자리 뒷정리를
할 때도, 우린 모두 '종인아!'를 외쳤다.

그때마다 단 한 번도 싫은 기색도 없이 밝은 얼굴로 모든 것
을 다 해내는 그였다. 그만큼 그는 모든 사람들에게 꼭 필요
한 사람이었다. 가정교육이 잘된, 잘 자란 대한건아의 상징
같았던 그를 보고 있으면 어른들은, 내 자식 같아서 좋았고
젊은 여성들은 이상형을 보는 것 같아 설레였고, 남자 대원
들은 친동생 같이 편해서 아꼈다.

참을성이 강하고 다정다감하고 바르고 밝은……, 나무랄 데
없는 최고 대원으로 그에게 '엄홍길상'은 당연한 것이었다.

● **강경호** 2기 대원, 지체장애, LG 과장

외유내강 산사나이. 이미 강경호 씨는 국내 산행을 많이 해
본 경험이 있고 가족들과 함께 후지산을 등반할 정도로 산을
좋아한다. 일찌감치 참가 희망사연을 보내왔던 강경호 씨는
자신의 장애에도 굴하지 않고 늘 도전하는 전문직도 갖고 있
는 다부진 사람이다. '엄홍길을 사랑하는 모임(엄사모)'의
회원으로서 엄홍길 대장님과 산행을 해보는 것이 소원이던
그는 작은 일에 흔들리지 않았을 뿐더러 감정 표현이 크지
않았다. 장애인이지만 일반학교에 다녀서 이번 경험을 통해
같은 장애인에 대한 이해도 많아진 의미 있는 시간이었다고
말하는 그는 모두가 함께 오르지 않았으면 포기했을 것이라
고 말했다. 꼼꼼하고 말수가 적지만 자신이 맡은 일 하나는
철저하게 해냈다.

영원한 청년, 더 이상의 로맨티스트는 없다! 2기에 박범신 선생님이 안 계셨다면? 상상도 할 수 없을 만큼 박 선생님은 모든 면에서 2기 원정대의 정신적 지주가 되어주셨다. 핵심을 찌르면서도 상대방을 아프지 않게 하는 촌철살인의 유머, 1등으로 킬리만자로를 정복하는 강인한 체력, 갈등이 있는 상처 부위를 따뜻하게 치유하는 지혜로움, 자식뻘인 대원들과도 격의 없이 어울릴 수 있는 열린 시각, 어떤 자리도 편하고 유쾌하게 만드는 친화력, 아직도 사랑에 대해 이야기 할 때 가장 눈이 빛나는 로맨티스트, 인간에 대한 애정, 사회에 대한 긍정적 시선, 조국에 대한 열정이 뜨거운 청년정신, 그 자체다.

박범신 선생님은 킬리만자로 산행이나 아프리카 여행에서 우리 모두에게 즐거움과 절대적 영감을 주셨다. 인생을 제대로 산 어른만이 갖고 있는 여유로움과 관대함, 삶에 대한 내공이 대단하신 분으로, 글도 좋지만 언제 어디서 마이크를 드려도 좌중을 휘어잡을 수 있는 뛰어난 방송인이기도 하시다. 암보셀리 캠프파이어 때 하셨던 말씀이 떠오른다.

"여러분은 킬리만자로에 누구와 같이 오르셨습니까? 저는 생애 최초로 사랑한 여인, 어머니와 함께 올랐습니다."

잠 못 이루는 아프리카의 밤에 나지막이 들려주신 박 선생님 의 그 말씀은 우리 인생길에 늘 이정표로 남을 것 같다.

느리지만 강한 여장부. 학교 다닐 때부터 학생회장을 하고 현재는 '느리게 걷는 산악회' 회장인 리더십이 강한 멋진 여성. 자신의 의견이나 판단에 자신감을 갖고 있는 엘리트 장애인으로서 승부근성 또한 대단해서 5,685미터 길만스 포인트까지 올랐다.

킬리만자로 원정 한 달 전부터 10층이 넘는 회사 사무실까지 계단으로 출근했다는 씩씩한 그녀. 노래방에선 '밤안개' 등 옛 가요를 구성지게 부르는 그녀만의 매력은 무한대이다.

면접 날, 너무나 눈에 확 띄는 미모와 자신감 때문에 오히려 제작진을 갈등하게 만들었던 전문직 여성 장애인으로서 우리 사회에서 의미 있는 일을 해나갈 것으로 기대된다.

투박하지만 속 깊은 경상도 가시나. 경희를 생각하면 킬리만자로 5,200미터 한스 마이어 포인트 지점에서의 한 장면이 떠오른다. 그때 우리 모두는 많이 지쳐 있었고, 나는 내려가기로 결정했다. 함께 그 자리에 있던 한현정, 김경희 대원에게도 나는 함께 내려가자고 했다. 두 사람도 지쳐 있었다. 하지만 한현정 대원은 가는 데까지 가 보고 싶어했고, 경희는 자신이 멘토로 있는 한 자신의 체력과 상관없이 어디든 가겠다고 각오한 듯 보였다.

숨쉬기조차 힘든 상황에서 "현정 언니가 가면 저도 가야죠!"

라고 말했던 경희 모습을 잊을 수 없다. 그만큼, 경희는 책임감이 강하고 외골수였다.

강한 부산 사투리, 약간은 찡그린 듯한 표정이 귀여운 경희는 원정대의 모든 물품을 협찬한 트랙스타 직원으로서 뭐 하나라도 더 주고 싶어하고 도움이 되고자 하는 착한 품성을 지녔다. 대원-멘토로 유일하게 같은 지점을 오른 두 사람이었다.

● **서정웅** 2기 대원, 뇌병변 장애, 대학원 진학을 위해 공부 중

미스터 스마일. 늘 웃는 정웅이는 참 잘 생겼다. '누나~' 이러면 우리 모두는 맘이 약해져서 무엇이든 해주고 싶게 만든다. 뇌병변 장애를 갖고 있지만 1종 운전면허를 가지고 있으며 용인 장애인종합 복지관에서 사회복지사로 재직했다. 대원 중 가장 방송을 잘 이해하고 협조적으로 인터뷰에 응한 멋있는 친구. 다리가 많이 약한 정웅이는 예비산행 때부터 힘들어했지만 4,800미터 키보까지 오르는 기염을 토했다.

정웅이는 지금 대학원 진학을 위해 공부 중이다. 앞으로 계속 장애인 복지 쪽으로 공부를 하고 싶단다. 기내에서건, 산에서건, 언제나 책을 놓지 않던 정웅이가 공부를 선택한 것은 당연했다고 본다. 몇 년 후 서정웅 박사님을 기대해 본다. 우리가 기대한 것보다 늘 조금씩 더 성취했던 정웅이는 앞으로도 그럴 것이다. 공부든, 사랑이든……

● 오세훈 2기, 변호사, 2기 서정웅 대원의 멘토

열정이 녹아 있는 모범생. '아름다운 정계 은퇴'로 더욱 유명해진 오세훈 변호사는 웬만한 연예인보다 더 지명도가 높아서 어딜 가도 사인 공세를 받으시는 분이다. 로펌의 대표 변호사로서 분 단위로 시간을 쪼개 써야 하는 바쁜 일정이지만 섭외했을 때 기획 의도를 듣고는 흔쾌히 참가해 주셨다.

1,2차 예비산행 때 헌신적으로 정웅이를 돌봐주는 모습에서 이미 우리는 오 변호사님이 진심이 있는 분이란 것을 알았고, 호롬보 산장에서 눈부신 햇살을 받으며 카우보이 모자를 쓰고 홀로 의자에 앉아 아내에게 연애편지를 쓰던 오 변호사의 모습은 영화의 한 장면 같았다.

하지만 식사 때는 어찌나 행동이 빠르고 잘 드시는지 잘 생긴 외모와 조금은 맞지 않는 모습도 보였다.^^ 건강을 많이 염려하셨지만 역시 5,685미터 길만스 포인트까지 오르는 투지를 보였다. 평생 실수나 감정의 흔들림이 없었을 것 같은 뼛속까지 모범생일 것 같은 오 변호사님은 아프리카 케이프타운 공항에서 아내에게 줄 거라며 꽃을 사시며 하던 말은 우리 여자 대원들의 질투어린 구박을 받았다.

"여기 아프리카까지 왔는데 그녀에게 꽃을 선물해야 하지 않겠습니까?"

● **정현호** 2기 대원, 지체장애

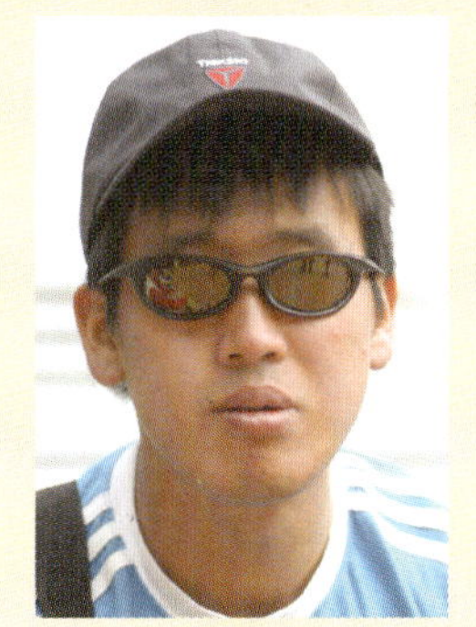

끝없는 도전정신. 국토대장정을 이미 마친 도전정신이 투철한 현호는 큰 덩치에 비해서 마음이 여리다. 원주 청년으로서 어머니에 대한 효심도 지극하고 원정 기간 중 가장 많이 변한 모습을 보여주었다.

처음엔 마음의 문을 열지 못했지만 차츰 원정대 속으로 스며들었다. 특히 마지막 킬리만자로 정상에 오르던 날, 고소증세가 심해서 하산해야 될 상황이 오자, 앞쪽에 장애인 대원이 있느냐를 먼저 물어보고 내려갔던 현호.

장애인 대원이 한 명이라도 정상에 꼭 올랐으면 하고 바랐던 현호는 만약 자기 앞에 단 한 명의 장애인 대원이 없었다면 무리를 해서라도 계속 등정을 하려고 했었던 것이다. 등정하기 전에 발목을 접질러 고생했지만 내색도 안하고 최선을 다했던 현호, 가장 힘든 시기에 킬리만자로 산행을 떠올리며 꿋꿋하게 살아가기를…….

● **손병휘** 2기 대원, 가수, 2기 정현호 대원의 멘토

걸어다니는 잡학사전. 제작진이 손병휘 씨를 직접 만난 것은 멘토로서 결정되고도 한참 후였다. 손병휘 씨의 공연 일정 때문이었다. 당연히 몇 번의 모임에 빠진 손병휘 씨는 킬리만자로에서 돌봐줘야 할 정현호 대원도 만나지 못했었다. 첫인상은 다소 엉뚱해 보이기도 했지만, 며칠 후 우리는 그가 현호가 사는 원주까지 다녀왔다는 것을 알고 사실 좀 놀

랐다. 그의 진심과 정성이 느껴졌기 때문이다.

어떤 주제어를 던져도 A4용지 한 장짜리 해설이 가능할 정도로 다방면에 걸쳐 지식의 양이 대단하고 그것을 재미있게 풀어나가는 재주도 겸비했다.

그는 각종 사회단체에서 봉사활동도 활발히 하고 대표곡 '나란히 가지 않아도'는 희망원정대와 너무 잘 어울리는 노래다.

예민하고 날카롭고 할 말은 하는 그이지만 어떤 문제에 부닥쳤을 때 긍정적으로 받아들이는 속이 깊은 모습이 참 좋았다.

● 문정훈 2기 대원, 휠체어 육상선수

행복한 마라토너. 42.195킬로미터를 달리는 휠체어 마라톤 선수 중 국내 랭킹 1위.

1차 예비산행 때 혼자 끝까지 올라갔다. 핸드워킹으로 인한 장 파열로 포기할 수밖에 없을 정도로 자신이 할 수 있는 데까지 최선을 다한다. 스스로 미루어 짐작해서 포기하는 일은 절대 없다.

뛰어난 작업맨 기질도 있어서, 현란한 말솜씨와 애교로 좌중을 휘어잡는다. 노래도 잘하고 유머도 있고, 장애인 문제에도 밝다. 사고로 인해 중도장애인이 된 사람들에게 많은 정보와 용기를 준다. 장애인 재활에 관심을 갖고 장애인들을 품고 후원해 주고 트레이닝해 주어서 선수로 만들어주는 그는 삶에 대한 열정과 에너지가 대단하다.

● **안치환** 2기, 가수, 2기 문정훈 대원의 멘토

겉모습은 너무 단단해서 도저히 그 안으로 들어갈 수 없을
것 같지만, 일단 마음을 열고 그 안으로 들어가면 여리고, 따
뜻함이 있을 것 같은 호두 같은 사람.
〈희망원정대〉의 홍보 문안을 기존의 것에서 따오라면 한마디
로 '사람이 꽃보다 아름다워!' 다. 자신의 기준에 맞지 않는
것에는 절대 타협하지 않지만 한 번 하기로 한 것은 제대로
하려고 하는 사람. 자신이 돌봐야 하는 정훈이에 대해서는
언제 어떤 상황에서도 최선을 다했다. 두 사람은 늘 손을 붙
잡고 다녔고 안치환 씨는 멘토로서 정말 훌륭한 사람이었다.
사람들과 쉽게 친해지지는 않지만, 〈희망원정대〉에서만은 마
음을 열고 좋은 형 노릇, 동생 노릇을 했던, 그로선 쉽지 않은
시간이었겠지만 그의 그런 모습 때문에 우리는 행복했다.

● **한태석** 2기 대원, 소아마비, 나사렛대학

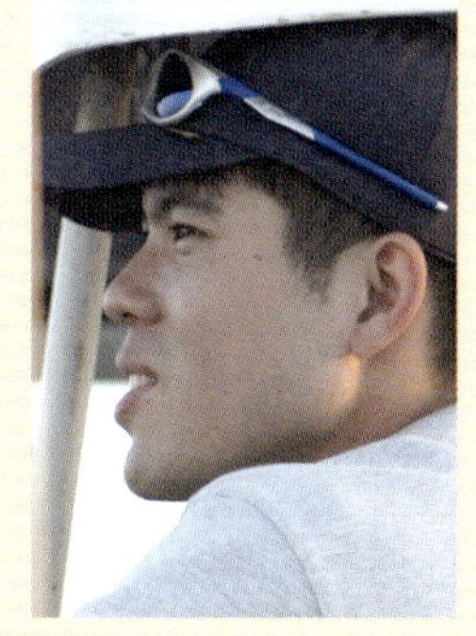

희망원정대의 맷 데이먼. 키도 크고 잘생겨서 눈에 띈다. 장
애아동을 위한 특수교사가 되고자 하는 태석이는 아이들에
대한 타고난 사랑이 많다. 희망원정대에서 사랑을 만나 그녀
의 손을 잡고 길만스 포인트까지 등정했다. 말보다 행동으로
표현하는 청년으로서 예비산행 때부터 석화에게 관심을 보
였다. 말이 없고 수줍음이 많은 성격이다.
하지만 그는 원정 기간 내내 석화와 두 손을 꼭 잡고 함께해
의젓하고 자상한 모습을 보여주었다.

태석이는 장애 어린이들에게 꿈을 심어주는 좋은 선생님이
될 것이고 석화에게 사랑을 주는 좋은 짝꿍이 될 것이라 믿
는다.

● 정운하 2기, 한국 마사회, 2기 한태석 대원의 멘토

언제 어디서나 뛰어야 산다! 〈희망원정대〉 사진전 때 전시된
사진들을 보면 정운하 씨는 언제 어디서나 눈에 띈다. 현란
한 의상 때문이다. 모두들 단체복을 입어서 비슷비슷한데,
정운하 씨는 반바지에 화려한 두건을 쓰고 나타나는 등, 일
사불란한 상황에 온몸으로 저항!
비행기 바꿔탈 때마다 바뀌는 의상을 보면 패션 감각도 대단
하고 그 부지런함이 놀랍기도 하다. 첫 멘토 모임에 나타난
정운하 씨의 일성은, '희망원정대 분위기를 업 시키겠다!' 는
것이었다. 각오 그대로 원정 기간에도, 원정 후에도 각종 모
임을 주도하며 감초 노릇을 톡톡히 하고 있는 분위기 업 메
이커.
1,2차 예비산행 때 워낙 발군의 실력을 보이고 키보까지도
선두에서 올랐기 때문에 정상 도전조에 속하리라 예상했지
만 몸이 조금 힘들다며 뒤도 돌아보지 않고 하산해서 사람들
을 살짝 실망시키기도 했다.^^ 일할 때는 무척 꼼꼼하고, 보
이지 않는 곳에서 대원들의 고충이나 필요한 점을 파악하고
해결해 주려 노력하는 속 깊고 따뜻한 사람.

● **김우영** 1기, 사진작가

분위기 메이커 김우영 선배. 모델보다 더 모델 같은 현란한 색채의 의상으로 여자 대원들도 탐낼 만한 옷이 많았다. 사진작가로 참여했지만 원정대를 밝고 즐거운 분위기를 이끌어주었다.

"쪼아!", "샷업" 등등, 김우영 선배 특유의 억양과 느낌으로 원정대 전체의 유행어를 만들어냈다.

블루톤의 히말라야 사진은 지금 봐도 그 장엄한 분위기가 김우영 선배 특유의 예술적 감각으로 잘 살아 있다. 대원 모두 "정말, 사진 찍는 거 맞냐?"고 물을 정도로 '춤추듯 즐기며 찍는' 사진 찍는 모습조차도 예술적인 그는 히말라야 사람들에 대해 가장 큰 애정을 보였다.

그는 외모부터 생각, 행동 모두 천상 예술가다.

● **김세령** 1기, 사진작가 AD

김우영 선배와 함께 사진 어시스트로 참여한 김세령 씨는 보도 사진을 찍어 서울로 보내는 역할을 했다. 대부분 무거운 짐을 포터에게 맡기고 산에 올랐지만 사진기가 워낙 고가의 장비였기에 그는 그 모든 것을 혼자서 들고 조용히 묵묵하게 산에 올랐다.

남들보다 먼저 산에 올라 원정대원들의 모습을 담고 또 가장 늦게 오르면서 원정대원들의 모습을 담느라 여럿일 때보다 혼자였던 시간이 많았다. 게다가 워낙 말이 없고 조용한 성격이라 사람들과 친해지지 못할까 걱정했는데 가랑비에 옷 젖듯이 대원들과 호형호제 하는 사이가 되어 있었다. 묻는 말에도 간신히 대답하던 그가 장기자랑 시간에 나무장작을 들고 락을 불러서 모든 사람을 깜짝 놀라게 했다.

트레이닝 한 벌도 근사하게 입을 줄 아는 멋스런 청년.

● 양종훈 2기, 사진작가, 상명대 교수

세상을 다 품고도 남을 관대함과 세상을 다 얻고도 남을 추진력! 세계 곳곳의 그늘진 곳에 휴먼앵글을 맞추고 사는 양 교수님의 희망원정대 참가는 운명적이었다. 톡톡 튀는 아이디어와 추진력에 대해 이미 눈치 챘지만 해발 4,800미터 지점까지 포토 인쇄기를 가져가고, 3,800미터 지점에서 산상 사진전을 진짜로 열 줄은 꿈에도 몰랐다.

살을 에는 추위 속에서도 밤새도록 사진을 고르고 인화하고 준비하던 모습도 감동적이었고, 심한 고소에도 불구하고 기록을 해야 한다는 작가적 사명감으로 기어이 정상까지 오르는 모습, 하산 후의 몇 가지 문제를 바라보고 풀어나가는 합리적이고 긍정적인 모습들은 양 교수님의 가장 큰 장점이 아닐까 한다.

호탕한 웃음소리와 시원시원한 행동들이 양 교수님의 겉으로 드러난 모습이라면 작은 배려 하나에도 고마워하고 자신과 상관없는 일에도 옳은 것을 부드럽게 표현해서 당사자를 위로해 주는 따뜻한 마음이 양 교수님의 깊은 속 모습이다.

칭찬도 화끈하게 하셔서 늘 '세계적인 ○○' 이라는 찬사를

기분 좋게 남발(?) 하시지만 그분의 그런 격려는 언제 들어
도 힘이 된다.

● **강호정** 2기, 장애인 신문사 기자

인물 사진에 특히 강한 천사표 기자. 소리 없이 궂은 일을 하
면서 언제 찍었는지 모르게 대원들의 진솔한 표정을 제대로
찍어준 강 기자는 2기 대원들 사이에서 인간적 신뢰를 굳게
받았다.

그가 찍은 대원들의 모습은 한결같이 멋지고 따뜻해 보였고,
개성이 잘 드러나 있었는데 그만큼 대원 한 사람 한 사람에
대해 관심과 애정을 갖고 앵글을 맞추기 때문이라는 생각이
든다. 강호정 기자의 긍정적이고 협조적인 모습은 제작진에
게도 큰 도움이 되었으며 장애인 문제에도 매우 밝아서 실질
적인 도움을 많이 받았다. 특히, 사진뿐 아니라 길만스 포인
트까지 거뜬히 올라가 카메라 촬영까지 해내서 모든 자료에
그의 업적이 녹아 있다.

대원들보다 저만치 떨어져서 대원 모두를 자연스럽게 찍고
자 했던 그의 부지런함과 섬세함, 따뜻함은 사진에 그대로
나타나 있고 우리 모두 그를 좋아하게 만들었다.

티내지 않고, 엄살 부리지 않고, 겸손하게, 작은 목소리로 하
지만 이 세상에 꼭 필요한 역할을 하며 살아갈 참 좋은 사람
이다.

● **홍성록** 1기, 연합뉴스 영화담당기자

말끝마다 추임새로 "그니까!"를 연발하는 홍 기자는 KBS 출입기자여서 제작진들과 자주 만나며 사전 취재도 꼼꼼하게 하고 누구보다 〈희망원정대〉가 세상에 알려지는 데 큰 역할을 해주었다.

말수도 없고 무뚝뚝하지만, 흥미로운 주제나 기자 특유의 호기심이 한 번 발동하면 꼬치꼬치 캐묻고 수다 떨기도 매우 좋아하는 즐거운 사람. 약간 삐딱하지만 감수성이 예민해서 한국에서 일하는 딸을 둔 네팔 어머니를 취재하면서 울기도 해 주위를 깜짝 놀래켰다.

〈희망원정대〉가 더욱 발전하기 위한 쓴소리도 마다하지 않아 2기 추진 때 참고가 되었으며 '기자' 라기 보다는 순수한 '대원' 으로 다가와주었다.

룸메이트인 김상두 차장이 밤마다 연습하는 리코더 소리를 참아주었고, 발 빠르게 원정대 소식을 한국에 알리느라 밤마다 노트북과 씨름하는 직업정신을 발휘했다.

● **채경석** 2기, T&C 여행사 대표

알면 알수록 재능이 많고 매력이 넘치는 진정한 산사나이. 프로듀서보다 더 방송 감각이 뛰어나고 사업이 어울리지 않는 자유인이면서 누구보다 인간을 사랑할 줄 아는 그릇이 큰 채 사장님. 아이디어가 많고, 어떤 갈등에도 대안을 제시하고, 잘못된 점에는 가차 없이 직언을 해주기 때문에 그와의 대화는 늘 유익하다.

〈희망원정대〉1,2기 행사를 진행한 여행사이기 때문에, 사실 그냥 '일'로 끝날 수 있고, 한 가족이 되기 힘든 면도 있을 수 있었지만 우리 모두는 기꺼이 T&C 사람들을 대원으로 맞았다. 그만큼 그들은 고객으로 우리를 대하지 않았고 손해를 보면서도 최고의 진행을 했으며 헌신적이었다.

그 정점에 그가 있다. 그의 휴먼경영 스타일은 T&C 자체에 녹아 있다. 킬리만자로 정상 도전 후 호롬보 산장에서 제작진에게 강하게 어필하던 모습, 대원 한 명 한 명에게 최선을 다하기 위해 살이 빠질 정도로 헌신하던 모습, 그때그때 변화되는 상황에 발 빠르게 대처하고 아이디어를 척척 내놓던 모습, 가장 먼저 일어나고 가장 늦게 자면서도 늘 웃음을 잃지 않던 모습, 금전적 손해인 줄 뻔히 알면서도 희망원정대원으로서 기꺼이 희생을 감수하던 모습. 그는 참 멋진 사람이다.

● **황석연** 1기, T&C 여행사 팀장

늘 우리에게 질문을 던지던 우직남. 처음 〈희망원정대〉를 기획하고 그 대상지를 히말라야로 정했을 때, 이 부분에 아무런 지식이 없던 제작진은 인터넷 검색을 통해 전문 여행사를 찾았고, 맨 처음 통화하고 만났던 사람이 T&C 여행사의 황석연 팀장이었다.

황석연 팀장의 첫인상은 "정말 진국이겠다!"는 것이었고 만약 이 일을 진행한다면 이 회사랑 해야겠다는 신뢰를 확실하게 심어주었다.

사실, 우리에게 T&C는 많은 여행사 중 한 곳이었을 뿐이었
지만, 황석연 팀장의 진지하고 우직한 모습, 성의 있는 태
도 등은 갑과 을의 관계가 아닌, 한 식구의 우정을 갖게 만
들었다.

히말라야 산행 중 그의 특유의 어법, "자, 나쁜 소식과 좋은
소식이 있습니다. 어떤 것부터 들으시겠습니까?", "(아직도
멀었음에도) 다 왔어요!"로 모든 대원들을 웃게도 하고 실망
시키기도 했지만, 모두 황석연 팀장의 진심을 알고 있었다.

산이 좋아서 대학을 가고, 산이 좋아서 취직을 할 만큼, 산에
서 가장 멋있고, 산을 가장 많이 닮은 사람……, 황석연 팀
장이다.

● 윤인혁 2기, T&C 여행사 팀장

자유를 꿈꾸는 문학청년으로, 한없이 감상적이면서도 투지
로 넘친다. 엉뚱하면서도 발랄한 공포의 쫄바지. 2기 실무책
임자로 그는 공무로 메일 한 통을 보내도 한 줄의 멋진 감상
문이 적혀 있었고 공지사항을 말할 때도 나름의 색깔을 낼
줄 아는, 한마디로 멋을 아는 사람이다.

그에게 시집가는 여자는 참 호강하겠다, 싶을 만큼 자상하고
헌신적이고 생각이 열려 있는 사람. 두 달에 걸친 준비 기간
중 한 번도 막힘없이 꼼꼼하게 일하고 재미있게 일하는 모습
이 보기 좋았던 대한민국 건강청년이다.

킬리만자로에서 5박 6일간 맛본 그의 음식 솜씨는 약 65점
(너무 후했나?^^).

지진희, 조재현을 반반씩 닮은 외모로 히말라야에서 발군의 등정 실력을 보여준 산사나이. 그를 처음 본 것은 네팔 공항에서였다. 엄홍길 대장님이 장난으로 네팔 사람이라고 소개하셔서 우리 모두는 그가 현지인인 줄로 착각하기도 했다.

유학파로 산이 좋아서 회사를 그만두고 여행사에 들어왔다는 전종선 씨는 피앙세도 등산학교에서 만난 산을 사랑하는 여인이라고 하니, 벌써부터 2세가 기대된다.

모두가 헉헉거리며 오르던 산을 매일 올라도 산이 그립다며 성큼성큼 내달리던 모습은 너무도 인상적이었다.

유머와 따뜻함을 지닌 살아 있는 부처님. 골격만 있던 희망원정대에 근사한 옷을 입혀주시고 앞으로 나갈 수 있게 실질적인 방향을 잡아주신 분.

라디오 단독행사로는 협찬 구하기와 홍보가 여의치 않아 김태민 팀장님을 찾아갔을 때, 많은 아이디어와 더불어 적극적인 협조를 해주어 〈희망원정대〉는 절대적 힘을 얻었다.

1기 취재도 직접 참여해 주시고 등정 기간 중에는 특유의 유머 감각으로 전체 분위기를 즐겁게 만들어주시고 이후에도 모든 면에서 기둥 역할을 해주신 〈희망원정대〉의 영원한 회장님.

20년 동안 김태민 팀장님을 봐왔지만 단 한 번도 화를 내거나 주변과 불화하는 모습을 본 적이 없고, 박범신 선생님은 김태민 팀장님을 생불生佛이라 부르신다.

"살살 좋아지네", "바빠서……" 등 김태민표 유행어와 '베사메무쵸' 단 한 곡으로 10년을 버티시는 뚝심과 모든 일을 긍정적으로 바라보는 시선, 주변 사람들을 진심으로 도우려하는 따뜻한 마음으로 모든 사람들을 사로잡는 매력남.

● **박길홍** 1기, KBS 카메라팀

카메라를 맨 휴머니스트. 부지런하게 현장을 취재한 박 감독님 덕분에 우리는 히말라야의 아름다운 새벽과 노을, 밤, 동트는 새벽, 대원들의 아침 모습을 볼 수 있었다. 카메라를 무기로 대원들의 모든 모습을 가장 가까이에서 본 사람.

김태민 팀장님과 오랫동안 호흡을 맞춰온 인연으로 참여해 주셨는데, 누구보다 일찍 일어나고 늦게 자면서 희망원정대원들의 모습과 아름다운 히말라야의 모습을 카메라에 담아낸 노력, 실력, 열정파.

장애인 대원에 대한 특별한 사랑은 그가 담아낸 영상에서 충분히 느낄 수 있었다. 일할 때나 사석에서나 늘 부드러운 모습과 정도를 지키는 매너, 따뜻함으로 모든 대원과 제작진들에게 존경을 받았던 분이다.

● **최연송** 1기, KBS 카메라 기자

늘 책을 읽는 최 기자는 학자가 더 어울릴 법한 이지적인 사람이다. 자기절제, 노력이 대단한 그는 태국에서의 여행도 촬영에 대비해서 참가하지 않을 정도로 관리가 철저했다. 조용한 성품이지만 대원들 누구와도 격의 없이 지내고, 특히 장애인 대원이 KBS에 왔다고 하면 잠깐이라도 들러보는 등, 속정이 깊다.

엄 대장님 다음으로 체력 소모가 많았을 최 기자는 원정대원들이 밟지 못한 히말라야를 가장 많이 밟은 사람. 10킬로그램이 넘는 ENG 카메라를 들고 앞산 뒷산을 뛰어다니던 모습이 눈에 선하다. 현지에서 부인에게 엽서를 보내는 자상한 남편이기도 하다.

● **정윤섭** 1기, KBS 취재 3팀 기자

기자일까? 가수일까? MC일까? 개그맨일까? 무엇이든 잘하는 정 기자는 노숙한(?) 외모와 달리 장난기 많고 애교도 많은 분위기 메이커. 취재도 열심히 했지만 원정 기간 중 있었던 다양한 행사의 진행을 보느라 더욱 바빴다.

어느 자리도 정윤섭 기자가 있으면 유쾌하고 밝아진다. 기자 특유의 날카로운 문제의식과 비판력이 있지만 그가 제시하는 해결 방법은 누구보다 합리적이고 모두에게 상처주지 않는 따뜻한 방식이어서 그의 품성을 짐작케 한다.

장애인 대원들과 형, 오빠로 가장 격의 없이 지내며 집에 데려가 재우고, 친동생처럼 대해 주는 그는 우리 모두가 동의한 일등 신랑감이다. 기자보다는 가수가 더 맞지 않을까 싶을 정도로 악보를 보고 바로 노래를 부를 수 있는 실력과 놀라운 가창력을 갖췄다.

● 김기표 2기, KBS 1TV 문화예술팀 PD

케냐 암보셀리 국립공원 안에 있는 호텔에서 대원들 모두가 잊을 수 없는 '모닥불 축제'를 벌였던 밤, 특유의 발음으로 약간 느끼하게 '김기표표 팝송'을 부르던 김 선배의 모습은 지금 생각해도 웃음이 난다.
원정 기간 내내 김시형 감독과 함께 킬리만자로 영상을 담느라 애써주었고 팀 내 갈등이 있을 때마다 늘 긍정적 대안을 내주었던 맘 깊고 따뜻한 선배.

● 김시형 2기, KBS 카메라팀

유쾌한 사나이. 늘 웃는 얼굴의 김시형 감독은 예비산행에서부터 대원 한 명 한 명을 익히겠다고 꼼꼼하게 촬영하고 자료를 챙기는 등, 철저한 준비와 정성을 보여서 우리를 감동시켰다. 고소로 인해 체력이 많이 약해졌음에도 불구하고 끝까지 최선을 다했다. 폐수종으로 2기 대원 중 가장 위험한 상황까지 갔지만 카메라를 포기하지 않았던 철저한 직업정신에 다시 한 번 박수를……

● **한미린** 1,2기, 작가

책임감 그 자체! 희망원정대 기획 단계에선 가장 심한 반대를 했지만 1,2기 모두 참여한 유일한 작가로 〈희망원정대〉 곳곳에 그녀의 세심한 정성이 녹아 있다.

신중하지만 일단 하기로 결심하면 제대로 해내고 냉정해 보이지만 핵심을 찌르는 뜻밖의 유머와 화합적 성격으로 모든 대원들에게 사랑받은 사람. 조용히 뒤에서 PD가 놓치는 부분을 챙기고 대원들의 고충도 들어주고 품어주는 그녀는 어떤 일이든 맡기면 마음이 놓이는 실력 있는 친구다.

처음엔 눈에 확 띄지 않지만, 시간이 지날수록 그 사람의 자리가 커져가는 묘한 매력을 가지고 있다. 1,2기 남성 대원들 사이에서 가장 인기 높은 한미린 작가가 가장 많이 들었던 말은, "한 작가가 내 이상형인데!"였다.

하지만 조금도 흔들림없이 호롬보 산장 편지쇼에서 남편에게 뜨거운 편지를 보낸 절개파 여성!

● **여은영** 1기, 작가

눈물 많은 순수소녀. 히말라야에서 여 작가가 뿌린 눈물은 얼마나 많았을까? 아름다운 풍광을 봐도, 힘겨워하는 장애인 대원들을 봐도 커다란 그녀의 눈에서는 눈물이 뚝뚝 떨어졌다. 사람에 대해, 상황에 대해 누구보다 이해심과 포용하는 마음이 큰 탓일 것이다.

평소에도 산을 무척 좋아하는 그녀는 백두대간을 종주한 경

력이 있고 앞으로도 가보고 싶은 산이 너무 많은 예비 산악
인이다.
10년을 지켜봐도 한결같은 착한 성품과 긍정적인 삶의 태도
로 곁에 있는 사람들까지 착하게 만들어준다. 영화도 하고
싶고, 연극도 하고 싶고, 사진도 찍고 싶고, 산악인도 되고
싶은, 아직도 꿈이 많은 철부지.^^
2기 킬리만자로에도 참여할 예정이었으나 뜻밖의(?) 임신으
로 포기. 아기를 낳으면 킬리라고 이름을 짓겠다나.^^

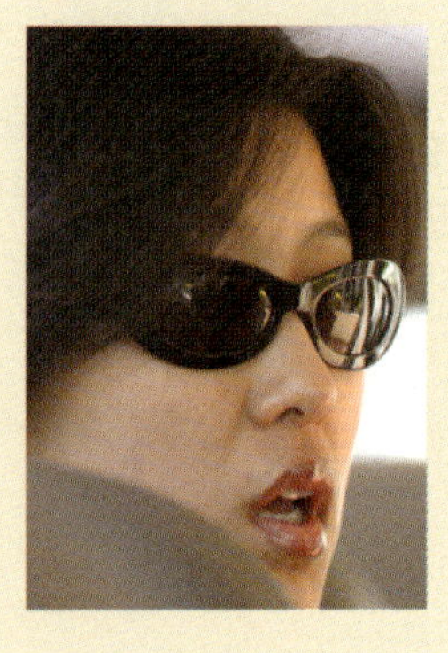

● 최지연 2기, 작가

열정으로 똘똘 뭉친 터프걸. 조선시대 양반집 새댁 같은 조신
한 외모로 최 작가를 예측하지 마시길. 아이스 하키를 하는
그녀는 누구보다 에너지가 넘치고 남자 대원들을 압도하는
터프한 말과 행동으로 많은 사람들과 격의 없이 누나, 동생이
되었다. 〈희망원정대〉에 가장 늦게 합류한 제작진이지만 〈희
망원정대〉를 누구보다 사랑하고 〈희망원정대〉에 헌신했다.
솔직하고 강한 듯하면서도 섬세하고 여린 그녀는 원정대원
들 속으로 가장 깊숙히 들어가 그들의 고충과 아픔을 함께
나눈 정 많은 사람이다.

● 장정희 1기, 작가

강원도의 힘! 원주의 뚝심! 그녀가 없었다면 〈희망원정대〉

는 탄생하지 못했을 것이다. 초반 기획 단계에서 가장 고생
을 많이 한 장정희 작가. 하루하루 힘겨웠던 초기에 가장 큰
위로와 격려, 믿음을 보여주었고 24시간 〈희망원정대〉에 헌
신했다.

모든 모임, 모든 회의, 모든 잡무에 장 작가는 항상 있었고 가
장 마지막으로 일을 마무리해야 하는 막내 작가로서 한마디
불평 없이 모든 일들을 당차게 해냈다.

춤, 노래, 개그에 뛰어난 소질을 갖고 있는 만능 엔터테이너
로 어떤 모임에서도 사랑받는 그녀의 매력은 〈희망원정대〉
의 단합에 큰 역할을 했다. 강원도 원주 출신으로 강인한 야
생적 생명력이 가장 큰 장점이다.

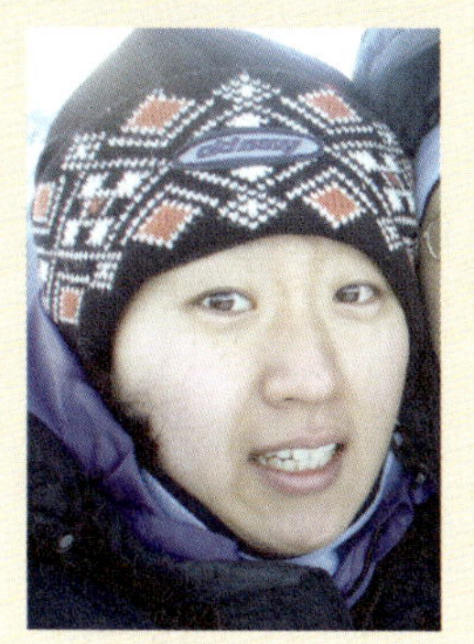

● 윤문희 1기, KBS 3라디오 팀장

섬세한 성격과 강인함으로 〈희망원정대〉의 외풍을 막아주고
이끌었다. 처음 〈희망원정대〉 기획안을 접하고 다소 황당할
수 있고 많은 어려움이 예상되는 일임에도 실무자에게 힘을
실어주었다. 많은 우려에도 불구하고 히말라야에서 발군의
등산 실력을 보여주기도 했고 대부분이 남자인 히말라야 희
망원정대를 이끄는 여자 팀장으로서 모든 면에서 뛰어난 능
력을 보여주었다.

● 김병진 1,2기, KBS 라디오 PD

〈희망원정대〉 제작진으로 1,2기 모두 참여한 김 PD는 친화력 강하고 조용히 솔선수범하는 타입으로 신중하면서도 합리적이다. 여자 선배가 하는 일을 비슷한 경력의 후배 입장에서 따라준다는 것 자체가 힘든 점이 많았겠지만 전혀 티내지 않고 부족한 선배의 모습까지 채워주고 감싸주었던 속 깊은 그다. 누구보다 〈희망원정대〉를 사랑하고 PD로서 뛰어난 실력 못지않게 2기 킬리만자로에서는 거의 모든 대원들이 그의 '침술 혜택'을 받았을 만큼 의료 보조인 역할도 충분히 해냈다.

● 조휴정 1,2기, KBS 라디오 PD

〈희망원정대〉 기획자. 실무책임자.

그 밖에 함께 걸어주신 분들

'파쌍 & 가우딕스'로 대표될 수 있는 현지 세르파들.
현지 세르파들이 없었다면 〈희망원정대〉의 목표는
달성하기 힘들었을 겁니다. 그들은 우리보다 남루했지만 낯선 곳에서
온 동양인들을 따뜻하게 맞아주었고 진심을 다해
산행을 도와주었습니다.
처음 부닥쳐보는 엄청난 자연 앞에서 두려워하던 우리들에게
용기를 주었던 세르파들. 그들의 선한 눈빛과
한 걸음 한 걸음을 지켜봐주고 이끌어주던 따뜻한 손길을
잊을 수 없을 겁니다.
다시 볼 수 없겠지만, 〈희망원정대〉 모두는 그분들이
건강하기를, 행복하기를 진심으로 기원합니다.

〈희망원정대〉를 응원해 주신 감사한 분들

이성재 건강관리보험공단 이사장
정한용 & 왕영은 MC(KBS 제2라디오)
권동칠 트랙스타 대표
전완택 한국 EMC 전무
백영호 한국 EMC 홍보담당
이재영 GS칼텍스 전무
이병무 GS칼텍스 홍보팀장
최규옥 장애인 신문사 대표
강석주 장애인 신문사 이사
최종덕 장애인 신문사 과장
김정우 네오위즈 홍보담당
손학규 경기도 지사

조휴정(프로듀서)

우리가 오른 곳은 히말라야도 킬러만자로도 아니다.

우리는 희망이라는 이름의 산을 함께 올랐다.

—엄홍길(희망원정대 대장, 산악인)